从全球到本土：对“寻根文学”之“根”的追索

李珂玮　著

东南大学出版社
SOUTHEAST UNIVERSITY PRESS
·南京·

图书在版编目(CIP)数据

从全球到本土:对"寻根文学"之"根"的追索 / 李珂玮著. —南京:东南大学出版社,2017.4
ISBN 978-7-5641-7083-7

Ⅰ. ①从… Ⅱ. ①李… Ⅲ. ①中国文学-文学研究 Ⅳ. ①I206

中国版本图书馆 CIP 数据核字(2017)第 051515 号

从全球到本土:对"寻根文学"之"根"的追索

出版发行	东南大学出版社
出 版 人	江建中
社　　址	南京市四牌楼 2 号
邮　　编	210096
网　　址	http://www.seupress.com
经　　销	各地新华书店
印　　刷	虎彩印艺股份有限公司
开　　本	787 mm×1092 mm　1/32
印　　张	10.25
字　　数	180 千字
版　　次	2017 年 4 月第 1 版
印　　次	2017 年 4 月第 1 次印刷
书　　号	ISBN 978-7-5641-7083-7
定　　价	36.00 元

* 本社图书若有印装质量问题,请直接与营销部联系,电话:025-83791830。

序

2016年岁末，远在非洲任教的我的学生李珂玮发来邮件，说她的专著《从全球到本土：对“寻根文学”之“根”的追索》即将公开出版，希望我能为之作序，这是她对我的尊重和信任，我作为她的老师，为之欣喜，也责无旁贷，于是欣然接受。

这部专著是珂玮在博士学位论文的基础上修订、完善而成。当我坐在电脑前，重温她的论文，开始敲字写“序”之时，往事一幕幕浮现在我的眼前。

屈指算来，我与珂玮的师生之谊，已逾10年。2006年，她考上了硕士研究生，并选择我做她的导师。从此，她开始了做学问之旅，开启了学术研究之路。看到她求知的热情，看到她充满期待的眼神，我感到了作为导师的责任。转眼三年过去了，她以优异的成绩如期毕业。她的硕士学位论文在选题上、在论证上、在对作品的真切感受上都是令人称道的，给答辩委员会专家留下了深刻印象。毕业之后，她在高校做过辅导员，后从事对外汉语教学工作。

不久，她找我表达了想攻读博士学位的意愿。我当时有一种近乎本能的偏见，认为作为一个女性，有了一份自己喜欢的不错的工作，然后就是安排好家事，相夫教子，做一个贤妻良母，至于事业追求则是第二位的。所以，对她的考博热情并没有肯定和鼓励，而是泼了冷水，并说了读博士如何辛苦、如何煎熬之类的话。但她却没有丝毫的动摇，依然表现出坚定和执着。我只好把话题拉回来，说考博士就是考专业功底，靠临时突击是解决不了根本问题的，必须从长计议，长期积累，认真读书，认真作读书笔记，积累文献资料和学术思想。她对我说的话似乎有些理解。一年后，她拿来在俄罗斯教书之余所积累的厚厚一摞读书笔记和文献资料，令我惊奇，她的确下了苦功。

功夫不负有心人。2011年，她一举成功，考取了博士研究生。这既证明了她的功夫，也证明了她的专业实力。就这样，紧张而繁重的博士生的研究性学习生活开始了，这对于每一个博士生来说，都不是轻松的。不仅要听课、完成学分，而且要在核心期刊上公开发表3篇学术论文。更艰难的是博士学位论文的完成，从选题到开题，从论文外审到论文答辩，可谓过五关斩六将。记得中科院院士范良藻曾经在文章中说过，中国的大学要想成为世界一流，看什么？从学生方面说，他认为，本科生是否达标，看是否会自主学习；硕士生是否达标，看是否会作基础研究；博士生是否达标，看是否会自我选题。对此观点，我是高度认同的。因此，在指导博士生时，完全让他们自我选题、自主选题，以培养他们发现问题的眼光、自我创新的能力。但这对于博士生来说是一大难关。

就在珂玮博士生的生活开始不久、尚未确定毕业论文选题时，两个鲜活的小生命在她体内悄悄地孕育着，她要做母亲了，而且是双胞胎。听到这一消息，作为导师，我是既高兴，又担心。担心的是她还能否如期完成学业，按时毕业。当两个小生命提前降临到人世以后，将给她带来怎样的欢乐和劳累，她又将面临着怎样的压力和付出，可想而知。正如珂玮在本书的后记中所言："产后100天，我清醒地意识到我除了是一位新妈妈，同时还是一位博士生，博士论文写作仍然是我的核心任务。于是在哺育孩子之时，我面前铺陈的是文本与研究资料。从此以后，夜深人静，两个孩子酣然入睡，属于我的自由时间才刚刚开始，这种节奏的生活与学习持续了三年。我的论文从框架构建到内容写作，再到几轮增删、几番修改，都是在无数个午夜完成的。"为此她也消瘦了很多很多。是什么力量支撑着一个双胞胎母亲如此顽强地写作论文？是梦想，是心灵的强大、精神的强大。她在和我交流时，说自己家里的桌子上、床上、地板上到处都是研究文献和资料，我说这才是论文写作的常态，表明你已经钻研进去了，入境了，并无意中说"每天坚持写作一千字，雷打不动。"没想到，她把这话牢牢地记在心里，并尽力完成或超额完成。

就这样，四年之后的2015年，珂玮交上了令人满意的答卷，不仅在核心期刊上发表了3篇论文，而且毕业论文也胜利地通过了外审，并得到专家的高度评价。我着实感到惊奇，她可以按期毕业了，根本不用延期。在答辩会上，我向各位专家简要介绍了珂玮这四年如何以惊人的毅力和耐力，出色地完成了这次“长跑”，专家无不为之感动，并生敬意之情。

珂玮的博士学位论文，从选题开始，就选择了艰难，可以说，啃的是一块硬骨头。20 世纪 80 年代的“寻根文学”在中国当代文学史上占有重要地位，它既是一种文学现象，也是一种文化思潮，是一个具有重要学术价值的研究课题。然而，梳理以往的研究成果，我们就会发现，多是在“寻根文学”内打转转，学术视野不够开阔，创新性的学术发现也就有限。珂玮正是有感于此，于是，跳出“寻根文学”来看“寻根文学”，跳出中国来观照“寻根文学”。于是，她发现，“寻根文学”并不是中国独有的文学与文化现象，而是 20 世纪全球共同的文化现象和文学主题。这种着眼于全球，探寻全球“寻根文学”产生的背景，即全球“寻根文学”的滥觞，并通过对全球“寻根”文学发展概况与核心价值的梳理，分析出中国“寻根文学”与他国“寻根”文学的关系。这就拓宽了以往“寻根文学”的研究视野，丰富了“寻根文学”研究的内涵。这正是本书鲜明的创新之处和学术价值所在。书中纵览了 20 世纪全球“寻根”文学的发展概况，梳理了欧美、亚、非、拉各国“寻根”文学的基本状貌，在此基础上，归纳总结 20 世纪全球“寻根文学”的多维价值，并与此对比，分析中国“寻根文学”与全球“寻根文学”的异同关系，以突出中国“寻根文学”的民族特征。作者学术视野的宽广，占有资料的丰富，若不下苦功是难以做到的。正是在这个意义上，我说她选择了艰难，啃下了一块硬骨头。

不仅如此，本书还分别从个体生命、民族文化、中国现实三个层面探寻中国“寻根文学”的多重主题，分别完成了对生命存在之“根”的追索；对中华文化之“根”的叩问；对中国问题之“根”的追问，实现了对中国“寻根文学”多角度、多层次内涵的挖掘，深化了对中国“寻根文学”的整体认识。

书中还论及了中国20世纪的核心问题是现代文明与传统文明的冲突，而唯有发挥传统与现代两种文明的各自优势，实现传统与现代的对话，才能促使转型期的中国更为稳健地向现代化迈进，这正是“寻根文学”对乡土中国前途的思索。这又使本研究成果有利于提升国人的民族认同感与自豪感，从而更好地承传和弘扬中华优秀文化，促进中华民族的伟大复兴。从这个意义上说，本书还具有鲜明的时代特点和深远的现实意义。作者无论对“寻根”作家、“寻根”作品，还是中外“寻根”现象、“寻根”思潮等都采用发展的眼光，秉持着辩证的态度，摒弃了一元论的价值观。可以看出，本书除了具有学术意义外，还具有文化意义、人类学意义和现实意义。

这部书是珂玮的第一部专著，也是一个良好的开端和光辉的起点，它凝结着珂玮四年的努力、拼搏、付出和艰辛，是她汗水、熬夜、思索和智慧的结晶，也是她长期孕育，一朝分娩的宁馨儿。所以，它是有生命力的，也是有灵性的。作为老师，看到自己的学生的成长、进步和结出的硕果，是比什么都令人高兴和欣慰的事。借此机会，我也衷心地祝愿珂玮以此书的出版作为自己奋然前行的动力，不断攀登新的学术高峰，不断结出新的学术硕果。事实上，她已经这样做了。近两年，不断传来她的好消息：已获批了四项省级哲学社会科学研究项目，她都是主持人，相信在不久的将来，她会写出新的、更有力度的学术著作来，我相信她的实力。

王卫平

2017 年元月 2 日于大连

前言

20世纪80年代的“寻根文学”在中国当代文学史上占有重要的地位，它既是一种文学现象，也是一种文化思潮。然而，“寻根”并不是中国独有的文学与文化主题，而是20世纪全球共同的文化现象、文学主题。本书首先着眼全球，探源全球“寻根文学”产生的背景，即全球“寻根文学”的滥觞，并通过对全球“寻根文学”发展概况与核心价值的梳理，分析出中国“寻根文学”与他国“寻根文学”的关系。其次，本书回归本土，既回顾了中国“寻根文学”产生的国内背景，又从多个角度探究中国“寻根文学”的主题。本书分为五章进行论述：

第一章从全球视野中追索全球“寻根文学”之滥觞。首先，本书从文化寻根角度追溯了全球“寻根文学”的发生背景，整个20世纪，“寻根”是全球共同的话语，它发端于西方文化寻根热潮，具体包括原始主义、东方主义、黑色风暴、凯尔特文化复兴等几个思想维度，体现了西方世界对现代性的反思，很快这股思潮席卷全球，各地先后产生了本土的“寻根”行动，以“寻根”为主题的文学在各国纷纷出现。继而纵览20世纪全球“寻根文学”的发展概况，着重梳理欧美、亚、非、拉各国的“寻根文学”。

在此基础上，归纳总结20世纪全球“寻根文学”的多维价值：其文化价值为反思西方现代文明；其政治价值为铸就民族独立发展之路；其文化人类学价值为促进种族、民族平等与自由；其文学价值为开拓了文学的题材、主题以及艺术表现空间。

第二章论述中国“寻根文学”发生的本土现场，及其与全球“寻根文学”的关系。中国“寻根文学”的诞生就其国内背景而言，是20世纪80年代中国“文化热”的产物，同时也是在全球化/现代化语境下中国知识分子对民族—国家的想象性建构；从创作手法来说，它又深受拉美等作家的影响，是本土文化与外来艺术的“混血儿”；在创作主体方面，“知青”的独特经历与视角为“寻根文学”的出现提供了主体条件。中国“寻根文学”与全球“寻根文学”在创作背景与写作视域、文本内涵方面存在诸多相同之处，但是由于各个国家的文化经历不同，其“寻根”自然也存在一定差异。这种差异首先表现为文化被“拔根”的原因不同，他国主要源于外来殖民侵略，而中国源于历次思想运动的自我否定。其次，表现为“寻根”的角度不同，他国寻根更多倾向于种族血脉，而中国寻根主要倾向于民族传统文化。

第三到第五章将分别从个体生命、民族文化、中国现实三个层面追问中国“寻根文学”的多重主题。第三章“寻根文学”对生命存在之“根”的追索，将“根”追溯到了生命的起源与生存的底线，从而从人道主义视角肯定了人的价值。首先，探寻人类存在的生命起源，从人类学视角捕捉“寻根文学”中的生殖崇拜主题，包括对人类原始生殖能力的崇拜；现实社会“力比多”的百态呈现；“死亡—再生”原型背后的生殖崇拜。其次，从物质层面探寻生命存在的底线——对粮食的渴求，从而肯定了人的自然属性。生命的存在除了基本的物质保障，还需要活下去的动力，即一种念想，因此第三节寻觅人类存在的精神支柱，将从念想支撑的沉重生命，以及活在精神世界里的孤独一代两个层面论述精神对人的意义，从而肯定人的社会属性。

第四章“寻根文学”对中华文化之“根”的叩问，关涉民族国民性、传统主流文化、各种类型的亚文化。“寻根文学”对民族国民性的追问不但包括了国民劣根性的剖析，如愚昧、冷漠、自欺欺人等，更包括了对民族优秀品质的重塑：自强不息、厚德载物。“寻根文学”对主流文化的辩证思考主要包括“寻根文学”对儒家文化、道家文化的褒扬与反思，表现其中的民族自省精神。在文化方面，“寻根文学”的一个突出特点就是反思主流文化，而向边缘、向原始文化问礼，因此，第三节重点论述“寻根文学”对亚文化的推崇，并以地域文化为落脚点，展示不同形态的亚文化，包括楚湘文化、吴越文化、齐鲁文化、秦晋文化、关东文化等。

第五章“寻根文学”对中国问题之“根”的追问，论述了中国20世纪的核心问题为现代文明与传统文明的冲突，而古老中国的现代化进程是举步维艰的。首先，乡土中国的本体之中存在很多困境，传统农业文明落后的生产力与对血缘的重视导致乡土中国封闭而又贫瘠，新中国成立后，国家的政策失误导致了严重的“三农”问题，加剧了现代化进程中的城乡矛盾。其次，在现代化进程中，乡土中国又充满了现代性焦虑，主要表现为现代性对乡土中国原始生产力的冲击、对生态平衡的破坏、对人性的异化，以此反思现代文明。面对现代性的汹涌来袭，乡土新生力量表达了对现代文明的热情拥抱，而传统保守势力则对现代性进行了彻底的拒绝，无论拒绝还是接纳，现代性在中国的蔓延依然是不可阻挡的必然趋势，唯有发挥传统与现代两种文明的各自优势，实现新旧对话，才能促使转型期的中国更为平稳地向现代化迈进，这正是“寻根文学”对乡土中国前途的思索。

本书的创新之处和特色，首先表现为拓宽了传统“寻根文学”的研究视野，不但分析了“寻根文学”产生的本土历史文化背景，而且将研究视角扩大至全球，剖析了全球“文化寻根”思潮对中国“寻根文学”的影响。这在以往的研究中是少见的。其次，本书通过全面梳理全球他国“寻根文学”发展概况，分析全球“寻根文学”的多元价值，以此对比分析中国“寻根文学”与全球“寻根文学”的异同关系，以突出中国“寻根文学”的民族特征。而以往的研究多是集中在对中国“寻根文学”的孤立阐释上。第三，本书实现了对中国“寻根文学”多元内涵的挖掘，拓宽了以往研究的单一视角。不但探讨了“寻根文学”的文化主题，而且研究了其生命主题与现实主题。第四，除了研究视域的拓展，本书无论对“寻根”作家、“寻根”文本还是“寻根”内涵等都采用发展的眼光，秉持着辩证的态度，摒弃了一元论的价值观。

目 录

引　言

一、问题的提出

本书主要涉及两个方面的问题，其一为20世纪80年代中国的“寻根文学”，它以中华“文化寻根”思潮作为背景，旨在探寻文化岩层中民族文化、民族精神之“根”，以期重铸民族灵魂，体现对传统文明的怀念，以及对现代文明的焦虑、反思。1985年，韩少功率先在一篇纲领性的论文《文学的“根”》① 中声明，“文学有根，文学之根应深植于民族传统的文化土壤中”，他提出应该“在立足现实的同时又对现实世界进行超越，去揭示一些决定民族发展和人类生存的迷。”在这样的理论之下，作家开始进行创作，理论界便将他们称之为“寻根派”。虽然“寻根文学”正式得名于1985年，但是具有相同主题的文学创作却不止于此，早在朦胧诗中便已经有了这种趋向。文学史上公认的代表作是杨炼1982年前后创作的组诗《半坡》《诺日朗》《敦煌》《西藏》等，该组作品以民俗、

① 韩少功．文学的“根”．作家，1985（4）

历史、文化题材颂赞远古文明。20 世纪 80 年代初兴起的文化风俗小说，如邓友梅的《那五》、汪曾祺的《受戒》、陆文夫的《美食家》等拉开了“寻根文学”的序曲，1983 年王蒙的“在伊犁”系列，对新疆地域风土人情、伊斯兰教文化的挖掘等均为“寻根文学”开创新风。本书探讨的文本对象为 1985 年被正式命名的“寻根文学”，包括阿城的“三王系列”，韩少功的《爸爸爸》《女女女》《归去来》等，王安忆的《小鲍庄》，莫言的《红高粱家族》《透明的红萝卜》等，郑义的《老井》《远村》，李杭育的“葛川江系列”，郑万隆的“异乡异闻系列”，贾平凹的“商州系列”等。

本书涉及的第二个问题为全球“寻根”文学。20 世纪后半叶在现代化与全球化的时代主题下，全球掀起了反思现代性的“文化寻根”思潮，世界各国文坛纷纷对此做出响应，诞生了一大批具有“寻根”内涵的文学流派、文学现象，除了中国的“寻根文学”，还有美国的黑人文学、俄罗斯的“新根基派”写作、印度的“边区文学”、非洲的“黑人性文学”“埃及个性文学”、拉丁美洲的“地方主义文学”“土著文学”“爆炸文学”等。虽然这些文学流派在全球并没有统一的名称，但是它们有着共同的文化主题，那便是“文化寻根”。因此，在书中笔者将其命名为全球“寻根文学”。由于各个国家、民族、种族的发展历史不同，全球“寻根文学”表现出不同维度的文化寻找。美国的“黑人文学”与非洲的“黑人性文学”侧重于寻找黑人种族之“根”，体现了重建种族身份的焦虑，英国“寻根文学”倾向于对即将消失的亚文化进行礼赞，俄罗斯“新根基派”侧重于对原始文化的怀念，亚洲的日本和印度的“寻根文学”注重对原始文化与非规范文化的挖掘，拉丁美洲的“土著文学”“文学大爆炸”等文学思潮更注重对民族文化、地域风俗的呈现。全球“寻根文学”与中国“寻根文学”对“根”的寻找无论是发生的原因还是寻找的方向都有着明显的异同之处。

虽然中国的“寻根文学”作为一种文学流派已存世30余年，针对其进行的学术研究成果也颇具规模，但是中国的“寻根文学”在全球“文化寻根”思潮中扮演着什么角色，它与全球他国“寻根文学”有着怎样的异同关系仍然是研究领域的空白。在21世纪的今天，中国开始大踏步地向现代化国家驶进，城乡一体化进程的加快，也加速了农业文明的消失，以农业文明为土壤的民族之“根”该何去何从？越来越多的人感到灵魂之“根”无处可依。因此，“寻根”在当下尤其有着深远的意义，它要为个体、为民族寻找一块精神皈依的圣地。从这个意义上说，研究全球和本土的“寻根文学”，不仅具有文学意义、文化意义，而且具有现实意义和历史意义。

二、关于“寻根文学”的研究综述

“寻根文学”作为20世纪80年代重要的文学现象，自诞生以来一直受到评论界的广泛关注，纵观近些年来的有关研究成果，其研究角度是多方面的，但主要集中于以下四个角度。

第一，从发生学的角度论析“寻根文学”的产生、发展和衰落的过程与原因，这方面的研究大致分为国际视野和国内视野。从国际视野挖掘“寻根文学”产生根源的专家，首屈一指的当数人类学家叶舒宪，他在21世纪之初撰写了大量论文追溯全球“文化寻根”的滥觞，如《西方文化寻根的“黑色”风暴——从〈黑色雅典娜〉到〈黑色上帝〉》① 《西方文化寻根思潮的跨世纪演化——透视“新时代运动”》② 《西方文化寻根的“凯尔特复兴”》③ 等，这些成果佐证了中国“寻根文学”不是孤立无援的，而是全球“文化寻根”母题下的子课题。国内对本土“寻根文学”的研究不胜枚举，20世纪80年代后期至90年代，很多研究成果集中于对“寻根文学”的缘起作客观的背景追忆，最有代表性的是张清华教授的论著《中国当代先锋文学思潮论》④ 将“寻根文学”置于“启蒙主义”哲学思潮下，探究“寻根文学”产生的背景：1980年

---

① 叶舒宪. 西方文化寻根的“黑色”风暴——从《黑色雅典娜》到《黑色上帝》. 文艺理论与批评，2002（3）：29～38

② 叶舒宪. 西方文化寻根思潮的跨世纪演化——透视“新时代运动”. 文史哲，2003，274（1）：30～36

③ 叶舒宪. 西方文化寻根的“凯尔特复兴”. 文艺理论与批评，2003（1）：110～121

④ 张清华. 中国当代先锋文学思潮论. 南京：江苏文艺出版社，1997

以来文化的开禁，西方各种理论大量引进，使文人从庸俗社会学走出，文学创作与研究的“方法热”成为一种流行。1985年，随着社会环境的进一步宽松与文化开放步伐的加快，转向传统的历史文化创作热潮获得成熟的时机，继而“寻根文学”成为一场运动。另外，拉美文学大爆炸为中国文学提供了成功的典范。张清华教授还从诗歌方面探索“寻根思潮”的发端，并将寻根小说思潮的缘起与发展分为三个阶段，最后论述“寻根文学”存在的悖论与最终的转机。论文方面，较为有代表性的是李洁非在《寻根文学：更新的开始（1984—1985）》① 中系统梳理了“寻根文学”的缘起与背景，以及各界对寻根作家提出的理论争辩，也阐述了寻根作家的构成，并以阿城、韩少功为个案进行了文本分析。此外，季红真的研究也具有文学史意义，她在《历史的命题与时代抉择中的艺术嬗变——论“寻根文学”的发生与意义》② 中论述了“寻根文学”的发生以及承载的文化意识与历史使命。21世纪以来，“寻根文学”创作已归于沉寂，评论界更多地对“寻根文学”的衰落进行反思，如朱水涌、张静在《传统重建

① 李洁非．寻根文学：更新的开始（1984—1985）．当代作家评论，1995（4）：101～113

② 季红真．历史的命题与时代抉择中的艺术嬗变——论“寻根文学”的发生与意义．当代作家评论，1989（1）：13～22

为何尴尬——以“寻根文学”为例》① 中追溯了“寻根文学”的发生和实绩，并分析了“寻根文学”在传统与现代之间最终并没能寻到文化之根的原因。指出其创作也未能超越以现代性为主导的启蒙文学的想象，寻根作家并没能给传统文化的衰败和失落以合理的阐释。刘淮南在《对寻根文学中文学性批判之不足的反思——以〈爸爸爸〉、〈小鲍庄〉为例》中认为“寻根文学其实算不上是一次成功的文学实践，其不成功的原因在于寻根作家对如何建构新文学和新文化的认识并不清楚，在于对文学、文化的感受与理解上存在着迷惘，而且，这种迷惘对寻根作家来说又是内在的，这种内在的迷惘在寻根作家的创作中表现得也是非常明显的”②。

第二，从文本细读的角度，在具体作品的字里行间寻找思想与文化的内涵。这方面的研究有的将“寻根文学”作为一个流派，对几个类型接近的作家、作品进行整体感悟，有的只是针对某个作家、某个作品进行微观的文本解读。其中，还可以具体分为如下几个角度：首先，从地域文化角度挖掘作品中的地域之风，包括韩少功作品中的楚地文化、莫言作品中的齐鲁文化、郑义作品中的秦晋文化、李杭育作品中的

---

① 朱水涌，张静．传统重建为何尴尬——以“寻根文学”为例．文艺争鸣，2009（6）：69～73

② 刘淮南．对寻根文学中文学性批判之不足的反思——以《爸爸爸》、《小鲍庄》为例．中国文学研究，2012（2）：28～32

吴越文化等，代表性的研究成果如龚敏律的《韩少功的寻根小说与巫楚文化》①；董琳的硕士论文《论韩少功创作中的楚文化意蕴》②；陈晓明的《“在地性”与越界——莫言小说创作的特质和意义》③；程光炜的《魔幻化、本土化与民间资源——莫言与文学批评》④；钟本康的《当代意识观照下的吴越文化形态———评李杭育的“葛川江小说”》⑤；宋俊宏的《郑义小说中的地域文化色彩——以〈远村〉、〈老井〉为例》⑥ 等。其次，从民族文化角度探究“寻根”作家的文化立场、“寻根”作品的文化内涵。旷新年的《“寻根文学”的指向》⑦ 提出“寻根文学”的两种文化内涵，包括启蒙主义与国民性批判，以及对日常生活的描写。对具体作家作品的分析主要针对王安忆、阿城、韩少功、莫言等，代表性的成果有陈思和的《对古老民族的严肃思考——谈〈小鲍庄〉》⑧，他在作品构建的虚幻神话世界与

---

① 龚敏律. 韩少功的寻根小说与巫楚文化. 中国文学研究，2005（2）：96～101
② 董琳. 论韩少功创作中的楚文化意蕴：［硕士学位论文］. 开封：河南大学，2010
③ 陈晓明. “在地性”与越界——莫言小说创作的特质和意义. 当代作家评论，2013（1）：35～53
④ 程光炜. 魔幻化、本土化与民间资源——莫言与文学批评. 当代作家评论，2006（6）：11～22
⑤ 钟本康. 当代意识观照下的吴越文化形态———评李杭育的“葛川江小说”. 小说评论，1986（6）：27～42
⑥ 宋俊宏. 郑义小说中的地域文化色彩——以《远村》、《老井》为例. 阅读与写作，2010（10）：4～6
⑦ 旷新年. “寻根文学”的指向. 文艺研究，2005（6）：15～22
⑧ 陈思和. 对古老民族的严肃思考——谈《小鲍庄》. 文学自由谈，1986（2）：140～144

真实人世界中品读出其中的民族悲剧、人类悲剧；陈晓明的《论〈棋王〉——唯物论意义的阐释或寻根的歧义》① 颠覆了《棋王》的文化主题，从中挖掘了文本的唯物主义内涵；董之林在《镜子与调色板——重读〈女女女〉》② 中分析了韩少功《女女女》中三个女性的象征意义；程光炜的《颠倒的乡村——再读莫言的〈透明的红萝卜〉》③ 揭示了《透明的红萝卜》对人民公社下农村现实生活的真实再现；南帆教授在《象征——虚实之间——评〈小鲍庄〉、〈透明的红萝卜〉、〈爸爸爸〉》④ 中分析了捞渣、黑孩、丙崽这三个孩子的象征意义，指出："他们不是象征着成人世界的向往、追求或对立物，他们恰恰象征了成人世界的精神状态本身。"

第三，"寻根文学"与政治、文化等文学之外的学科之间的关系探究。"寻根文学"不是单纯的文学现象，无论是产生的背景，还是创作的理论与实践都与政治、文化有着剪不断的联系。"寻根文学"诞生的出发点是人类对现代化进程的反思，从这个角度对"寻根文学"的研究主要集中探讨"寻根

① 陈晓明．论《棋王》——唯物论意义的阐释或寻根的歧义．文艺争鸣，2007（4）：128～142

② 董之林．镜子与调色板——重读《女女女》．文艺争鸣，1994（5）：59～63

③ 程光炜．颠倒的乡村——再读莫言的《透明的红萝卜》．当代文坛，2011（5）：16～22

④ 南帆．象征—虚实之间——评《小鲍庄》、《透明的红萝卜》、《爸爸爸》．福建论坛，1987（5）：5～9

文学”与现代性、后现代性的关系。林秀琴的博士论文《寻根话语：民族文化认同和反思的现代性》① 旨在从“话语”角度探讨寻根话语的历史语境、相关论争、主要立场、文本实践和价值意义。文中分析了在现代化运动和现代性总体方案的历史语境中，寻根话语通过“城市/乡土”的叙事，建立了现代与传统、历史与伦理、启蒙与审美的维度，对现代化运动和现代性总体方案进行了批判性的建设，寻求解决现代性危机的方法。对寻根话语的这些思考和建设，对我们思考全球化体系中民族国家的社会历史发展具有重要意义。“寻根文学”与后现代性的关系的代表性研究成果有刘云艳的硕士论文《论“寻根文学”的后现代性》②，文章从后现代的开放性视角介入，从四个方面发掘“寻根文学”所具有的反叛性特征，及其在中国当代文学发展历程中的变革性意义。文中认为“寻根文学”对中心主义的解构，对线性历史进步观的怀念，对传统小说叙事格局的转化，对不确定性叙事的尝试等都直接开启了小说文体革新的序幕。司娟的《评述“寻根文学”的后现代性》③ 认为，“寻根文学”从文化角度大胆地质疑社会历史发展的进步神话，反抗现代机械的进步观。孟繁

① 林秀琴．寻根话语：民族文化认同和反思的现代性：[博士学位论文]．福建师范大学，2005

② 刘云艳．论“寻根文学”的后现代性：[硕士学位论文]．金华：浙江师范大学，2009

③ 司娟．评述“寻根文学”的后现代性．时代文学，2011（8）：105～106

华在《启蒙角色再定位——重读“寻根文学”》① 中从启蒙角度提出现代主义与“寻根文学”的区别，认为现代主义帮助人认识自我，争取人的合法存在，但是“寻根文学”帮助人认识到自己的劣根性、有限性，并对国民性有着更清醒的认识，有利于实现人的真正解放。王一川在《传统性与现代性的危机——“寻根文学”中的中国神话形象阐释》② 中分析了“寻根文学”中传统与现代的矛盾冲突，指出了中国的前进之路必须协调好二者的关系。

第四，对“寻根文学”价值的探讨。中国“寻根文学”已走过风雨30年，评论界对其褒贬至今莫衷一是。邓楠的专著《寻根文学价值观论》③（也是目前研究“寻根文学”的唯一专著）从宏观角度对“寻根文学”进行综合论述，是目前关于“寻根文学”的研究成就比较突出的专著。专著从三个角度综合论述了“寻根文学”的价值，其美学价值观主要包括民族文化本土化特征的凸现，民族文学独创性特色的建构，民族文学多样化手法的运用；其思想价值观包括宗教哲理价值观的呈现、伦理道德价值观的描写、历史意识价值观的观照；其艺术价值包括隐喻象征的大量运用，叙事方式的大胆变革，

---

① 孟繁华. 启蒙角色再定位——重读“寻根文学”. 天津社会科学，1996（1）：58～64

② 王一川. 传统性与现代性的危机——“寻根文学”中的中国神话形象阐释. 文学评论，1995（4）：97～108

③ 邓楠. 寻根文学价值观论. 长沙：湖南人民出版社，2008

叙述话语的多样融合。李庆西的论文《寻根：回到事物本身》① 认为“寻根文学”通过“风格化的审美追求”，“二元对立中的主体超越”，“反文化回归”等表述方式，强调“寻根”小说对现实政治、伦理价值的超越，阐明“寻根文学”思潮实现了从“工具论”中突出重围。张清华的《历史神话的悖论和话语革命的开端——重评寻根文学思潮》认为，“寻根文学是对‘后殖民主义’文化现象的倾慕与回应。带有‘历史主义’特征的文化启蒙使命和它事实上所描摹的落后愚昧的传统文化之间构成的自我矛盾”②。但是不可否认的是，“寻根文学”引起了新时期小说整体的话语变革，这是整个新时期文学变革的根本所在。海南师范大学的方涛在《“寻根文学”文学史价值的审视重估》③ 中肯定了“寻根文学”的文化价值，认为其是中国新文学关于民族传统文化的第一次自觉。陈思和 1986 年于《文学评论》发表的《中国当代文学中的寻根意识》④ 高度肯定了“寻根文学”中的“文化寻根”意义，认为“说文化寻根意识的产生标志着民族文化的更新与走向新的成熟，并不过分……唯有用现代观念重新观照历史的人，

---

① 李庆西．寻根：回到事物本身．文学评论，1988（4）：16～24

② 张清华．历史神话的悖论和话语革命的开端——重评寻根文学思潮．山东师大学报，1996（6）：88～92

③ 方涛．“寻根文学”文学史价值的审视重估．南方文坛，2012（4）：41～44

④ 陈思和．当代文学中的文化寻根意识．文学评论，1986（6）：24～33

才能对自身获得真正的理解，而决非简单的复古倒退”。

除了以上四种主要的研究视角外，还有对“寻根文学”创作主体的研究，主要阐述“寻根”作家的“知青”身份、成长历程与文本之间的关系，及其对文本内涵意义产生的影响。“寻根文学”与其他文学现象的对比研究也是一种研究思路，主要包括“寻根文学”与“魔幻现实主义”的关系、“寻根文学”与“乡土小说”的关系、“寻根文学”与“京派”文学的关系等。值得重点提出的是，《文艺争鸣》2014 年第 11 期发起了“‘寻根文学’三十年”主题讨论，共有 6 位曾经亲历“寻根文学”发生过程的著名文艺评论家分别从不同视角回顾了“寻根文学”的发生，并从不同的视角对“寻根文学”重新审视。其中，南帆的《“寻根文学”的理论后缀》反思了“寻根文学”的后殖民主义批评方法，指出后殖民主义夸大了不同文化的对立，只是一味强调文化双方的入侵与抵御，文化成为赤裸裸的战争武器，而遮蔽了不同文化之间的差异性与启迪性。因此，将“寻根文学”看成是本土文化对西方文化的抗拒这一观点过于狭隘。鲁枢元的《从“寻根文学”到“文学寻根”——略谈文学的文化之根与自然之根》分析了全球各国文化被“拔根”的原因，并指出中国文化之“根”更多的是被自己所拔。继而该文借荣格的人类学引出“自然”才是人类初始之“根”，因此主张新时代的“文学寻根”应该寻找人类的自然之根，并且修复人类即将崩毁的生态系统。

陈思和的《杭州会议和寻根文学》以回忆录的方式回溯杭州会议的讨论话题及西方现代派文学与中国文学创作。较为普遍的共识是，20世纪是文化互融的时代，“我们的创作应该自觉融汇西方现代主义意识与中国民族文化的传统因子，两者是相通的”①。文中也通过分析贾平凹的《商州初录》，表达了一代青年对现代与传统的复杂情感态度。程光炜的《重看“寻根思潮”》站在文学史的高度，提出应该对三十年前的“寻根文学”进行反思，而不应当仅仅进行一种纪念性的活动，所反思的内容其一是如何看待80年代环境论、典型论、主人公论被冷落后文学创作存在的问题，其二是如何看待典型论之后的马尔克斯崇拜现象。这两个问题恰恰都是“寻根文学”存在的，该文以此为“寻根文学”的研究提供了新的研究视野。许子东的《寻根文学中的贾平凹和阿城》将“寻根文学”的创作分为三个文化导向，重点分析了“寻根文学”中贾平凹与阿城在“文革”之后对民族文化的认识，并反思了当代革命对传统文化传承的影响，关于二者的异同文中也有所提及。季红真的《寻根文学的历史语境、文化背景与多重意义——三十年历程的回望与随想》首先简述了“寻根文学”发生的历史语境、文化背景，然后分别从美学意义、文学史意义等角度阐述了“寻根文学”的多重意义。时隔三十

① 陈思和. 杭州会议和寻根文学. 文艺争鸣，2014（11）：6～8

年，当初亲历“寻根”的青年学者已成为学界的中流砥柱，他们此番集体亮相充分证明了“寻根文学”不但是一种文学现象，更是一个年代的记忆，它的意义与价值至今没有褪色。此次论坛虽然都涉及对当时“寻根”语境的回顾，更多的是作者跳离了历史现场，从当下的视角反观，甚至是反思“寻根文学”，为我们提供了全新的研究思路，相信这组文章必将在当代文学批评史上写下重重的一笔。

通过以上文献综述，我们发现以往对“寻根文学”的研究成果较为丰硕，表现为研究角度的多元性、论文数量的丰富性、研究内容的深入性、研究时间的持久性。但是对“寻根文学”的研究仍然存在很多空白区和不足之处。首先，关于“寻根文学”的发生，目前仅仅局限于本土现场研究，而忽视了更为广阔的全球文化背景。除了叶舒宪在其人类文化学研究成果中提及全球“文化寻根”思潮对中国“寻根文学”的影响，此外别无他论，因此，中国“寻根文学”诞生的全球背景尚属研究领域的空白。其次，由于以往的研究者忽略了“寻根文学”全球“文化寻根”的大背景，因此只是孤立地审视本土“寻根文学”的作家作品，而没有意识到在全球化的大时代之下全球他国的“寻根”主题文学。第三，关于“寻根文学”的对比研究目前仅仅局限于与国内“京派文学”“乡土小说”的纵向对比，以及与拉丁美洲的“魔幻现实主义”的横向比较。将中国“寻根文学”与全球他国“寻根文学”进行更为系统的对比研究尚属空白。第四，对“寻根文学”内涵的挖掘目前主要局限于文化“寻根”，以及对现代性的反思。诚如吴俊指出：“翻检80年代中期的文学评论，可以明显地看到，评论界的兴奋点和聚焦点更多地汇集在现代主义的文学话题上。……90年代以来对80年代文学的回顾和探讨，更多的也以现代主义文学思潮或现象为主要关注对象或讨论框架，而对‘寻根文学’文本内部的研究并不充分。”①由此可见，对“寻根文学”文本内部的研究尚不够深入与全面，尤其是对那些非核心的作家作品，如对郑万隆、郑义、李杭育等的研究明显不足，对“寻根文学”作品的细读也远远不够。

总之，“寻根文学”仍然存在着值得深入研究的广阔空间。本书将沉浸到“寻根”文本内部，捕捉细节，以小见大，由浅入深，反观文学表象背后蕴藏的文化意蕴，以及时代主题，试图填补以往研究的空白或不足，并在先辈学者研究的基础上深入探究“寻根文学”的多维主题。本书的框架大致为：首先，从全球视野追溯“寻根文学”诞生的世界背景，并梳理全球“寻根文学”的发展概况，在此基础上剖析归纳全球“寻根文学”的多元价值。其次，落脚于中国“寻根文学”，多角度挖掘中国“寻根文学”的主题之“根”：第一，从

① 吴俊．关于“寻根文学”的再思考．文艺研究，2005（6）：7～14

人道主义出发，探问人类存在之“根”，包括生殖崇拜、物质追求、精神追求等，从而肯定了人的自然属性与社会属性，肯定了人的价值。第二，追溯中华文化之“根”，辩证分析民族国民性、中华主流文化，并归纳“寻根”作品中的亚文化精髓。第三，从现实层面追索中国问题之“根”，包括现代化进程中中国本体的困境，以及乡土中国对外来现代性的焦虑，并积极思考中国面对两种文明冲突时的出路何在。这样，从全球到本土，完成对“寻根文学”之“根”系统、深入的追索。

三、本书的主要研究方法

本书的研究方法主要有文献法，通过查阅相关期刊、报纸、网络获得大量研究资料，在此基础上利用归纳总结法，归纳已有研究的角度与程度，总结已有研究的功绩与不足，并拟建构本书的研究框架。又利用历史文献法从时代特征出发，梳理“寻根文学”产生的国际背景与本土现场，追溯20世纪全球“文化寻根”的源头，以及世界各国“寻根”主题文学的创作成绩。“寻根文学”在中国诞生，既是现代化进程中全球文化寻根的大势所趋，也因本土独特的历史、政治和文化背景所激发，因此用历史文献法探源“寻根文学”在中国的发生有利于更加深入地解析文本内涵。在具体的文本研究过程中，运用文本细读的方法对“寻根文学”的代表作进行深入细致的阅读，力求开掘出文字表层下的深刻意蕴，而不停留于“人云亦云”，避免本书成为二手材料的堆积。对“寻根文学”的批评方法主要有比较文学批评法、社会历史批评、政治学批评、文化学批评、原型批评、心理学批评等。首先，中国“寻根文学”与20世纪全球“文化寻根”遥相呼应，因此将“寻根文学”与他国“寻根”主题文学进行比较研究是很有必要性和开拓性的。本书利用比较文学批评方法，对比分析中国“寻根文学”与他国“寻根”主题文学在价值取向方面的异同关系。其次，利用原型批评探究出“寻根”代表作品中具有原型特征的人物与形象所包含的隐喻和象征意义，挖掘小说中“死亡—再生”原型背后的生殖崇拜，探寻生命起源之“根”。主要针对韩少功的《爸爸爸》《女女女》，王安忆的《小鲍庄》，莫言的《透明的红萝卜》等作品中人物与事物所属的文化原型展开批评。再次，利用心理学批评分析以上作品中人物沉默掩盖下的性意识，以及“利比多”的存在状态，以探源生命存在之“性欲之根”。第四，利用社会历史批评与政治学批评分析“寻根文学”在抽象文化以外蕴含的社会历史内涵。既包括人类赖以存活的物质之根，也包括文本中折射出的中国现实问题。阿城、王安忆、韩少功、莫言、郑义等的作品中均展现了人存在的饥饿与贫困状态，对物的追求成为生存的根本。社会历史批评主要用于揭示现代文明与传统文明对中国社会现实的影响，从现实主义层面揭示中国问题之“根”。第五，“寻根文学”不仅是一种文学形式，也是一种文化表达，因此文化批评是其中重要的方法，运用文化批评透析“寻根”文本蕴含的文化因素，既包括文本表层叙述的地域文化、心理文化，又包括小说人物折射出的民族精神皈依。重点分析“寻根”作家对传统主流儒家文化与道家文化的态度，并且通过触摸文本过滤出文本中对地域文化的描写，包括地域风貌、风土人情、宗教文化、方言俗语等，以及作家对地域文化的立场。

四、本书的实用价值与理论意义

本书的研究意义是多方面的，首先，本研究具有一定的学术意义。本书将“寻根文学”置于全球“文化寻根”的大背景之下，并且将中国的“寻根文学”与全球他国“寻根”文学进行了系统对比，延伸与拓宽了“寻根文学”的研究视野，从而突出了中国“寻根文学”的本土特征。在主题剖析方面，本研究突破了单纯的文化主题的苑囿，努力探索“寻根文学”对生存之根、物质之根、现实中国问题之根的叩问，实现了对“寻根文学”更为深入、全方位的解读。其次，本研究具有一定的文化意义。“寻根文学”体现了 20 世纪 80 年代知识分子对各类文明形态的审视，关涉原始农业文明、现代工业文明，甚至后现代文明。本书通过对“寻根文学”中描写的几种文明形态的辩证分析，揭示了“寻根文学”中蕴含的对原始农业文明纯朴、自然性的留恋，对现代工业文明现代性、高效性的向往，但也饱含了对原始农业文明落后、愚昧性的批判，以及对现代工业文明无情、破坏性的反思，甚至对后现代文明去中心主义的忧思，从而为当下中国经济发展、文化建设带来一定启示。第三，本研究具有一定的人类学意义。“寻根”的前提是“失根”，从全球语境分析，是殖民化的进程与现代化的进程使被殖民国的国人们失去了原有的家园，丢失了原有的文化；从中国国情看，是无数次革命在一定程度上影响了中华传统文化的传承，同时现代化、城市化的进程又使无数农民失去了土地，失去了家园，成为新的无“根”者。本研究唤醒了人类对和平的渴望，唤起了人类对“根”的怀念，从而增强了人类对生态的保护意识，对民族文化、地域文化的传承意识，以促进人类的可持续和谐发展。

第一章

寻觅全球“寻根文学”之滥觞

中国的“寻根文学”因其鲜明的文化意义在中国文学领域，以及文化领域占有重要的地位，但“寻根文学”并不是孤立的文学现象，也不是中国独有的文学主题，它构建于全球庞大的“寻根”话语框架之下，是20世纪全球现代化发展过程中出现的“文化寻根”主题下的子课题。本章将追溯全球“寻根”文学之滥觞，亦即中国“寻根文学”产生的世界背景。

一、全球“寻根文学”的缘起

“寻根文学”于20世纪80年代中期在我国短暂驻足，似乎只是我国众多文学思潮中耀眼的一瞬。国内众多学者的研究也只是针对中国本土的“寻根文学”，事实上，“寻根文学”并非中国独有的文学思潮，从全球范围看，很多国家在不同时期，都存在过不同形式的“寻根文学”。其中，比较集中的爆发时间是20世纪50～70年代，具有一定规模并影响最大的是美国的“黑人文学”。全球大规模“寻根文学”的涌现，根源于20世纪波及全球范围的“文化寻根”思潮。

20世纪全球“文化寻根”思潮发端于西方世界，体现了对西方现代文明的反思。现代、现代性与现代化有联系也有区别，现代是一种不可逆转的时间观念，它是人类持续发展的、前进的时间轴。但是什么是现代性，却是一个无极之问，通常大家普遍认为，现代性是指启蒙运动以来形成的新的世界体系，它推进了各个民族国家的社会发展，建立起高效的组织机制，形成了新型的民族国家与法制的理念，在价值理念方面创建了民主、自由、平等的政治观。现代化也是一个变化的过程，用来描述现代发生的社会以及文化变迁的现象。现代化进程最早始于16世纪的西欧，到了19世纪末，已经走过了四百年的历程。至20世纪，现代化开始不断向全球扩张，即出现全球化的趋势，除了之前已经步入现代化的欧洲、北美、日本等，广大亚、非、拉地区经过民族解放运动也走向了现代化道路。在现代化的进程中，西方文化大规模侵入世界各地，使全球文化呈现严重“西化”的趋势。现代化伴随着全球化的扩张使得现代性势不可挡地弥散到世界各个角落，尽管现代性发端于西方基督教世界，但是弥散到全球之后变更了各国传统的政治、文化、思想秩序，使现代性不再是西方世界的专利，各个民族国家或者主动、或者被动地搭上了现代化的列车。可以说，在现代化这列火车上，每个国家都在逐渐地失去自我，失去民族的特征，失去文化的本真。

现代化过程中，现代性固然为人类带来了丰厚的物质资料，但人类也日益感受到现代性的负面效应。现代性发展的思想武器是兴起于17、18世纪的“启蒙思想”，霍克海默、阿多尔诺认为启蒙的根本目的就是采用知识代替幻想，因此现代性的核心思想为“理性”，否定神性，用科学、知识、技术、理性操纵世界，强调人的主体性。“但是由工具理性和技术文明带来的世界的‘去幻’和个体的自由很快遭到了怀疑。”① 当人们摆脱了宗教与神灵的束缚之后，开始肆无忌惮地利用工具理性与科学技术对世界进行征服，大肆破坏自然、破坏生态平衡，对物的无节制追求导致了人性的变异，原本温情脉脉的人际关系变成了冰冷冷的竞争与排异，个人主义的普泛化导致了社会责任的消解……三次科技革命导致的技术膨胀彻底将人类卷入了现代性的危机之中，世界战争、原子弹在保卫本民族的同时，更将人类推向了彻底毁灭的边缘。社会发展的现实从各个层面动摇了现代性的正义性与先进性。19世纪70年代后，经过第二次工业革命，资本主义发展已经进入成熟期，帝国主义对世界的瓜分也使得世界资本主义市场体系得以形成。进入20世纪，资本主义发展进入相对稳定期，虽经历了1929～1933年的短暂经济危机，但20世纪50～

① 林秀琴．寻根话语：民族文化认同和反思的现代性：[博士学位论文]．福州：福建师范大学，2005

70年代后完成了第三次科技革命，令资本主义经济进入稳定而高速的发展时期。资本市场的建立使得对财富的追求成为人类的主导价值取向，它颠覆了人类曾经对自然、对宗教的敬畏感，“上帝已经死了”的宣言使得人类从神灵的束缚中解放出来，无所畏惧，可以疯狂地、不择手段地追求资本利润。正义观、道德观的缺失致使人类的思想领域彻底荒芜，人类在无魂的沙漠中野蛮前行，带来的只有冷血的杀戮与无情的掠夺。利奥塔认为，“资本主义是现代性的名称之一”①。

20世纪经历了资本的扩张与战争的蔓延，人类面临着生死存亡的危机，现代性危机不但影响到民族国家发展，更渗透到个人的日常生活之中，以及自然生态之中，激发了人类对自身文明形态进行深刻的思考，因此，“20世纪60～70年代以来，‘新时代运动’经过30多年的迅猛发展，从西欧和北美扩展到全世界，形成了反叛现代性的文化寻根大潮”②。尽管这场全球范围的反思现代性、反思资本主义的思想运动较为集中地爆发于60～70年代，而实际上它弥漫于整个20世纪，而且在东方与西方世界表现出不同的思想倾向。西方国家“文化寻根”的主旨为通过“文化他者”“西方文化童年”

---

① [法] 利奥塔．后现代性与公正游戏——利奥塔访谈、书信录．上海：上海人民出版社，1997：147

② 叶舒宪．西方文化寻根思潮的跨世纪演化——透视“新时代运动”．文史哲，2003，274（1）：30～36

的对比反思西方现代文明；而非西方国家的“文化寻根”则主要表现为对西方现代文明以及全球化的抵制，以回归民族本土文化，强调文化的民族属性。在20世纪，西方“文化寻根”发展成为波及范围最广泛的民间文化复兴运动和思想运动，在这场涉及现代性、全球化的进攻与防御的“太极战”中，“当代文化寻根运动者反思和批判的锋芒也主要集中在种族、地理、历史观、性别、宗教诸方面”①，产生了大批重要的思想成果，其中较为卓著的是文化人类学。本次“文化寻根”思潮在人类文化学方面产生了以下几个重要的思想向度：原始主义、东方主义、黑色风暴、凯尔特文化复兴，这些也是全球“寻根文学”的创作主题。

原始主义又称“朴素主义”，发端于19世纪末法国艺术流派，是指西方现当代缅怀原始生活、崇尚自然的一种思潮。原始主义者向往尚未被文明开化的伊甸园式的和谐生活，认为都市文明和现代技术破坏了传统的生活秩序，打破了人与自然原有的和谐关系。关于人类的原始主义，美国人类学协会认为，应该谴责那些主张同化或者开发其他部落民族的言论，并号召各民族保护自己的本土文化，以免受到工业文明的破坏。原始主义具体包括三个方面：文化的原始主义、人

① 叶舒宪．新启蒙：文化寻根与20世纪思想的转向．天津社会科学，2005（4）：99～104

性的原始主义、文学的原始主义。文化的原始主义表现为绘画、音乐等形式，表现手法稚拙、古朴，呈现原始生活的粗犷、朴拙，也包括野性的美。法国后印象派画家高更怀疑欧洲文明以及传统艺术观，逃离现代生活，长期扎根孤岛与土著人生活在一起，最终使其艺术特征主要表现为原始社会的单纯、率真、粗放、远古。高更最著名的代表作《我们从哪里来？我们是谁？我们到哪里去?》表达了对生命起源，对人类未来的追问，同时这一天问也成为全球“寻根”主题文学的一个重要思想。原始主义文学主张逃离现代文明的枷锁，文本主要特征为描写人类的童年经验、本能的原始冲动，以及人类的集体无意识，以颂扬原始文化、原始人性、原始秩序。中国社会科学院文学研究所叶舒宪在《从〈金枝〉到〈黑色雅典娜〉——二十世纪西方文化寻根》① 一文中将 20 世纪西方知识界的“文化寻根”浪潮大致划分为早、中、晚三期，英国人类学家弗雷泽的《金枝》、法国当代汉学家雷蒙·施瓦布的《东方文艺复兴》和伯纳尔的《黑色雅典娜》为对应时期的代表作。《金枝》一书内容丰富，描述了原始人的土地崇拜、灵魂崇拜、树木崇拜、禁忌习俗、人祭、巫术、婚姻等信仰和风俗，为以后的民族学家和人类学家提供了丰富的

---

① 叶舒宪. 从《金枝》到《黑色雅典娜》——二十世纪西方文化寻根. 寻根，2000（6）：102～108

资料，被称为古典人类学的“圣经”。《金枝》引发学者建构“原始社会”的假想、催生了“文化寻根”思潮中的“原始情结”。这种“原始情结”的出现试图矫正西方文化的偏颇，缩小现代性危机的蔓延，体现了人类企图回归自然属性的价值取向，以期在现代文明之外探寻接近天性的自然生活形态。德国诗人海涅的一首名诗《问题》中，一个傻子对着海边的波涛发问：“人是什么意思呢？人从哪里来，又到哪里去？”可以说原始主义是人类对自身文明进程的反思，从本质来看，反映的是人类对自我的一种认识需求。它所选择的认识路径是回忆人类的昨天，追忆那些已经失落的美好的生存环境，以反思当下文明的适度性。“原始情结”在“寻根文学”中的直接体现便是在文本中表达对原始生活的礼赞，对原始文化的向往，最突出的代表是拉美魔幻现实主义文学“大爆炸”效应。原始与魔幻成为魔幻现实主义取之不尽、用之不竭的天然素材，通过对原始自然与人性的认同，表达对现代文明的批判，尤其是对现代文明病的鄙夷。此外，还有拉丁美洲罗慕洛·加列戈斯的《堂娜芭芭拉》和里卡多·吉拉尔德斯的《堂塞贡多·松勃拉》。中国“寻根文学”更是有着鲜明的原始主义审美倾向，“寻根”作家各自将创作的目光定位于茫茫草原、深山老林、荒山野岭、蛮荒时代……在这些神秘的边缘领地处处散发着原始的气息，为世人呈现出偏远地域的原始蒙昧形态，绘制出一幅幅原始的文明图景。韩少功的

《爸爸爸》、乌热尔图的“鄂温克系列小说”、郑万隆的“异乡异闻”、郑义的“太行山系列”、贾平凹的“商州系列”等无不在原始语境中或者塑造地域文化，或者追溯传统文明，用以反观迎面而来的现代文明。

“东方文艺复兴”最初由奎内特（Edgar Quinet）于1841年提出。他指出，（欧洲的）东方学学者认为，就整体而言，一种比古希腊、古罗马更宏大、更富有诗意的古典主义，正从东方的深沉中显露。由此催生了西方“文化寻根”的第二个向度——东方主义。英国人伯纳尔撰写《黑色雅典娜》，书的副题叫“古典文明的非洲亚洲之根”，此处的“古典”，专指古希腊罗马文化。作者要告诉世人，西方文明之“根”并不在西方自身，而是在东方。在人类文化史上共存在八大文化体系，其中属于西方的只有希腊罗马文化体系，而其他的东方文化体系包括中华文化体系、印度文化体系、非洲黑人文化体系等。东方文化历史悠久、体系繁杂，在人类文化史上创造了光辉灿烂的文明，西方推崇的“东方主义”不仅在西方引起了文学反映，更重要的是令东方人产生了推崇本土文化、挖掘东方文明底蕴的热潮。东方各国“寻根文学”在文本中饱含深情地对本民族国家的文化形态、文化精神进行了深入发掘，体现了知识分子对东方本族文化的崇尚和弘扬。由于东方各国大多数在20世纪遭受西方列强的殖民或者侵略，因此东方各国、各民族的“文化寻根”带有明显的反抗性质，其“寻根文学”富有鲜明的民族主义文学色彩。在印度，打着民族主义烙印的“正统”的传统文化在主张维护和传承印度传统文化的学者推动下，以“回归”的姿态在现代化的浪潮中复活。很多作家自觉重拾梵语写作，旨在弘扬印度传统文化，这是以东方文明对抗西方文明的典型代表，表现了文化弱者向文化强敌的抗议。非洲的黑人写作更是发出了广大黑人兄弟对非洲文化回归的呼唤。在东方的文化体系中，只有中华文化体系在全球范围内有广泛而深远的影响，能够与西方希腊罗马文化体系分庭抗礼。西方诸多科学家与文化界的学者，如爱因斯坦、笛卡尔、海森堡、萨特、托尔斯泰、博尔赫斯等，均对东方文明表现出浓厚的兴趣，并给予了很大程度上的肯定。“东方文艺复兴”思潮在中国的直接反映便是触发了中华民族“文化寻根”的热潮。韩少功的著名宣言《文学的“根”》也借用了东方文化复兴的思想主张：“西方历史学家汤因比曾经对东方文明寄予厚望。他认为西方基督教文明已经衰落，而古老沉睡着的东方文明，可能在外来文明的‘挑战’之下，隐退后而得‘复出’，光照整个地球”①。当别人在用他者的眼光欣赏我们中华文化的时候，作为中华民族的子孙，我们没有理由漠视原本就属于自己的无形财富，即便是抱有对传统文化的反思与自省的态度所体现的也是中

① 韩少功．文学的“根”．作家，1985（4）

华子孙对民族文化的正视与珍视，希冀民族文化能够祛除痼疾，日趋完美与强盛。中国 20 世纪 80 年代的“文化寻根”思潮充满了浓重的东方主义色彩，文化哲学界纷纷从不同角度展开研究，弘扬民族文化。中国“寻根文学”中绕不开的话题更是对中华传统文化之根的挖掘与辨析，既包括文化的历时形态，也包括文化的共时形态；既包括对传统文化的赏识，也包括对民族文化的反思，赏析与批判都体现了高度的民族文化自觉意识。东方文化复兴运动有力地回击了“东方主义”对东方文化的贬损，让全球看到了东方文化的光辉灿烂之处，是人类对各类文化形态的一种重新审视与评估。

西方“文化寻根”的第三个向度为“黑色风暴”，即“走出非洲”，这是一种关于人类起源的科学性假说，认为人类发端于非洲。20 世纪中期以后，借助于考古学与基因学的伟大发现，关于人类起源形成了新的理论，即“走出非洲”：人类祖先最初诞生在非洲大陆，后来逐渐走向世界各地。据考证，人类曾在非洲生存了大约 15 万年，然后走出非洲分散到世界各个角落，因此，人类曾经有过相同的文化经验，也拥有共同的集体无意识。“猿人先祖走出非洲导致了人类文化的全球扩展，而非洲文明祖先的走出非洲又直接或间接地催生了西方文明。"① 非洲黑人的"文化寻根"，为人类学家提供了一个考证人类文明起源的有力证据，也使得非洲文明在人类文化大巡展中体现了其悠久、灿烂的光辉。由西方考古学引发的"黑色风暴"，引起了很多国家和民族开始探询本民族的人种起源，如日本于20世纪60年代中期在学术界掀起了一场探究日本人种起源的"寻根热"，很多日本学者把中国云南当做"寻根"的主要对象，纷纷到云南"寻根问祖"。"黑色风暴"使非黑色人种开始对黑色人种，以及黑色人种拥有的黑人文化进行接纳，也促发了黑人文学的繁荣。黑人文学的大繁荣主要表现在美国黑人文学与非洲黑人文学方面。美国黑人对黑非洲的寻祖主要通过对美国殖民文化的反抗，以及对现代文明的对抗，间接表达对非洲母亲的向往。尽管他们身处现代化的美国，但是他们黑色的皮肤印证着他们无法变更的非洲血脉。非洲黑人虽没有离开文明起源之地，但是在发展的过程中，由于遭受欧洲列强在人力与物资上的大肆掠夺，经济文化发展明显滞后，非洲文明沦为落后文明，从而遭受他国的歧视，因此非洲民众对种族文化的挖掘与弘扬更加艰难。因此，"走出非洲"除了具有普遍的人类学意义，还具有浓厚的政治色彩，它折射出非洲国家在20世纪中期热切渴望摆脱

① 叶舒宪．西方文化寻根的"黑色"风暴，——从"黑色雅典娜"到"黑色上帝"．文艺理论与批评，2002（3）：29～38

西方列强的强烈诉求。并且，“走出非洲”这一假说也成为非洲各国提升凝聚力与战斗力的无形武器，进而迎来了非洲独立的大潮。非洲的“寻根文学”主要指爆发于20世纪的“黑人性文学”创作，它既是对非洲文化的追忆，也是对非洲独立的呐喊。“走出非洲”这一人类起源假说也引发了中国学者的考证，很多学者分别从语言学、人类学、文化学等几个角度考证这一假说的可信度。北大中文系陈保亚在该领域的研究成果较为突出，如《论非洲假说的两个时间层次和语源关系》① 从语言学角度探寻亚洲语言与非洲语言的关系。中国毕竟没有黑色人种，因此在中国的“寻根文学”中我们看不到非洲文化，但是“寻根文学”中不乏富有人类学意义的寻找。韩少功的《爸爸爸》《女女女》通过塑造原型形象以及隐喻手法，探寻人类生命起源；乌热尔图与郑万隆通过一系列流传下来的文化碎片追忆了鄂伦春与鄂温克民族的原始生存状态，完成了少数民族的种族“寻根”。

西方“文化寻根”的第四个向度为“凯尔特复兴”。英国包括北爱尔兰、苏格兰、英格兰、威尔士四个部分，近代以来，英国是工业革命的先驱，也是全球贸易的策源地，当然英国也在全球的殖民运动中扮演着重要的反面角色。英国文

---

① 陈保亚. 论非洲假说的两个时间层次和语源关系. 云南民族大学学报，2005，22（3）：142～147

化是多元的，其内部的文化冲突也成为历史遗留问题，始终未能得到妥善解决，主要表现在英格兰人与北爱尔兰人，以及苏格兰人之间。从矛盾的源头看，早期移民到英伦岛的凯尔特人（苏格兰人）与外来入侵者盎格鲁—撒克逊人（英格兰人）形成长期的对抗局面，并且后者的文化影响力远远超过了老牌的凯尔特文化。在历史的发展过程中，由于凯尔特人在生产方式与文化形态上相对落后，最终不得不退居于英国一隅。早期的爱尔兰文学记载着盎格鲁—撒克逊人（英格兰人）到来以前的英伦诸岛文化基层的凯尔特性质。但是随着英帝国的不断扩张，盎格鲁—撒克逊语言——英语，不断压抑着古老的凯尔特语，并最终使其灭绝。如今在欧洲仍然使用凯尔特语的人微乎其微，他们成为边缘中的边缘，甚至在历史的长河中，凯尔特文化渐趋消灭了踪影，很多人已经遗忘了这一文化形态，更不会意识到凯尔特文化的重要地位。19 世纪末到 20 世纪 20 年代出现的“爱尔兰文艺复兴”中，“凯尔特”文化成为研究的重点对象，人们甚至将凯尔特文化提升到西方文化源头的地位。该思潮认为，西方文明的源头是多元的，其中古希腊文明和希伯来文明在文明史上早有记载，但是作为西方文明重要源头之一的“凯尔特”文明则在本次“文化寻根”运动中才被挖掘出来。为了佐证凯尔特文化的独立存在性，20 世纪后期北美洲、英格兰与爱尔兰诞生了大量研究凯尔特文化与人种的学术成果，从不同角度探究盎格鲁文化与凯尔特文化的关系，并重点突出二者的区别。苏格兰在本次“文化寻根”运动中，学术上主要是追忆和重新挖掘遗落的凯尔特传统文化，以恢复凯尔特文明在人类文明中的重要地位。“凯尔特文化”作为西方“亚文化”在本次寻根运动中被重新挖掘，体现了主流文化对边缘文化的重新认识，并将其作为西方文化之“根”给予了充分的肯定。这种对亚文化的推崇在各国的“寻根文学”中均有体现，在英国最为典型的是产生了一批追溯和颂赞凯尔特文化、凯尔特人民的小说，如詹姆斯·乔伊斯的《芬尼根的守灵夜》，乔伊斯的《尤利西斯》等；拉丁美洲的“寻根文学”努力探寻未受异族文化侵扰的原型文化形态；中国的“寻根文学”中，作家以荒僻地域为视角，纵情书写被主流文化遗忘，甚至已经遗失的边缘文化，将它们作为中华文化之根进行无尽的开掘。各民族国家在本次“文化寻根”运动中表现出来的对本民族业已失落的，或者即将遗落的文化形态的追溯显示了各族群认同与文化身份认同的强烈吁求。尽管在一个国家主流文化的统帅之下，形态各异的亚文化失去了话语空间，甚至被剥夺了生存的空间，但是每一种文化形态都应该有着平等的存在权利，其文化后裔对先祖文化的回溯与推崇令人类看到自己昨天多姿多彩的文化类型。对散佚文化的拾遗有效地补充了现存主流文化的单一性，为现存文化提供了文化参照物，也为不同部族的人提供了“寻根”的线索。

全球的“文化寻根”具有深远的意义，它不仅涉及国家认同，还关涉种族认同、民族文化认同、人类血脉认同等更加深层的“寻根”，同样遵循着填补历史空白、弥合裂痕、继承传统等原则。尽管这种方式寻来的“根”不可能完全符合历史的本真面目，但是仍然能够反映共同体基本一致的文化基因，以及相似的精神诉求。无论是以反思现代文明为出发点的“原始情结”，还是推崇东方文化的“东方主义”，还有探寻人类始祖的“黑色风暴”，以及拾遗即将消失文化的“凯尔特文化复兴”，都体现人类对祖先发祥地、发祥文化类型的追问，以及对未来命运的思考。文化领域的“寻根”体现了现代化进程中人类对自身发展道路的思考，以及全球化过程中文化碰撞产生的文化身份焦虑，也体现了被殖民国家民众渴望获得更多的民族、种族文化归属感，从而凝聚力量抵御外来压迫。文学是在人类的生产、生活中生长出来的精神活动，是文化的重要表现形式，自然也成为“文化寻根”的积极响应者，因此在全球大范围的“文化寻根”运动中，文学领域诞生了一大批具有“寻根”意义的文学作品，表达了各国作家群对各个文化类型的复杂态度。

二、20 世纪全球“寻根文学”的发展概况及文化指向

吴俊在《关于“寻根文学”的再思考》① 中将中国“寻根

---

① 吴俊. 关于“寻根文学”的再思考. 文艺研究，2005（6）：7～14

文学”中的“文化”归纳为五类：边缘化的地域文化；原生态、原始性的传统文化；蛮荒、未开化且处于封闭状态的文化；未被“现代文明”所侵扰或改造过的乡土生活文化；游离于现有文明社会以外的文化遗存。以此类“文化寻根”为主题的文学并不仅限于中国，整个20世纪，全球范围内的“寻根文学”广泛存在，如美国的“黑人文学”，俄罗斯的“新根基派”写作；在亚洲，有印度的“边区文学”；在非洲，有“黑人性”文学、“埃及个性”文学；在拉丁美洲，有“地方主义文学”“土著文学”“爆炸文学”等。在“文化寻根”的大背景下，各个国家不同文学流派的“寻根”主题又各有侧重，体现了不同的文化内涵。在欧美文学中，美国“黑人文学”表现出了强烈的寻找种族之“根”、重建民族身份的焦虑，英国“寻根文学”更倾向于对即将失落的文化进行礼赞，俄罗斯“新根基派”侧重于对原始乡野人性与民风的歌颂。亚洲的“寻根文学”以日本和印度为代表，注重对文明起源，以及边区原始风俗的挖掘。非洲的“寻根文学”既注重对非洲历史文化的挖掘，又表现出强烈的种族意识。拉丁美洲的“土著文学”则倾心于对地方、土著文化的书写，并开创了“魔幻现实主义”的手法。

（一）欧美“寻根文学”的发展及文化倾向

20世纪的“文化寻根”运动发端于西方世界，因此他们的“寻根文学”创作成绩更为卓著，其文化意义、史学意义、文学艺术成就影响至今。本书选取美国、英国、俄罗斯（前苏联）的“寻根文学”创作为代表，进行概述并分析其文化倾向。

1. 美国“黑人文学”：寻找文化与身份之“根”

在20世纪全球“寻根文学”的浪潮中，美国的“黑人文学”声势最为显赫，在世界文学史上占有重要的位置，体现出美国黑人强烈的寻找文化之“根”、重建民族身份的焦虑。16～19世纪，欧洲殖民者通过血腥的贩奴活动将非洲黑人劫运到美洲大陆，剥夺了他们的语言、文化，甚至剥夺了他们做人的权利和自由，几百年来，非裔黑人深受白人的残酷剥削和虐待。尽管南北战争后，从法律上废除了奴隶制度，黑人获得了名义上的自由，但仍然受到严重的种族歧视和压迫。整个20世纪，美国黑人都在为自由与平等不断抗争，表现出强烈的种族意识，因此20世纪的美国非裔黑人文学一个重要的创作主题便是“寻根”：寻找非洲之“根”，重建种族身份认同。

20世纪美国黑人文学共经历了三次高潮，20世纪二三十年代产生美国“黑人文学”的第一次高潮。当时运动的主要领导人艾兰·洛克提出“新黑人”的理念，“主张黑人文学艺术应具有界定黑人身份和促进种族自豪感的双重功效和职责，希望‘新黑人’表现出强烈的民族意识。”① 本次高潮以诗歌

① 张军. 论美国黑人文学的三次高潮. 西南大学学报，2008，34（2）：150～154

见长，卡伦、休斯、麦凯等是这一时期的主要代表。第二次高潮发生在四五十年代，黑人作家对已被湮没、同化的民族文化、种族之根表现出更加强烈的向往，在文本中充满了对美国白人社会的批判与揭露，表达对美国主流社会的决绝反抗。理查德·赖特的《土生子》(1940)、拉尔夫·埃利森的《看不见的人》(1952) 是本次高潮中的代表作。埃利森的《看不见的人》令美国黑人对失去的“身份之根”产生无限的渴望，作品勾勒出被抹杀“身份”的非裔美国黑人在白人主导的社会中无奈、挣扎、呐喊，引导黑人对“自我”、对“种族之根”的重建，以获得“身份”的认同和精神的皈依。六七十年代黑人文学呈现出第三次高潮，莫里森是本次高潮的领袖，其作品不断探索非裔黑人对自我文化之“根”的追觅，深入挖掘美国黑人的历史、文化、传说，表现黑人的现实命运与精神世界，代表作为《所罗门之歌》《宠儿》等。在本次热潮中，影响最深远的是阿历克斯·哈利的长篇小说《根》(1976)，小说叙述了一个七代人的黑人家庭从被“掠出”非洲到“返回”非洲的“寻根”过程。文中揭露了奴隶主剥夺了奴隶的语言与文化，并采取种种残酷的手段使其忘记非洲身份，而完全沦为白人的附庸。但是倔强的昆塔始终没有忘记记忆深处的种族语言，并且将残存的非洲语口授给子孙后代，令子孙后代铭记自己的“非洲之根”。语言作为一种文化的表现形式，起到了增强民族文化认同感的作用，剥夺了民族语言权利意味着剥夺了该民族的民族身份，昆塔对民族语言的执著保留与传承表明黑人坚守本种族、本民族文化身份的坚决态度。最终，昆塔的第七代子孙通过世代口耳相传的星散非洲语言找到了冈比亚祖先的村落，寻到了自己的“根”。

纵观20世纪，美国“黑人文学”向我们揭示了非裔黑人为了获得身份认可与民族认同，在寻求种族之根与精神之托的路上进行了艰难而困苦的呐喊和斗争。美国黑人作家这股“寻根”创作潮流首先源于对自身黑色皮肤的自我肯定，继而唤醒众多黑人对种族历史文化传统的追忆和认同，以凝聚种族力量获取立足于美国社会的平等权利。

2. 英国“寻根文学”：寻找业已失落的文化之“根”

人类的文化原本应该是平等而丰富多样的，然而在文明的长河中很多文化形态或者由于人为因素，或者因为自然因素逐渐被他种文明所取代，日益消失成为文明的遗存，我们把它们称为业已失落的文化形态。20世纪英国“寻根文学”紧紧围绕西方国家“文化寻根”的主题之一“凯尔特文化复兴”开展写作，令渐渐被遗忘的英国土著文化——凯尔特文化重新浮出历史的地表。极具代表性的是高尔斯华绥的短篇代表作《苹果树》，该作品以一种田园牧歌式的情调吹奏出一曲凄婉的爱情悲歌，作者让英国主流文化的代表——英格兰的大学生与亚文化的代表——凯尔特族姑娘成为恋爱的对象，在爱情题材中寄寓了敏感的族群认同问题。在文本叙述过程中，作家对凯尔特人进行了高度的赞美：尽管凯尔特乡下姑娘的鞋是破的，手是糙的，但却是一颗无瑕的明珠，是“天生的大家闺秀”，英格兰城市少年还称她为“bards”（专指古代凯尔特自编自弹自唱的游吟诗人）的女儿，少年对“bards”的了解，暗示着英国主流社会开始对文化传统追根溯源。相反，作家对英国主流文化持一种批判的态度，对英格兰后来的侵略者盎格鲁—撒克逊人，给予了无情的嘲讽。最终，英格兰少年始乱终弃，回到城里另娶他人，而凯尔特姑娘精神错乱而死。小说赞美了凯尔特人果敢、刚烈的民族性格与悠久深厚的民族传统，嘲讽了盎格鲁—撒克逊人（英格兰人）没有操守，意志软弱。虽则只是一个普通的爱情悲剧，但是主人公却代表着特殊的族群符号，对人物的认可与否定所影射的是作家对这两个族群的颂扬与批判，突出了英国此类文学的文化“寻根”主题，表达了凯尔特人的文化认同思想。在英国为数不多的“寻根文学”中，这篇小说是非常突出的寻找“种族之根”、寻找业已失落的文化之“根”的代表作。此外，还有詹姆斯·乔伊斯的《芬尼根的守灵夜》《尤利西斯》等从不同角度对失落的凯尔特文化进行追忆。

3. 俄罗斯的“新根基派”写作：寻找未被现代文明浸染的原始乡土文化之“根”

俄罗斯地跨欧亚大陆，国土主要位于亚洲，但是由于其首都与经济、文化中心在欧洲，因此通常把它归属为东欧国家。俄罗斯的发展历史曲折而复杂，尤其它作为东欧国家与西欧的关系非常微妙，并且不同时期表现出不同的亲疏关系。19 世纪西欧的资本主义走向成熟，并开始向东欧国家渗透，到 19 世纪中叶，俄国从国家发展的角度考虑开始进行资本主义工业化，但是在社会文化领域却发出了一种异质的声音，那就是“根基主义”。“根基主义”由作家费·陀思妥耶夫斯基与其兄长米·陀思妥耶夫斯基提出，主张“我们的任务是为自己建立一种全新的生活方式，那种我们自己的、本民族的，来自我国根基的，来自人民精神和人民基础的新方式”①。“根基主义”从文化角度呼吁拨开西欧文化迷雾，立足本民族文化根基，寻求国家民族的独立发展。到了 20 世纪中期，苏联掀起大规模经济建设，现代化发展模式日益侵蚀着苏联传统生活方式，“新根基派”再次形成本土写作潮流。“新根基派”创作扎根于乡土，疏离主流文化，倾心于边缘文化与民间亚文化。描绘富有民族色彩的地域文化与淳朴乡民，意在挖掘灵魂深处的民族精神与道德坚守，倾听民族的心灵史。“新根基派”的代表作家拉斯普京 20 世纪 70 年代后创作的精神与核心旨趣便是“寻根”，代表作品有《从这个世界来的人》《为玛丽娅借钱》《大限》（又译作《最后的期限》）等。那么什么是俄罗斯文化之根，到哪里去寻呢？拉斯普京概括了

① ［俄］Достоевский Ф. Орусской литературе. Современник，1987

俄罗斯“文化之根”的内涵：其一，未被文化他者污染和改变的纯粹民族民间语言；其二，原生态的自然，包括山川、河流、森林……；其三，民族的源泉——原始纯朴的乡村；其四，民族的精神、民族的价值观所在——东正教。在20世纪70年代俄罗斯的文学实践中，“新根基派”作家以“文化寻根”作为创作的主旨，一方面重新审视传统美学范式，主张回归传统审美；另一方面，从不同角度挖掘斯拉夫民族传统文化之“根”。作品中作家用本民族的语言着力描写乡村、自然、传统的俄罗斯文化、具有优秀品质的传统俄罗斯民众。尤其是拉斯普京塑造了一系列俄罗斯老太太的形象，她们身上所具有的勤劳、善良、淳朴、坚毅、果敢、忠诚是俄罗斯民族的象征，是民族的精神之根。拉斯普京在接受记者访谈时，直陈了自己的“寻根”情结，他说：“我们的根，都源于农村，就连俄罗斯精神，如果说还有统一俄罗斯精神的话，同样源于农村。……城市不过是生活的表象，农村才是生活的深层，才是根。”① 对俄罗斯农村的书写也恰恰是“新根基派”的主要创作指向，表达了俄罗斯“寻根文学”对未被现代文明侵袭的农业文明的留恋和向往。

---

① ［俄］尤莉娅·施加列娃．没有农村俄罗斯将成为孤儿．论据与事实，2006（16）．转引自孙玉华．自苦心孤诣的寻根情结——拉斯普京老年妇女形象的文学价值和社会意义．外语与外语教学，2007，214（1）：31～34

俄罗斯“寻根文学”的诞生并非无端应和世界“寻根”浪潮，它应和的是现代化日益临近时，人们从内心底处对传统文化、对生存之根的怀念。现代社会日益扭曲的人世情感与社会关系，令人们缅怀即将彻底逝去的原始文化中纯良、相惜的人际关系。正是对故人、故地、故乡的留恋激起了俄罗斯20世纪60年代现代化的一股逆流，这股“寻根”思潮对保存俄罗斯精神本源，反思现代文明起到重要作用。

（二）亚洲“寻根文学”的发展及文化倾向

亚洲国家也是这场“文化寻根”思潮中的积极参与者，其“寻根文学”创作表现了与欧美不同的文化倾向，本书特选取中国以外的日本、印度为例进行概述。

1. 日本“寻根文学”：探寻民族传统价值观与生存的原始状态

20世纪60年代，世界掀起“文化寻根”的热潮，日本也积极寻求本国文化之根。很多学者从人类学角度把中国云南当做日本“寻根”的对象，在日本学界与中国云南学界形成研究热潮。20世纪70年代初至80年代末，日本“文化寻根”达到高潮，代表性论著有1970年高桥敷的《丑陋的日本人》，论著从比较文化的角度对日本大和民族进行了深刻的剖析，揭露了日本传统文化中的种种弊端。日本书学方面具有“寻根”意义的创作在“文化寻根”浪潮来临之前，已经露出端倪。

“寻根”的前提是“失根”，日本自“明治维新”以来，为了快速走上现代化道路，对西方现代文明进行了无原则的效仿，结果导致了民族文化的断裂与传统价值观的失落。20世纪日本的很多作家开始有意无意地利用本民族文化资源进行文学创作，努力发掘和展现大和民族的文明进程和文化心理。20世纪50年代活跃于日本书坛的著名作家深泽七郎的创作有着鲜明的“寻根”意义，其“寻根”代表作有《楢山节考》和《笛吹川》，这两部作品对日本民族传统价值观与生存的原始状态进行了深入的思考。《楢山节考》创作的出发点是通过对山间民歌或者民间传说的考证，透过远古生死主题探讨日本人千年来的原始生存状态和民族文化心理。故事置于蛮荒的时代与地域，一切混沌得如盘古开天辟地之时，在食物极度匮乏的原始村庄里，世代延续着“弃老”的风俗。“弃老”的物质根源是在恶劣生存竞争环境下粮食的极度匮乏，当“吃”成为生命中的唯一主题时，为了保全种族的繁衍，“弃老”成为必要的手段。而“弃老”的文化根源在于村落共同体积淀下来的民族文化心理，它制约着整个民族的价值观、生命观，使“弃老”成为人人都要接纳的宿命。1968年，川端康成以独特的东方美学获得了诺贝尔文学奖，成为日本获得该文学奖的第一人，他的成功是东方含蓄的禅宗美在全球的展演，这在很大程度上也促发了中国“寻根文学”的诞生。著名的日本书学研究者叶渭渠从审美角度总结了“二战”后日本书学的走向，他认为20世纪后半叶日本的重要作家，包括川端康成、三岛由纪夫、谷崎润一郎、野间宏、大江健三郎等，也无不扎根于传统的土壤之中，成为日本“寻根文学”的审美趋向。

2. 印度“边区小说”：探寻边缘地域原始文化之“根”

为抵抗英国殖民统治，印度于20世纪20年代后在圣雄甘地的领导下展开了一系列民族民主主义运动，印度民众的民族意识大大提高。1950年印度获得独立，但是印巴分治带来的遗患打破了印度对独立后的美好幻想，印度陷入了价值迷惘阶段，继而产生了对民族文明的叩问。当时诸多作家借此契机开辟小说新领域，将写作的目光聚焦于偏远农村，审视古老民族的文化形态，批判民族劣根性，以表现作家强烈的文化自省意识。印度的这种“寻根文学”称为“边区小说”，是印度独立后逐渐形成的一个新的印地语小说流派，持续的时间是20世纪50～70年代。“边区”，顾名思义，远离中心，远离现代文明的地区。“边区文学”以某个偏僻地域为描写对象，大量使用方言土语，记录乡间民风民俗，透视乡野印度在现代化进程中由于本土文化的失落，而产生的无所适从。原生态的生活方式与原始乡民的纯朴，与现代文明裹挟下城市生活的机械、人性的堕落形成了鲜明的对比，体现了对现代文明的嘲讽，引发人们思考被现代性日益侵蚀的传统文明的未来出路。“边区文学”的典型代表作为雷奴的《肮脏的边区》（又译《肮脏的裙裾》）和《荒地的传说》，是边区小说的高峰。小说首次多角度叙写了印度获得独立后的生活，运用现实主义手法记载了印度的社会、民族、种姓、宗法宗教、巫术、迷信、岁时、节日、衣食住行、婚丧嫁娶、歌舞游艺、口头文学，可以说透过小乡村的狭小视阈，我们可以窥见整个大印度的文化概况，并通过这些文化的外在形式传递出印度文化的魂灵。雷奴的《肮脏的边区》为“边区文学”流派的形成奠定了基础。此外，还有贾沃乾德·迈格尼的古吉拉特语小说《苏拉特，你的河水在流淌》，以及孟加拉语文学中“三个般纳吉”等。

（三）非洲“寻根文学”的发展及文化倾向

1.“黑人性”文学：探寻失落的非洲文化之“根”与黑色种族之“根”

20世纪非洲“寻根文学”伴随着非洲人民反抗西方殖民统治运动而产生，表现强烈的渴望文化身份认同的吁求。20世纪初，非洲已全部纳为欧洲列强的殖民地，原有的文化和社会秩序受到严重破坏。1912年“非洲人国民大会”的成立，标志着非洲民族意识开始觉醒。在文学创作方面，20世纪前20年，非洲对长期在民间口口相传的民间文学进行收集整理，先后出版了一批神话传说故事集，如象牙海岸的《非洲的传说》、毛里求斯的《一个非洲悲剧》、尼日尔的《尼日尔的故事和传说》等。这种口头文学的整理，对传承非洲文化有重要作用，表达了非洲人民对民族之“根”的呼唤。20世纪20～40

年代，非洲接触过西方文化的知识分子开始通过寻找和肯定非洲故土的文化之“根”来抵御西方文化的渗透与侵略，以提升民族自豪感。“黑人性”运动是当时主要的文学思潮，它以美国“黑人文艺复兴”为先导，其主旨在于复兴和重建非洲文化传统、恢复非洲文化自尊，以反抗民族压迫和歧视。要实现“黑人性”就要追本溯源，从宗教、哲学、文化等各个层面寻找非洲文化之根，寻回失落的民族身份。在各类反映“黑人性”“文化寻根”主题的作品中，诗歌成就最为突出，歌颂了非洲的民族传统，发出了民族觉醒的呐喊。代表作有塞内加尔诗人桑戈尔的诗集《阴影之歌》和《黑色的祭品》，象牙海岸达蒂耶的诗《我皮肤的颜色》等。“黑人性”运动的积极作用一直持续到 50 年代前，促进了非洲民族文化的复兴，从文化方面对欧洲殖民者进行了无声的反抗。20 世纪初到 60 年代被称为“非洲文化复兴”阶段，通过一系列的“寻根”创作，提升了非洲种族的文化自觉意识，唤起了民众以增加民族力量来对抗宗主国的武力与文化压迫，从而获得与其他文化平等的文化地位。60 年代，绝大部分非洲国家逐渐摆脱了殖民统治，外来的种族歧视、民族压迫已基本消除，但是独立后的国家内部仍然存在不同程度的种族歧视。从 1948 年开始，南非实行种族隔离制度，白人、有色人种、印度人与黑人分而治之，黑人身份地位最为低贱。反对种族隔离政策和民族歧视，一直是南非文学的重要主题。众多的黑人作家和白人作家都投身于追求种族平等的事业中，他们用笔抒写南非黑人在现实生活中遭受的歧视与不平等待遇，从话语层面表达对民族身份认同与种族平等的渴求，代表作品有纳丁·戈迪默的《我儿子的故事》，库切的《昏暗的国度》等。

2. 以“埃及个性”为代表的文学：探寻现代文明冲击下的本土文化之“根”

20 世纪非洲大陆经历了两大方向的变革，除了上述摆脱西方殖民主义统治获得民族独立，还包括逐步实现从传统部族社会向现代国家过渡。西方现代文明日益吞噬了原始的部族文化，因此在非洲也产生了另一股“寻根”倾向——“原始主义”，即以各民族文化的原初形态作为理想，否定现代文明，表现崇古还原的写作倾向。“原始主义”是 20 世纪文学的一个共同主题，在埃及集中表现为 20 世纪 30 年代的“埃及个性”“埃及精神”思潮，对埃及传统文化进行追思，最典型的代表是陶菲格·哈基姆的《灵魂归来》(1933)。小说以埃及原始文明为立足点，呈现一派原始文明的胜景：以爱为核心的人际，淳朴、自然、真诚、坚韧的人性，如此神话般的人间胜景与西方赤裸裸的物质文明形成强烈的对比，并且小说原始神话的艺术结构更加富有“原始主义”意义，与 20 世纪全球“文化寻根”的主题正相呼应。小说以埃及本土原始文明否定英殖民统治者，以及英殖民统治为代表的西方现代文化，体现了东方/西方，原始/现代的对抗。此外，随着非洲传统社会的瓦解，越来越多的作家开始思考非洲未来的发展道路。同中国“寻根文学”一样，表现本土与西方两种文明冲突，探索民族未来文化选择成为非洲“寻根文学”的创作主题之一，如喀麦隆作家贝蒂的《残忍的城市》(1954)、《完成的使命》(1957)，象牙海岸作家达迪耶的《黑人在巴黎》(1959)、《纽约的老板》(1964)等。非洲此类“寻根文学”，是非洲民族主义者在本土与西方文化和价值冲突中对本土立场的选择。

(四)拉丁美洲“寻根文学”的发展及文化倾向

19世纪70年代，欧洲文明的神话被打破，唤醒了拉美人民的民族意识，增强了民族自信心。由于拉丁美洲复杂的地理环境与历史发展过程，拉美文学发展态势呈现整体性与区域性相统一的特点，本书重点涉及其统一性的一面。20世纪的拉丁美洲民族文学空前繁荣，其中与“寻根”主题相关的文学思潮包括：二三十年代的“地方主义文学”(亦称“地域主义文学”)、“二战”后的“土著文学”、60年代的“文学爆炸”。

1.“地方主义文学”：探寻民族地域文化之“根”

“地方主义文学”即专门描写某个地区自然风光和风土人情的文学，它最早发端于19世纪70年代末，其创作主旨为反对一味地模仿欧洲文学，而注重取材本土文化与民间资源，创作本民族的特色文学。到了20世纪二三十年代，拉丁美洲民族文学大繁荣，“地方主义文学”再次成为文学创作的旗帜。该流派的文学创作充分描写拉丁美洲广袤的原始森林、无边而神奇的大陆、彪悍健硕的原始人，注意吸收民间口语，用抒情性的语言记录各个地域的神话、传说、宗教活动，为魔幻现实主义奠定了基础。代表作有何塞·欧斯塔西奥·里韦拉的《漩涡》、罗慕洛·加列戈斯的《堂娜芭芭拉》、里卡多·吉拉尔德斯的《堂塞贡多·松勃拉》。《堂娜芭芭拉》将故事置于广漠的热带草原，主人公堂娜芭芭拉是草原女霸主，莽莽的草原使她野心勃勃、彪悍强劲，原始的文明形态使她粗野、狂放，无所畏惧。她身上处处散发着一种史前的野性，尽管这种野性有时充满邪恶，但是这是人类力量的彰显，它与草原融为一体。作家对原始草原景象与文明的书写，令读者感喟现代文明的孱弱。《堂塞贡多·松勃拉》也以草原为故事背景，以草原牧民“加乌乔”的生活为描写对象，并将主人公松勃拉作为草原民族的化身，对其极力赞扬，他勤劳、勇敢、厚德、勇猛、崇尚自由。在这部典型的民族题材小说中，“加乌乔”文明成为作家追忆和推崇的人类文化之“根”。该类文学又可称为“高乔文学”，或者“加乌乔文学”。这些作品具有鲜明的地域、民族色彩，它的进一步繁荣催生了“土著文学”。

2.“土著文学”：探寻原生态、原始性的印第安文化之“根”

“土著文学”指以印第安民族生活为题材的文学作品。20世纪30年代后期，受全球“左翼”文学影响，拉丁美洲有识之士认为拉美民族史更多的是印第安人的血泪史，文学领域亦开始印第安题材的创作，以积聚民众力量对抗殖民统治，这成为“土著文学”的先声。“二战”结束后，多数拉美国家仍然受制于西方国家的殖民统治，依靠民族文化的力量对抗西方文明的潮流始终没有消退，“许多拉丁美洲作家主张发扬灿烂的古印第安文化，并且把这一文化同欧洲文化加以比较；他们认为，应该从印第安内部独立发展的过程中去寻根溯源，找出区别于欧洲文化的基本特征来”①。如果说“地方主义文学”是对各个地域风貌与文化的描写，那么“土著文学”则将写作重点集中于印第安文化与传统，包括印第安农民生存的自然环境和社会背景，并且大量使用方言土语，重现古老的印第安文化。如果说“地方主义文学”展现的是自然之中的拉美文化，那么“土著文学”则体现了社会中的拉美文化。代表作家和作品主要有：西罗·阿莱格里亚的《广漠的世界》、何塞·马利亚·阿尔格达斯的《深沉的河流》等。《广漠的世界》与《深沉的河流》中，无论是自然风光还是民间风俗，以及混血的人种都极具印第安民族特色。小说从不同的视野再现了印第安人艰难的生存环境与悲惨的人生遭遇，并以一个普通中学生的视角，透视了秘鲁内地山区一个以印

---

① 赵德明. 20世纪拉丁美洲文学的嬗变. 解放军艺术学院学报，2004（4）：34～43

第安人和混血人种为主要居民的市镇，以及市镇百姓的生活。那里的居民大多数是说克丘亚语的印第安人和混血人种。小说不从表面上描写他们，而是深入他们的内心，反映出他们虽然生活痛苦贫困，但是心灵高尚，对生活充满美好的希望。小说从这个中学生初入学校的学生生活写起，写到市镇的节日，人民抗议盐业专卖而举行的示威，当局的血腥镇压，最后由于瘟疫流行而离校。这些连续发生的事件所构成的痛苦的和欢乐的情节，都写得栩栩如生，富有强烈的抒情气氛，充满着印第安人的民族特色。

3. “拉美文学大爆炸”：探寻原始而神奇的混血文化之“根”

1959 年古巴革命胜利，拉美各国在政治上赢得独立，并进一步要求文化上要有民族特色，于是 60 年代“拉美文学大爆炸”现象应运而生。拉美作家认为民族的“根”应该扎在自己的土地上，为了淋漓地展现本土文化，作家们努力挖掘地域文化素材：神奇、多变的自然现象，奇特、原始的地理特征，多民族混合文化，充满虔诚宗教信仰的民族心理……，加之拉美人民素有的丰富想象力，共同营建了一种“神奇的现实”。在此次文学爆炸中，涌现了众多优秀作家，比较突出的有：加西亚·马尔克斯、胡里奥·科塔萨尔、巴尔加斯·略萨、卡洛斯·富恩特斯等。其中获得诺贝尔文学奖的加西亚·马尔克斯的代表作《百年孤独》在世界上引起了轰动，对中国文学产生了巨大的影响。其成功的理由便是：采用魔幻现实主义手法展现了拉美神奇而原始的土地，通过一个家族的兴衰记录整个大陆的发展历程。由于西班牙的入侵，拉美土著文化中混入了西班牙文化，从而使拉美具有了混血的特性。因此，拉美人民始终有种文化“他者”的困惑，激发其不断探寻种族之根。这种“寻根情结”在拉美人民中普遍存在，也是作家创作的重要主题。“文学爆炸”中墨西哥作家卡洛斯·富恩特斯的作品有《橘橙树》《和劳拉·迪亚斯一起的岁月》和《伊内丝的直觉》等，着力“表现墨西哥人的混血文化和寻根情结，以及他们对于时间、生死的独特理解。善于从墨西哥的历史、文化中获取灵感，用多变的创作风格来表现墨西哥这个奇特的民族”①。

综上所述，“文化寻根”弥漫于整个20世纪，是波及范围最广泛的民族、民间文化复兴的运动。在本次文学巡礼中，我们发现全球“寻根文学”共同置于全球化/现代化语境下，每个民族、国家面对现代西方主流文明洪水般的侵袭时，表现出对民族传统文化、原始文明的无限眷恋。通过对本土/西方、传统/现代的辩证思考，作家参与了未来民族/国家的想象性构建。另外，世界“寻根文学”伴随着民族/国家独立运动而展开，因此涂上了民族主义色彩，表现为对种族之

---

① 归溢. 墨西哥人的寻根情结——谈墨西哥作家卡洛斯·富恩特斯的近期创作. 当代外国文学，2004（1）

“根”、民族之“根”的追索，以此对抗西方霸权、强权统治，折射出弱势/边缘文明向强势/主流文明的进攻。对全球“寻根文学”的梳理，有利于保护世界各国、各民族文化遗产，促进各民族文化平等对话、和谐发展。

三、全球“寻根文学”的多维价值[①]

20 世纪全球“寻根文学”共同置于全球化/现代化的宏大语境下，是伴随着世界各国民族独立、种族自由、社会发展而形成的一种对民族文化追思、反省的文学思潮。“寻根文学”的价值是多元的。首先，“寻根文学”向原始文明、边区社会、边缘文化借力，表达对西方现代主流文化的反思与怀疑，甚至是对抗。其次，“寻根文学”伴随着民族独立运动而产生，促发了各国民族意识的觉醒，从而凝聚了民族力量共同抵御外来侵略。最后，“寻根文学”通过对种族之根的追索，肯定了种族的多样性，使人类文明向平等、多样的方向发展。具体表现如下：

（一）全球“寻根文学”的文化价值：反思西方现代文明

全球“寻根文学”的价值是多维的，但是由于其寻找的最直接对象是文化之“根”，或者说促发本次文学潮流的直接

① 李珂玮. 20 世纪全球“寻根”主题文学价值探析. 山西师大学学报，2014 年第 4 期，发表后略作调整。

原因是全球“文化寻根”，因此我们将全球“寻根文学”的文化价值置于多维价值之首。20世纪“文化寻根”思潮在全球爆发，是全球化背景下各个种族、民族、国家在特殊的历史时期经过文化碰撞产生的文化对比、文化自省、文化重估。

全球“寻根文学”体现了对西方现代文明的质疑与反思，这种质疑与反思或者源自西方世界的自省，或者源自他者文化的对比与批判。20世纪全球一体化的趋势越来越明显，欧美大国主导的现代化文明狂飙突进，改变了全球各个角落传统的生产、生活方式，以及思想和价值观念。现代文明固然从整体上为人类带来了更多的财富，但是财富的增长伴随着贪欲的增加、人性的堕落、精神的匮乏、竞争的残酷、自然的毁灭……现代文明动摇或者彻底改变了人类原有的生活方式与文化形态，导致了处于文化转型中的人们精神无处可依。“文化人类学发展出的‘反思人类学’一派，……提出重新认识所谓‘原始人’和‘原始文化’的时代课题，希望从中发现足以纠正西方文化偏向和克服现代性危机的精神取向和文化价值，在资本主义生活方式之外寻找更加符合自然天性的生活理想”①。在这场寻找民族精神、文化之“根”的运动中，遍览20世纪全球“寻根文学”，无论东方还是西方，所寻到的

① 叶舒宪. 现代性与原始——重审20世纪思想中的原始主义. 中国图书商报，2002-6-27

“民族之根”都埋藏于乡土，而且是原始的乡土。美国的黑人种族之根深植于遥远非洲的肥沃黑土之中，那里有原始的宗教与仪式，有贫瘠而自由的土地，有蒙昧而纯真的人性；俄罗斯的“新根基派”创作扎根于乡土，描绘富有民族特色的地域文化与淳朴乡民，探索本土文化之魂灵。亚洲各国民族之“根”也附着于乡野中未受现代文明浸染的净土上，印度的“边区小说”、埃及文学的“原始主义倾向”等都将寻根的视角落在了原始、偏僻的蛮荒之地；拉丁美洲的“地方主义文学”“土著文学”“爆炸文学”无不是将文学的视域锁定在拉丁美洲古老而神奇的原始土地上。“原始”与“乡土”成为全球“寻根文学”的关键词，这在一定程度上源于“文化寻根”中的“原始主义”向度。“原始主义文学”以民族的原始文明和原始价值追求为基本内容，以古朴的原始内容完成对现代现实的嘲讽，这也恰恰是全球“寻根文学”传递给我们的思想内涵。

20世纪在业已实现现代化的国家内部，人们享受到了现代文明带来的科学化、民主化、工业化等一系列先进的因素，但也深深地感受到现代文明内部存在着不可调和的矛盾：贫富差距加大、人性日趋异化、生态失去平衡……尽管在政治与经济领域这些国家并没有停下现代化的脚步，反而变本加厉地扩张，但是在文化领域却引发了学者的反思。现代化国家（英国、美国、日本等）内部的“寻根文学”中的“原始”

倾向流露出现代人对前现代原始文明的无限眷恋，以及对现代文明的反思。美国的“黑人文学”创作于现代文明语境之中，但是从始至终披露的是现代文明熏染之下人性的残忍与物质主义，以及人与人之间的无情与冷漠，还有资本主义内部资产阶级对无产阶级的压迫。相比之下，非洲未经现代文明侵袭的原始文明却是一派和谐与繁荣，人与人、人与自然在文明的童年时期显得那么的自由与融洽。英国追溯“凯尔特文明”的“寻根文学”既是对以凯尔特为代表的亚文化的推崇，也是对乡土原始人性的赞美，讽刺与批判城市现代文明的功利、冷漠、自私。俄罗斯的“新根基派小说”诞生于20世纪50～70年代，当时苏联正掀起大规模经济建设，现代化发展模式日益改变着苏联传统的生活方式，作家们回望“根基”，对现代文明展开辩证思考。“新根基派”创作扎根于乡土，倾心于边缘文化与民间亚文化，重在塑造文明开化以前纯良、勇敢的理想人性，意在挖掘灵魂深处的民族精神与道德坚守，寻找未被现代文明浸染的原始乡土文化之“根”，以反衬现代文明的虚伪与堕落。尽管20世纪率先走向资本主义的国家是主动进行现代化改革，但是现代化过程中，现代文明日益改变了各国本有的文化形态，威胁了各民族本有的特色文化。因此，现代化国家的“寻根文学”也表达了对民族本有文化的留恋。日本“明治维新”以后，对西方现代文明进行了无原则的效仿，而本民族的传统文化却遗失殆尽。

以深泽七郎为代表的“寻根文学”诞生于20世纪五六十年代，作家将笔端触向原始乡野，呈现民族原始的生存状态，以及原始文明形态，探寻民族传统价值观与民族文化心理。他将日本原生态文明不加修饰地呈现，书写了本民族文化的昨天，虽然蒙昧、野蛮、落后，但充满了民族特色。英国凯尔特“寻根文学”也是对英国多样文化的追忆，在现代化国家内部对多样文化形态的再现也是对现代文明形态单一性的批驳。

如果说率先步入现代化的国家向乡土、向原始“寻根”体现的是现代化国家内部的文化自省，那么，广大非现代化的亚非拉国家向原始乡野、边区“问礼”则体现了对现代文明的怀疑与拒斥，以及对本土传统文化的留恋，是以原始农业文明对抗西方现代工业文明的一种文化表达。20世纪广大亚非拉国家由于正面战争，或者殖民运动被动地卷入了现代文明的扩张之中，现代文明对殖民地的土著文化形态进行了渗透、破坏、封杀，体现了现代文明的侵略性与霸权色彩，而广大“被现代化”的国家将突然闯进来的现代文明与本土原始文明形态进行对比，本能地产生了质疑与排斥。印度20世纪50～70年代的“边区文学”以某个偏僻地区为视阈，大量使用方言土语，记录乡间民风民俗，展现原生态生活与人性，透视乡野印度在现代化进程中所表现的无所适从。作品中多彩的原始文化、原生态的生活方式，以及淳朴的原始人性，与现代城市生活的机械、庸俗构成了鲜明的对比，引发人们在现代化的语境下对印度传统文明未来之路的深思。非洲的原始主义“寻根”倾向，以20世纪30年代的“埃及个性”“埃及精神”思潮为代表，以埃及原始文明为写作基点，探寻现代文明冲击下的本土文化之“根”。对英国殖民统治者，以及英国殖民统治所代表的西方现代文化进行了无情的批判与否定。小说体现了原始文明与现代文明的对抗，是埃及民族主义者在中西历史与价值冲突中，对本土文化的选择。拉丁美洲从20世纪二三十年代的“地方主义文学”、“二战”后的“土著文学”，到60年代的“爆炸文学”，均驻足于拉美原始社会，呈现原始而神奇的地域风貌，挖掘民间古老风俗、异闻。拉美“寻根文学”的基本策略便是：摆脱欧洲现代文明对拉丁美洲的束缚与影响，找出区别于欧洲文化的基本特征。该类“寻根文学”对各个国家、民族的原始乡土文化进行了含情脉脉的复写，为我们呈现一幅幅蛮荒、原始、辽远，而又富有人性的风俗画卷，与现代化进程中轰隆隆的城市相比，原始乡野宁静、和平、纯净，唤起了人们对前现代文明世界的向往。全球“寻根文学”在对各国家、民族原始文化的礼赞中完成了对现代文明的理性思考。

（二）全球“寻根文学”的政治价值：铸就民族独立发展之路

印度圣雄甘地认为，“西方近代文明狂热地追求物质享受从而使精神堕落到了极点，它是世界动乱、侵略压迫和战争的温床”①。20世纪，“战争”是人类的重大主题，它占据了整个世纪的“半壁江山”。20世纪上半叶，全球陷入世界大战的混乱中，为摆脱殖民统治，被压迫国家和民族的民族意识不断高涨，寻回被殖民者掠去的民族“身份”。探寻民族文化独立发展之路成为各国知识分子的首要任务。具有强烈爱国意识的作家们纷纷从民族传统中挖掘宝贵资源，以此为写作主题，创作了大批“寻根”主题文学，以此激发民族自豪感，增强摆脱殖民统治的精神力量。非洲在20世纪初已全部沦为欧洲列强的殖民地，非洲土著文化遭到严重践踏。20世纪非洲“寻根文学”伴随着非洲人民反抗西方殖民统治运动而发展，表现强烈的寻找文化身份认同的焦虑。为了表达对欧洲殖民者的无声反抗，非洲在20世纪20年代开始对非洲古老而丰富的口头文学进行搜集整理，并出版了一系列故事集。第一次世界大战和俄国十月社会主义革命的胜利，更激起了非洲人民对欧洲殖民统治的反抗。20～40年代的“黑人性”运动，便是为了进一步反抗殖民统治与种族歧视，主张从非洲传统生活中汲取营养，表现黑人文化传统和灵魂力量，表达对祖国和民族的热爱之情的文学运动。在亚洲，土耳其出现抵抗西方列强侵略的“凯末尔主义”，其思想内涵之一便是挖

① 黎跃进. 东方现代民族主义文学思潮发展论. 北京：中国社会科学出版社，2011：172

掘、重建土耳其传统文化，重铸民族精神，恢复土耳其民族活力，以凝聚土耳其民众力量，共同投身于抵抗殖民侵略的伟大战争中。在印度的民族解放运动中出现“甘地主义”，甘地以非暴力、不合作为思想核心，主张以自身精神完善来感化英国殖民者。甘地及其支持者将民族精神寄托于印度传统的乡村与家庭，从中寻到民族永恒的精神与价值，以高昂的传统民族精神反抗英国殖民者对本土文明的破坏。为践行甘地精神，一些作家着力书写印度传统农业文明，肯定印度文明的精神性与文化性，以此否定代表现代文明的殖民统治。知名作家普列姆昌德主张印度的社会改革应该建立在复兴古印度文化传统的基础上，这与印度社会反帝反封建运动遥相呼应。其作品在维护印度传统农业文明的同时，对英国殖民统治者与封建势力进行了严厉的批判与谴责，揭示印度民众摆脱殖民统治、获得民族解放的强烈诉求。印度尼西亚、苏丹、缅甸等广大亚非拉国家均有类似介于“民族主义”文学与“寻根”文学的文学形式。战争时期的“寻根”主题文学带有强烈的民族主义特征，它以共同的文化之“根”唤醒了广大丧失民族身份的民众。引导他们重构民族文化，树立民族自信与自尊，凝聚民族力量，激发其摆脱西方殖民统治的民族情绪，同仇敌忾抵御外来侵略。

“二战”结束后，广大亚非拉国家虽然在政治上已经获得名义上的独立解放，但是在经济方面仍然受制于西方世界，在文化方面则主要表现为受西方国家的渗透，处于“后殖民主义状态”。此时，“文化身份”的独立性是区别本我文化与他者文化的关键所在，是反抗外来文化渗透的法器。各国民族文学若要得到长足发展，其前提便是赢得独立的“文化身份”。“民族文学一旦具有了自我身份的认同，就能保证在与世界相处时的明确的方向定位，否则，就会产生不知所措和无法应对的感觉。”① 推而广之，“文化身份”的独立性也是保持国家、民族独立性的无形武器，对民族自我身份认同的吁求促使第三世界国家努力摆脱西方原殖民者的影响，复兴民族文化，使国家获得真正意义上的独立解放；反之，民族文化的复兴又能进一步增强民族身份认同感，增强了民族的凝聚力。在文学方面具体表现为从后殖民文化语境中逃遁出来，寻求具有民族特色的文学发展之道路，大胆对西方为中心的文化霸权、文化影响说“NO”。“二战”后，拉丁美洲各国出现了“正义主义”“民众主义”“经济民族主义”等思潮，传递出拉美人民民族独立的呼声。这种呼声同样传递到文学领域，诸多拉美作家提出不能在欧洲文化中迷失了自我，而应该从拉美悠久灿烂的古印第安文化入手，以民族文化之魂作为文学创作之“根”。于是诞生了“土著文学”，旨在探寻原生态、

① 邓楠．全球化语境下的民族文学建构与民族文化身份认同——魔幻现实主义与寻根文学比较研究．零陵学院学报，2004，25（2）：20～24

原始性的印第安文化之“根”，以摆脱西方文化的影响，凸显拉美本土特色。20 世纪 60 年代，拉美各国在政治上先后获得独立，各个国家纷纷要求文化上要有民族特色，积极探索一条民族文化独立发展的道路。在全球范围内，具有广泛影响的“拉美文学大爆炸”寻找拉丁美洲原始而神奇的混血文化之“根”。在创作方法方面，魔幻现实主义手法更注重从历史文化中挖掘拉美独特的地理风貌与民族心理特征，创造了亦真亦幻的奇妙世界。拉美“寻根文学”除了突出本土文化这一鲜明的文化主题，还有明显的政治主题，那便是对外来殖民统治，以及当局的独裁统治的揭露与批判。在没有硝烟的后殖民主义时代，“寻根文学”成为卫冕民族独立性的无形阵地。

民族独立与文化独立相辅相成，民族独立能够有力地维护文化的独立，文化的独立能够促进民族的独立。20 世纪无论在殖民主义时期，还是后殖民主义时期，广大亚非拉国家的“寻根文学”都承担了民族文化重构的任务，体现了文学参与民族独立运动，参与民族文化建设的热情与智慧，为本土文化与西方文化平等对话铺就了道路，也为各国民族独立提供了文化依据、精神力量。

（三）全球“寻根文学”的文化人类学价值 ：促进种族、民族平等与自由

如果我们摒弃“后殖民主义”批评理论，不再纠结于不同文化之间的对抗关系，而是用大文化的视角鸟瞰全球“寻根文学”，我们会得出这样的结论：“寻根”无论寻到的是何种类型之“根”，都是人类之“根”，它不仅包括现存的强势种族之文化，还包括弱势种族之文化，以及即将消失或者业已消失的种族之文化，因此全球“寻根文学”也具有普遍的人类学价值。“20 世纪后期的文化寻根派文学写作，由于经历了后现代和后殖民批判的洗礼，更加自觉地向文化人类学汲取知识养料，并将人类学所关注的非主流的异文化，即形形色色的文化他者，作为创作灵感的新源泉。”① 20 世纪“文化寻根”的两个人类学导向分别是“黑色风暴”和“凯尔特复兴”，这两个向度既表达了种族认同，肯定了种族平等，又体现了对亚文化的推崇。在全球“寻根文学”中从人类学视角对种族、民族之“根”进行探寻，对种族、民族之魂进行颂赞的为数众多，最有代表性的是黑人写作，包括美国“黑人文学”和黑非洲 70 年代“后殖民”阶段文学，以及英国文学中对“凯尔特”历史文化的追忆。

经过南北战争美国黑人虽然获得了名义上的自由平等，但在 20 世纪仍然受到白人主流文化的歧视，没有获得真正的独立与自由。20 世纪全球“寻根文学”具有一定规模和影响的是美国的“黑人文学”，旨在寻找由于贩卖黑奴运动而失落

① 叶舒宪．人类学小说热潮背后潜隐着文化反思与批判精神．文艺报，2006－3－25

的种族“文化”与“身份”之“根”。广大黑人作家用黑人的语言、黑人的思维、黑人的价值观抒写黑人三百多年的奴隶史，折射出对种族之“根”——非洲强烈的回归渴望。即使美国黑人寻到了自己的非洲之“根”，却永远不可能重回故里，他们面临的现实问题是如何在白人主导的美国社会中获得种族平等的生存权，美国黑人恰恰借“寻根”主题文学表现了边缘种族，或者受歧视民族在美国内部对种族独立、种族自由、种族平等的强烈吁求。20 世纪美国黑人文学共经历了三次高潮，但是不同时期他们对美国白人文化与黑人文化之间的关系表现出不同的态度，整体呈现由尖锐对立逐步走向融合的趋势：爆发于 20 世纪二三十年代的第一次高潮以“认同”为表现主题，这里的“认同”首先指美国黑人应该具有强烈的黑人身份意识，以及黑人文化自豪感，以此划清种族界限。其次，第一次高潮的代表作家群休斯、麦凯、赫斯顿、卡伦等提出，不但黑人自身要有种族认同意识，美国白人也要认同黑人文化、黑人种族。作品以歌颂黑人文化、黑人优秀品质为基调，企图以黑人种族文化魅力感染美国白人。“二战”后美国黑人受到的种族歧视和压迫异常严重，出现了赤裸裸的种族隔离制度，引起了广大黑人的强烈反抗，于是在四五十年代爆发了第二次黑人创作高潮，创作主题为“反抗”。理查德·赖特的《土生子》、拉尔夫·埃利森的《看不见的人》等代表作再现美国社会激化种族矛盾，广大黑人不再幻想感化白人，获得白色人种的认同，而是用暴力或者非暴力的武器对白人社会进行无情的批判与坚决的反抗。经过黑人的不断斗争，60年代末美国在法律与政治方面逐渐祛除种族不平等，并逐步认同了多元文化，使得黑人与白人逐步走向融合。于是，在20世纪六七十年代爆发了“黑人文学”的第三次高潮，其主题便是“融合”，这里的融合既倡导黑人内部的团结融洽，也提出黑人与白人和谐相处的重要性，其根本目的是构建黑人文化与西方文化的平衡系统。此时的黑人代表作有莫里森的《所罗门之歌》《宠儿》等，其中均有黑人与白人和谐相处、彼此认同的情节。美国“黑人文学”在处理种族问题时，一方面对西方白人主流文化进行了尖锐的嘲讽与诅咒，另一方面用血泪探寻黑人种族之“根”，表达了对黑人文化、对非洲文明的颂赞与向往。黑人作家、黑人人物所具有的种族气质、家族观念令读者感受到醇厚的种族意识。但是值得注意的是，美国“黑人文学”对“黑人”种族的强调并非为了挑起新的种族冲突，而是为了谋求黑人更平等的待遇，获得文化身份的认同，因此美国第三次黑人文学的高潮最终以“融合”主题代替了“反抗”主题。黑人的权利斗争同样出现在非洲，20世纪60年代，非洲国家绝大部分已经独立，70年代后的文学创作主题由非洲的传统与本土文化的冲突，转变为现实社会问题，问题之一便是种族歧视。反对种族隔离政策和民族歧视，一直是南非文学的重要主题。

众多的黑人作家和白人作家都投身于追求种族平等的事业中，他们用笔抒写南非有色人种在现实生活中遭受的歧视与不平等待遇，从话语层面表达对民族身份认同与种族平等的渴求，有力地促进了黑人在非洲的平等与独立。

人类文化是个庞杂的系统，不但不同人种之间存在文化差异、文化不平等问题，同一人种之中也包含不同民族、不同文化形态，本次全球“寻根文学”创作还挖掘出了形形色色的被主流文化遗忘的民族文化形态。在英国，应和“文化寻根”的主题之一——“凯尔特复兴”的“寻根”主题作品从不同的角度，采用不同的风格表现主流爱尔兰文化与边缘的凯尔特文化之间的冲突，对即将消逝的凯尔特种族更多的是持有肯定、歌颂、眷恋的态度，以寻找业已失落了的亚文化之“根”，向人类展现了别样的英国土著文化——凯尔特文化。英国作家的一系列作品将西方“文化寻根”中的“凯尔特文化复兴”提炼为文学主题，与人类学形成一种“互文”，提升了非主流人种——凯尔特的文化地位，使这一人类学大发现具有了更深刻的文化意义。“寻根”主题文学中，美国和非洲的黑人文学在同白人种族歧视的斗争中回溯了非洲黑人文明，塑造了具有浓厚民族意识的黑人反抗者形象群，为有色人种在整个人类中赢得尊严和平等的地位。“凯尔特”人种虽肤色白皙，但历史却赋予了他们非上层人种的地位。英国“寻根文学”复活了即将消逝的“凯尔特”文明，肯定了凯尔特人种崇高的文化地位。此类“寻根文学”摒弃了种族优/劣、文化先进/落后二元对立的传统价值观，肯定了种族多样性，推翻了白人优越论，打击了种族仇恨说，肯定了“黑人文明”与非主流文化，有利于促进种族平等，消除民族歧视，使人类文明向平等、多样、繁荣的方向发展。

20 世纪全球“寻根文学”以其宏大主题完成了对人类文明的巡礼，它既是 20 世纪时代变革的产物，也是各个国家和民族民族意识觉醒的结果，更是人类对文明进程理性思考的产物。对各个民族特色文化的缅怀，对各个民族精神、民族气质的思索均体现了各个国家和民族对“民族文化身份认同”的期待。对地域、边区文化以及原始文明的考古发掘，潜藏着对现代城市文明的无情鞭挞，以及对失落的民族原始文明的无限眷恋。“寻根”不是某个国家、民族的专利，它是整个人类共同的“文化情结”。20 世纪全球“寻根文学”思潮的出现，使得各国各族的本土文化得以发掘和传承，巩固了各自的“根性”，不同程度地避免了被同化的命运。在全球一体化的今天，“越是民族的越是世界的”已经成为一句嘹亮的口号。全球“寻根文学”发扬了世界各个民族的文化精髓，否定了种族不平等及文明优劣论，从而进一步肯定了文化与种族的多样性，有利于各个民族、各个种族平等参与世界对话，共同建立一个和平、繁荣、多民族共同发展的和谐世界。另外，全球“寻根文学”的出现也开拓了文学的题材、主题以及艺术表现的空间，体现了可贵的文学价值。

第二章

中国“寻根文学”的发生及其与全球“寻根文学”的关系

中国“寻根文学”作为全球“寻根文学”的分支之一，其诞生脱胎于中国独特的政治、历史、文化背景，也离不开全球化与现代化语境下宏大的“文化寻根”话语。中国的“寻根文学”与全球他国的“寻根文学”无论产生的背景还是写作的内容都存在诸多相似之处，但是从“失根”到“寻根”，中国与他国又存在着巨大的差别。

一、重返中国20世纪80年代“寻根文学”的本土现场①

20世纪80年代“寻根文学”在中国的发生不是偶然的，它既是时代的呼唤，又具有寻根的土壤，同时具有作家的储备。20世纪80年代告别了政治一统天下的局面，文学呼唤文化的回归。同时，在全球化与现代化的声浪中，各国传统文

① 李珂玮. 再论1980年代“寻根文学”的缘起. 中国现代文学研究丛刊，2014年第5期

明面临着巨大的冲击，中国知识分子开始思考如何在全球化与现代化的浪潮中葆有中华民族的文化特征，如何使中华民族在国际上树立民族话语空间。传统/现代、民族化/世界化成为知识分子对民族文化、民族未来思考的关键问题，“寻根文学”就是在这样的文化背景下孕育而生。在创作手法方面，外来文学的影响至关重要，80 年代拉丁美洲作家马尔克斯凭借魔幻现实主义获得诺贝尔文学奖，以及日本作家川端康成在中国的译介，对中国“寻根文学”有着直接的启示。在创作群体方面，“知青”作家“上山下乡”的经历使其对现代文明烛照下的乡土中国、原始文明有了更客观、更理性的认识。

(一) 时空对文化的放逐与救赎——从 50～70 年代的“文化失语”到 80 年代的“文化热”

文学的命运与文化、政治的命运是融为一体的，中国“寻根文学”作为 20 世纪重要的文学思潮置于 80 年代“文化热潮”之中，是社会政治变革、文化复苏的必然选择。从新中国成立到“文革”结束，中国社会经历了一系列风起云涌的政治运动，文学一度沦为了政治的传声筒。在这样的创作环境下，作家除了撰写“遵命文学”，吹起嘹亮的政治号角，剩下的只有“噤若寒蝉”。在文艺界的“反右”运动与十年“无产阶级文化大革命”中，很多优秀作家被打成“右派分子”“反革命分子”，他们的作品被作为“大毒草”遭到批判和查禁。新中国成立后的 30 年，文学既是政治运动的武器，也是政治运动的对象，“政治”成为文学的宿命，而文学本应具有的文化和艺术属性几乎销声匿迹。1976 年“文化大革命”结束，国人拨开了动乱的表象，痛定思痛开始对这场运动进行反思与批判，主要批判的是具有鲜明政治特征的政治专制主义与文化专制主义。但是由于“文革”刚刚结束，公开讨论、批判政治仍然受到一定约束，因此文化充当了批判政治的“替代品”，将一切错误归咎于传统文化。于是出现了批判与反思传统文化中封建专制思想的论调，在学界和政界产生了广泛影响，并以此为契机引发了 80 年代文化大讨论，即“文化热”“文化寻根”思潮。李泽厚在 2006 年接受记者采访时说：“80 年代的‘文化热’实际上是以文化代替政治，大家带着很大的激情讨论‘文化问题’，关注指向的其实是改革等各方面的话题……我当时不赞成把一切的错误和问题都归根于文化的提法”①。80 年代，文化在政治的推动下，从之前的“失语”状态走上了时代的风口浪尖，使中国思想文化领域迎来了“五四”般的大繁荣。本次“文化热”所产生的直接效应就是对民族文化进行剖析与自省，辨析传统文化的良莠属性，为国家的未来发展树立一个具有正确价值导向的文化坐标。80 年代的“文化热”引发了各个方面的“文化寻根”热潮：在哲学方面，产生了“新启蒙”“新儒学”和“新道家”

---

① 李泽厚．理想、激情和希望的年代．南都周刊，2006，1（20）

等流派，在民间也涌现了多个思想团体，如“文化：中国与世界”丛书编委会、“走向未来”丛书编委会、“二十世纪文库”编委等各自阐发自己的文化主张。80年代也涌现出大批思想家、哲学家，如张岱年、李泽厚、刘再复、汤一介等，他们对中国思想文化界的影响直至今日。对传统文化的热议引发了“国学复兴”和“孔子热”，有力地促进了传统文化的传承与保护。在文化遗产方面，全国各地开始重视非物质文化遗产的挖掘和保护。在文化艺术方面，直接催生了“寻根”电影、“寻根”画派，以及文学领域的“寻根文学”。

“文革”结束后，中国文学经历了“伤痕文学”“反思文学”“改革文学”。“伤痕文学”与“反思文学”控诉了“文革”带给人灵魂的伤害以及思想的磨难，并没有冲破文学为政治服务的樊篱，话语的核心仍然是政治。“改革文学”更是以社会发展、国家建设为中心话题，仍然没有跳出政治的牢笼。进步的是，“反思文学”与“伤痕文学”相比，具有更多的理性思考，更厚重的历史深度，更广阔的文化视野，已经出现向历史文化视角倾斜的趋势。秉承“反思文学”的“反思”主题，作家在“政治反思”之后，开始进入更深层次的“文化反思”。80年代的“文化热”大体可以分为两个阶段：1981—1984年，为“文化热”的酝酿阶段；1984年底至1989年上半年，为“文化热”的高潮阶段。80年代初，“文化热”酝酿阶段兴起了文化风俗小说，如邓友梅的《那五》《烟壶》，汪曾祺的《受戒》《大淖纪事》，陆文夫的《美食家》等，对中国传统文化和地方文化进行了抒写，写作的内容既包括外在文化形态，又包括内在文化心理。“文化风俗小说”成为“寻根文学”的前奏，直至80年代中期“文化热”的高潮阶段，“寻根”已形成一股强大的文学思潮。1984年“杭州会议”为“寻根文学”树起一面旗帜，成为“寻根文学”发展的里程碑。据会议的组织者蔡翔回忆，这次会议的共同主题就是文化，包括北京作家谈京城文化、北方文化，李杭育谈吴越文化，韩少功谈楚文化……他们针对地域文化、民族文化与文学的关系提出了各自的看法。从时间上看，1984—1987年也恰恰是“寻根文学”创作较为集中的时间，涌现了阿城的《棋王》（1984），王安忆的《小鲍庄》（1985），韩少功的《爸爸爸》（1985）、《女女女》（1986），莫言的《透明的红萝卜》（1985）、《红高粱》（1986）等系列“寻根”之作。朱维铮在1986年写的《中国文化研究的新进展》中，将80年代的“文化热”归纳为三种取向：“一是关注中国文化的历史进程，企求超越利害的考虑，从传统本身说明传统；二是关注中国文化的价值判断，企求有助于观念的变革，从现实出发反思传统；三是关注中国文化的发展趋势，企求确立稳态的系统，从预测需要规范传统。”① 与之对应，“寻根文学”的文化指向

① 宗胜利．80年代“文化热”研究综述．理论前沿，1996（16）：20～22

大致分为两种：其一，书写文化的历时形态，追溯传统文化之根，发掘历史文化中的原始意象与传统因子。其二，书写文化的共时形态，挖掘“积淀”在当代文化心理或人格构成中的传统因素，其创作的目的就是完成中国文化未来发展模式的想象性建构。可以说，“寻根文学”着力从传统、当代、未来三个维度对传统文化进行反思，与80年代的“文化热”的讨论焦点异曲同工。韩少功的《爸爸爸》关注文化的历时形态，将故事置于远古野蛮时期，在充满野史、巫术、传说、仪式中呈现传统文化的原生态。与韩少功呈现传统文化的猥琐、畸形相比，莫言的《红高粱家族》让我们领略了中国传统文化的“方刚血气”。以“我爷爷”“我奶奶”为代表的原始人性充满了浪漫、豪放的“酒神精神”，他们敢爱、敢恨、敢于反抗，是中华民族“天行健，君子以自强不息”的缩影。此外，乌热尔图、郑万隆等均从不同角度展示传统文化的历时形态。阿城的《棋王》、王安忆的《小鲍庄》、韩少功的《女女女》等则从文化的共时形态中折射传统因素，以现代反思传统。《棋王》中知青王一生的棋道蕴含着深厚的道家文化，使他能够在物质与精神双重匮乏的特殊年代寻找到精神的家园。《小鲍庄》采用并置型结构，用明暗两条线索对传统儒家“仁义”文化进行了深度审视，表象中对传统儒家“仁义”精神的大加赞赏，实际却暗含着对“仁义”虚伪性的无情揭露与讽刺。小鲍庄中的任何人物的言行都充当着传统文化的一面镜子，为读者提供了反思民族文化的独特视域。《女女女》中幺姑及其家乡的乡民们是原始文化的代表，他们忍辱负重、真诚待人、忠厚仁义、克己复礼，但是现代文明褪去了传统人性的美好，取而代之的是自私、冷漠、随性、不负责任。“寻根”作家对文化历时性与共时性的思考不在于复古与怀旧，而在于在现代化与全球化的洪流中探索民族文化未来之路，这与80年代的“文化热”的主旨如出一辙。

1985年前后的“文化热”中，社会科学领域产生了三个大文化团体：先后以金观涛、包遵信为主编的“走向未来”丛书编委会；以汤一介、乐黛云、庞朴、李泽厚等为主力的“中国文化书院”编委会；以甘阳、王焱、苏国勋、赵越胜、周国平等为主力的“文化：中国与世界”丛书编委会。其中，“中国文化书院”由梁漱溟任荣誉院长，主要介绍当代“新儒家”的观点，侧重对中国传统文化进行恢复，并向民众推广，强调从传统再出发，对传统文化影响下的国民性展开思考和剖析，强调文化的延续性和文化批判中的建设性。他们对传统文化做的这些基础性工作在今天，乃至未来看来，都具有长远意义和民族价值。“寻根文学”寻到的除了表象中的地域文化、原始文明，还承接着“五四”未竟的启蒙话题，对民族国民性进行了深入的剖析。但是与“五四”启蒙运动对民族国民性的彻底批判不同，“寻根文学”对国民性的批判是以再建设为目标，在批判的同时努力寻找国民性的优良基因，以其作为根基，推动中华民族与世界平等对话。

（二）“他者”文化镜像下的传统中国——全球化/现代化语境下产生的文化身份焦虑

“寻根文学”的产生离不开全球化与现代化这两个时代主题。20世纪80年代后期，以科技革命为代表，掀起了第三次全球化浪潮。虽然全球化的根本意义是经济全球化，但是在全球经济一体化的同时，各国文化、政治联系日益密切，彼此影响。值得注意的是，此时的“影响”更多是强势群体对弱势群体的单向影响，最突出的体现是以美国为代表的西方文化对东方文化的大入侵，这种柔性的政治意识形态与文化形态入侵在20世纪后期被称为“后殖民主义”。近现代，在两次科技革命的作用下，全球出现了两次现代化浪潮。整个20世纪是“全球化”与“现代化”迅猛发展的时代，它以空前的速度与程度颠覆着人们传统的生产、生活、思维方式。东方/西方、民族/世界、本土/他者、传统/现代的二元对立成为各国在发展过程中面临的矛盾对抗体。面对全球化与现代化的剧烈冲击，1964年，中共中央首次提出，在20世纪内把中国建设成为一个具有现代农业、现代工业、现代国防和现代科学技术的社会主义强国。但是这“四个现代化”过于偏重经济和科技，没有意识到民主和文化的重要性。“文革”结束后，邓小平提出“解放思想，实事求是”的重要观点，李陀认为“‘解放思想’就是对‘文革’进行清算和批判，并且在这样清算的基础上建立以‘四个现代化’为中心的政治、经济以及文化思想上的新秩序”①，从而使“四个现代化”具有了思想与文化的高度。从新中国成立到80年代，中国逐步完成了对经济、科技、政治、文化现代化目标的提出，从上层建筑方面完成了对现代社会主义国家的想象性建构。在社会文化方面，伴随着西方现代文明大规模倾注到中国，牛仔裤、摇滚音乐、可乐、咖啡、圣诞节日益改变了中国人的生活习惯和价值观，中国传统文化面临着巨大的冲击，中国人日益失去民族精神的归宿。中国的知识精英们不免产生了“文化身份认同的焦虑”：在全球化与现代化的洪流中，中华民族将以怎样的“身份”立足于世界，向西方他者学习，还是保持东方本土特色？融入世界现代国家还是秉承民族传统成为中国在转折时期面临的矛盾选择，也是时代赋予我们的重大课题。“文化热”“文化寻根”“寻根文学”均表达了在全球化与现代化的历史语境中，知识分子对民族—国家现状的忧思，以及对民族未来文化走向的设想。韩少功在回答记者提问时说：“当年的‘寻根’发生在全球化大浪初起之时，它承担着中西文化对话的任务，是在寻找民族传统之根，这不光是文学的使命，而是一切非西方民族绕不开的命题。”②

---

① 查建英. 八十年代访谈录. 北京：三联书店，2006：274
② 韩少功. 文学“寻根”是在眺望未来. 楚天都市报，2009-10-7

在此命题之下，当时越来越多的人参与到了现代化与民族化关系的讨论中，甚至有学者将现代化与民族化看成是绝对对立的两面，如刘晓波认为“现代化不是一个民族概念，而是一个无国界的概念，是世界性概念。”① 该观点强调了现代化的世界同一性，但是却忽略了现代化过程中应有的民族文化生长点。此外，黄子平、张颐武、陈越等均提出必须克服狭隘的民族主义才能融入世界，一味强调民族化只能阻碍中国与世界的平等对话。尽管时隔30年，很多评论家已经改变了最初的看法，但是在当时他们的观点代表了很大一部分学者的态度。事实证明，80年代的中国存在严重的民族文化认同危机，东方文化、中华文化在现代化、全球化之中到底应该处于什么样的角色与地位也成为“寻根”作家思考的问题。相比之下，“寻根”作家对传统文化的态度更为保守，他们认识到曾经被彻底否定的传统文化不应该在西方文化的侵袭下再次被搁浅，而应该借西方文化的冲击对其重新审视，挖掘真正属于民族魂灵的精髓；中华民族的未来也不应彻底淹没在全球现代化的声浪中，而应该在现代与传统的角力中寻找最佳平衡点。“寻根”作家阿城就认为：“中国文学尚没有建立在一个广泛深厚的文化开掘之中。没有一个强大的、独特的文化限制，大约是不好达到文学先进水平这种自由的，

① 刘晓波. 文化、文学四人谈. 作家，1989（1）

同样也是与世界文化对不起话的。”① “寻根文学”不光在主题方面以高度的社会历史责任感背负起这一伟大的历史命题，还在创作方法上积极探索具有民族特色的文学出路。莫言在接受记者采访时回忆：至 80 年代初，作家普遍认识到，一味地模仿别人是没有出息的，中国作家必须从民族生活、民族历史中汲取养料、获得创作灵感，才能写出具有中华民族特色的文学作品来。在这样的文学语境中，以传统文化为载体的“寻根文学”成为中国作家此时的创作指向，表达了“寻根”作家强烈的民族文化身份认同的渴望。

“寻根文学”在实际创作中立足于传统与现代的矛盾，展开了对传统文化与现代文明的辩证分析。韩少功的《爸爸爸》试图到远离现代文明的蛮荒楚地寻觅失落的民族之“根”，却不料以“丙崽”为代表的传统文明是愚昧与顽劣的，根本不能承担民族未来发展的重任。代表现代文明的仁宝，将支离破碎的现代文明因素点抹在身上，有革新的幻想，却没有革新的勇气与行动，也不能成为民族未来的主宰。《小鲍庄》企图逃避现代性的侵扰，到规范的传统文化中寻找民族存在之“根”，却不料揭去以“仁义”为代表的传统文化虚伪的面纱，剩下的只是压抑人性的本质。贾平凹的《商州初录》更多体

① 阿城．文化制约着人类．文艺报，1985－7－6

现出原始文明的纯朴、野性在现代文明的冲击下产生的生存危机，他借用虚构出的“商州世界”为“镜像”，折射出传统原始文明与现代文明错综复杂的矛盾。此外，张承志的《北方的河》、郑义的《老井》、李杭育的“葛川江系列”等均体现了现代文明对传统文化的冲击，引发了作家对民族前途命运的思考。在传统与现代的对话中，“寻根”作家将更多的情感倾注于“传统”，殷切呼唤传统文化主体地位的回归，表达了对传统生活方式、传统人际关系、传统生存环境的眷恋，从而在文化领域增强了民族—国家认同感。贾平凹的“商州系列”、李杭育的“葛川江系列”、郑万隆的东北“异乡异闻”、乌热尔图的“鄂温克民族风情”、莫言的“红高粱系列”、张承志的“伊斯兰黄土文化系列”等均扎根于乡土中国，在原始边远地域寻到民族文化之“根”、淳朴人性之“根”，表达了对全球化与现代化的怀疑，甚至是拒绝。“寻根文学”把怀疑的矛头直接指向现代化和现代生活，是中国思考和批判现代性的先声，表达了“寻根”作家对西方现代文明的不盲从，以及对民族文化身份认同的理性态度。

（三）本土文化与外来艺术的混血儿——文学“他者”对中国文学创作的启示

“寻根文学”的诞生在主题上追寻了全球“文化寻根”，以及国内“文化热”这一思潮，其创作理念以及创作范式的确立却深受80年代外来文化的影响。80年代是“方法”“理论”的时代，当中国的文化之门刚刚开启之时，西方现代思想文化成果蜂拥而入，令处于文化饥渴中的中国人应接不暇。此时，对外来文化起到重要推广作用的民间组织是：“文化：中国与世界”丛书编委会，该组织的特点是，强调人文主义、专业精神、学术独立与非政治化。主要的工作是翻译介绍20世纪西方人文学界的经典著作。短短几年内，20世纪西方的主要思潮，文学理论、哲学、心理学、社会学、政治学等均在国内得以推介。伏尔泰、萨特、弗洛伊德等人类思想史上的杰出人物、代表思想渐渐为国人所知晓，极大地丰富了中国匮乏得近似于空洞的思想领域。西方科技与文化的涌入变更了中国人的知识结构，为中国社会变革带来一股全新的精神资源。被誉为“寻根”作家的阿城与查建英谈及当时的“文化热”时认为，80年代几乎是全民进行知识重构的时候。新的知识构成如何在中国大地上生根发芽，也是当时文化界的讨论焦点。

外来方法理论的涌入自然被具有敏锐文化嗅觉的一代“知青”作家所捕获，西方现代派手法成为作家热议的话题。据陈思和回忆，在“寻根文学”的发生现场——“杭州会议”上，“当时大家的兴趣还是在西方现代派文艺方面，李陀等从北京来的作家们还是在不断鼓吹现代派作品，荒诞啊，黑色幽默啊，拉美爆炸文学啊。”① 实际创作中，“寻根文学”的创

① 陈思和．杭州会议和寻根文学．文艺争鸣，2014（11）：6～8

作理念、创作方法、艺术技巧等均不同程度地受到外来文化的影响，很多“寻根”作家积极吸纳西方现代主义、后现代主义的文学观与艺术技巧，为以“魔幻现实主义”为代表的现代艺术手法在中国开辟试验田。综合对比，对“寻根文学”产生直接影响的是拉美魔幻现实主义，而将魔幻现实主义带入中国的则是诺贝尔文学奖获得者马尔克斯。1982年，来自第三世界的拉美作家加西亚·马尔克斯获得了诺贝尔文学奖，这是拉美“爆炸文学”的胜利，也是拉美魔幻现实主义的胜利。这一消息传入中国后，迅速引起各界的重视，翻译界对马尔克斯的代表作《百年孤独》等进行了大量的翻译，理论界则采用各种形式研究魔幻现实主义的特点，创作界更是掀起了一股模仿魔幻现实主义的潮流。魔幻现实主义的成功为尚在文学迷途之中的中国文坛指引了方向：首先，魔幻现实主义超越了传统现实主义，创造了现实与怪诞融为一体的意境，令中国作家耳目一新，感受到：“原来小说可以这么写”；其次，魔幻现实主义艺术手法源自西方现代派，但是取材于本民族传统文化、地域文化，展现拉美奇特的文化特征、地理风貌，具有强烈的“本我”特色。而此时，中国正发生着一场轰轰烈烈的文化讨论热，该如何表述民族文化也正是中国作家冥思苦想的问题，马尔克斯用魔幻现实主义手法叙说民族文化、地域文化为中国作家提供了别样的范例。现代手法、民族素材巧妙结合的拉美魔幻现实主义征服了整个世界，也征服了中国文坛。于是，中国作家开始了以“寻根”为文化主题，以魔幻现实主义为创作方法的文学实验。韩少功的《爸爸爸》《女女女》《归去来》，莫言的《透明的红萝卜》《红高粱家族》，扎西达娃的《西藏，系在皮绳结上的魂》等作品在“寻根”的主题之下，努力开垦民族地方特色文化。其手法表现为现实与幻觉相互交织渗透，在一派神秘的氛围中强化了故事的隐喻与夸张，为我们呈现亦真亦幻、真假虚实相生的画面，通过夸张与变形，达到了“变魔幻而又不失其真”的艺术效果。韩少功对魔幻现实主义的模仿最为神似，在他开垦的湘楚之地创造了往复循环的时间概念，塑造了一个个精神处于非常态的人物形象，令丙崽、幺姑、马眼镜等人物具有了原型的象征意义，描写了诸多充满神奇、怪诞、神话色彩的奇风异俗。此外，西方文学精神分析法、神话原型法、结构主义方法等，也成为“寻根文学”创作者尝试使用的艺术手法，用以分析民族国民性，挖掘中华民族深层的集体无意识，揭示中国人普遍的心理结构。

促使中国进行“寻根文学”创作的外来因素除了拉美作家马尔克斯，还有日本新感觉派作家川端康成。川端康成虽然成名于 20 世纪 70 年代以前，并且于 1968 年成为日本第一个获得诺贝尔文学奖的作家，但是中国对川端康成的译介却开始于改革开放之后。1979—1989 年为中国川端康成研究的第一阶段，此时正值中国“文学寻根”大潮，文学界就川端康成的文学成就展开了热议。当时，大家普遍认为川端康成的主要艺术成就可概括为东西方文化艺术的巧妙融合，在创作素材方面，积极选取民间生活、民族文化、地域特色；在创作意境方面，营造东方文化的禅宗氛围、古典审美意境；在创作手法方面，运用西方现代派艺术，尤其是意识流手法和精神分析法。川端康成的代表作《雪国》《古都》《千只鹤》等均成为连接东西方的桥梁，既维护了东方传统，又追逐了西方新潮，使其向世界展示了东方民族文化美学，又向国人打开了世界之窗。如果说马尔克斯所代表的拉美文化与中国文化尚存在一定差距，那么，川端康成所代表的日本文化则与中国传统文化本属同宗。因此，川端康成的成功对中国“寻根文学”的创作有着更为直接的引导，阿城、李杭育等创作风格都极具东方神韵。

马尔克斯与川端康成的成功对中国文学创作的直接启示恰如李杭育在“寻根”宣言中提出的：“理一理我们的‘根’，也选一选人家的‘枝’，将西方现代文明的茁壮新芽，嫁接在我们古老、健康、深植于沃土的活根上，倒是有希望开出奇异的花，结出肥硕的果。”① 在与“寻根文学”密切相关的“杭州会议”上，“新时期文学：回顾与预测”成为会议的主题，如何突破原有的小说艺术规范和文学批评观念是与会者

① 李杭育．理一理我们的“根”．作家，1985（9）

谈论较多的话题。根据会议组织者周介人的记忆，阿城在会上发言，“限制本身在运动，作家与评论家应该共同来总结新的限制，确立新的小说规范。这种新的小说规范，既体现了当代观念，又是从民族的总体文化背景中孕育出来的”①。陈思和提出现代意识与民族文化应该融会。在此启发之下，中国“寻根”作家满怀激情地挖掘民族、地域神韵，大胆使用外来现代创作手法，企望中国文学走向世界。但我们又不能说中国的“寻根文学”完全是受拉美魔幻现实主义以及日本新感觉派文学的影响而产生的，毕竟还有很多作家忠实于传统现实主义手法进行“文化寻根”主题的创作，如王安忆、李杭育、阿城、郑义等。无论是中国的“寻根文学”，还是拉美的魔幻现实主义文学，以及日本新感觉派文学，都隶属于全球“文化寻根”的大潮之中，它们以各自的方法与角度追溯民族文化之“根”，这是它们无需争辩的共同之处。

（四）文化荒原上游走于城市与乡野的魂灵——以“知青”为主的创作群体的出现

20 世纪 80 年代，经历了 50～70 年代的文化“禁语”，又面临着西方现代文明的来袭，中国传统文化的领地日益缩小，并面临着价值的迷失，作为文化的先觉者——知识分子陷入

① 周介人. 文学探讨的当代意识背景. 文学自由谈，1986（1）：32～39

了无“根”的迷茫之中。时代与国情造就的特殊群体——“知青”在经历了精神的荒漠之后，迫切地要求寻求价值的范式与灵魂的归宿，“寻根”成为一代青年的精神呼唤。文学史上被誉为“寻根”作家的阿城、韩少功、郑万隆、郑义、王安忆、乌热尔图、莫言、贾平凹、李杭育等都曾有过泛“知青”的下放经历。经历过“上山下乡”运动的知青作家企图从“下放”过的偏远古城寻找民族文化之“根”，以个人的经历诠释着对“根”的解读。他们的成长，介乎城市与乡村、传统与现代之间，使其能以现代城市人的眼光审视乡野历史中的文化形态，又能以乡村传统观念反思现代城市的异化。“知青”返城后，现代化与全球化的语境促使他们开始寻找可能被淹没了的民族之“根”，同时更深沉地思考民族国家的未来。这些理性的思考均源自“知青”作家对“知青”生活经验的回顾与书写。

首先，“知青”生活经历构成了“寻根文学”的文本主体。20 世纪 60 年代末，毛泽东号召知识青年到农村去，于是上千万知识青年在十年间将青春与热血撒播在乡野泥土之中。他们浪费了青春、中断了学业，在一定程度上影响了中国文化的传承。知识青年也经历了物质上的贫乏、身体上的困顿、精神上的空虚、心灵上的孤寂。但在失落的同时，“知青”也获得了他人无缘经历的宝贵“历史性”阅历，他们是中国历史特殊时期的“坐标”。在这一“坐标”之上，“知青”个人的生活经历，视野之中的地域风情和人伦风俗成为一种永恒的记忆，最终成为“寻根文学”的文本素材和外在主体。“寻根”作家以“知青”生活作为叙述的主体，真实记录了“知青”当年面临的物质与精神存在状况，最有代表性的是阿城的《棋王》。“《棋王》写的是‘知青’生活，其主题在三个层面上是典型的‘知青’共同记忆”①，包括关于家庭出身的记忆、关于以“吃”为代表的物质生活的记忆、关于以“棋”为代表的精神生活的记忆。故事置于“知青”下乡这一特殊历史时期，文本穿插介绍了王一生穷困的童年经历，这决定了一个“知青”的政治身份，也即出身之“根”。小说着力刻画“知青”生活中以“吃”为代表的物质生活的紧张和以“棋”为代表的精神生活的空虚。在物质与精神双重匮乏的状况下，作家意识到粮食才是人类赖以存活的物质之“根”。至于棋，以及棋所蕴含的传统文化则是寄托“知青”生活中无以寄托的精神，它并不是人类存在的根本。另外，“知青”别离生存故地，分布到全国广漠的山水之间，在脱离城市之后，他们感受到未被规范化的原始地域风貌，不免产生一种陌生化的距离感，各类地域风情、原始风物自然成为“知青”作家笔下的一种写作素材。在这一审美取向下，有些“寻根”作家立足于“知青”生活经历，凭借着个人记忆回首勾勒出一系列具有鲜明

① 陈晓明．论《棋王》——唯物论意义的阐释或寻根的歧义．文艺争鸣，2007（4）：128～142

地域特征的文学作品。郑万隆“异乡异闻”中的东北地区寒风凛冽、冰天雪地，土匪、山贼、淘金者出没在深山老林里，他们粗朴豪放、不畏艰险，敢于用生命见证个人存在的价值，他们是地域之子，是地域文化的集中体现者。李杭育出生于杭州钱塘江畔，插队于钱塘江下游南岸，钱塘江成为他一生灵魂的皈依。“葛川江系列”中的葛川江就是钱塘江的化名，小说注重挖掘吴越地域文化因子，展现钱塘江畔的民风民俗和地域风情。北京作家张承志插队于内蒙古大草原，被誉为“寻根文学”的《北方的河》《黑骏马》均以辽阔壮美的草原为故事背景，字里行间透露出作家对草原生活的眷恋与怀念。

其次，空间的转换形成了“寻根文学”游走于城市与乡间的灵魂。在特殊历史时期，“知青”经历了从城市走进乡村，又由乡村返回城市的时空之旅，对中国现实有了更深刻的认识。“知青”离开校园发现了一个动乱的城市；“知青”离开城市，又面临一片贫瘠的乡土；“知青”离开乡土，又遭遇了一个无情的城市…… 在这场时代安排的命运大循环之中，“知青”亲临了中国各个“现场”，他们成为记载新中国国民精神，以及国家发展的无形“档案”。与从未离开过土地的农民相比，“知青”作家能够以陌生化的眼光，高角度审视生长在辽阔大地上的乡间文化，能够对中国农村现实有更客观、更理性、更冷静的分析，从而能够通过文学创作充当乡土中国的观察者，甚至担当启蒙的角色。在“寻根文学”中，“知青”作家将写作视域聚焦于原始而偏远的山区，小说呈现一派蒙昧的文化图景，从侧面折射出乡土中国对现代文明的呼唤，使“寻根文学”在一定程度上具有了启蒙的意义。韩少功、王安忆等作家以近似于“神”的眼光静默地俯视着贫瘠土地上被现代抛弃的原始文化，以及麻木、愚钝的芸芸众生。鸡头寨里的放蛊、食人、杀人祭祀等蒙昧、野蛮文明，以及小鲍庄中经历苦难折磨变得冷漠、麻木、逆来顺受的国民性，还有老井村村民的迷信、故步自封、对现代文明的拒绝等都是传统乡土中国自我封闭的缩影。“知青”作家们以城市人的视角俯视着偏僻乡村的原生态文化，对其中蕴藏的传统文化之“根”进行了理性反思，并以开放式的文化嗅觉警觉地嗅到了传统中国的落后与不足，增强了民族文化的自省意识，为民族文化的健康发展提供了一面镜子。当“知青”设身处地、身临其境的时候，他们以一种“哀其不幸，怒其不争”的自我剖析态度撕开民族的创伤，呼唤新的、富有生命活力的文明前来拯救即将枯朽的落后文化。另一方面，当“知青”逃出贫瘠落后的偏远乡土，回归魂牵梦绕的城市时，城市回应他们的不是温暖的“人性”，而是冰冷的“秩序”。“知青”们处处受到排挤与敌视，感受到的是城市现代文明裹挟下人与人之间的隔膜、冷漠与自私，引发了“知青”作家对城市文明进行深刻的反思。此时，“怀旧”成为对失去价值的一种追认，曾经落后、偏僻的乡野间淳朴自然的人性与原始自由的文化状态成为“知青”的情感归宿，也成为“知青”作家笔下歌颂的“净土”。韩少功的《女女女》与《归去来》中以老黑和黄治先为代表的现代城市生活是混乱、无聊、游戏、无节制的，城里人也被指责为是“无情义”的，与之相应的乡下原始文明则充满了血亲与故旧情义，它原始、质朴、纯洁、富有正义感，它洗涤了城里人的疲惫心灵，净化了城里人浑浊的灵魂。莫言《红高粱家族》中的“我爷爷”“我奶奶”在红高粱的养育下充满了旺盛的生命力，反抗命运、反抗礼教、反抗强敌、勇于牺牲自我成就正义，而乡土的背叛者——“我”已失去了“种”的强劲，变成了一棵孱弱的温室花草。可以看出，在城市与乡村的对决中，“知青”作家将更多的情感砝码投向了原始、野蛮但纯朴、充满生命力的乡土文明。另外，通过城乡对比，“知青”作家对中国城乡二元结构有了更深刻的认识与思考。中国社会是以牺牲农村为代价成就城市的建设与发展，两驾本应并置的马车，距离却越拉越远。王安忆的《小鲍庄》、莫言的《透明的红萝卜》、贾平凹的“商州系列”、郑义的“太行山系列”等均不同程度地对中国发展中存在的问题，尤其是乡土问题、城乡差距进行了揭露和反思，对乡土中的传统文化，以及城市现代文明有了进一步的辩证思考。

中国的“寻根文学”发生在20世纪80年代，它不是一种偶然的文学现象，其背后有着复杂的政治、文化、社会渊源。首先，它是“文革”后政治批判推动下的文化自省，是中国经历了政治动乱、文化禁语之后对文化淤泥的清理，以及对民族昨天的反省、对未来的展望。其次，20 世纪 80 年代中国改革开放对中国来说是一把双刃剑，一方面，大量外来思想、文化成果引入中国，令“寻根”创作寻到了榜样，找到了创作的依据。特别是西方现代派、拉美魔幻现实主义、日本新感觉派的成功为“寻根文学”提供了创作模式。另一方面，现代文明对传统中国的冲击令“寻根”作家对民族未来发展模式产生焦虑。最后，“知青”作家的成熟是“寻根文学”得以成形的主体因素。综上所述，“寻根文学”在中国的发生既有着庞大的国际背景，又有着特殊的历史国情，同时有着东西方文明共存的时代契机，以及较为成熟的创作主体的出现。

二、中国“寻根文学”与全球“寻根文学”的关系

中国的“寻根文学”与全球“寻根文学”在产生的背景、写作视域、文本内涵等诸多方面存在共同之处，鉴于本书前文已经分别陈述，为避免重复，在此只做简要归纳。首先，在写作背景方面：中国“寻根文学”与世界“寻根文学”共同置于 20 世纪现代化与全球化的大时代背景下，是全球“文化寻根”思潮的文学表达，是时代与各国历史的必然产物。一方面，随着现代化进程的加剧，现代文明的机械性、工具性令尚没有走出原有文化形态的人们开始怀念未被现代文明侵袭的原始文明与地域文化，表达对现代文明的深刻反思。

中国的“寻根文学”诞生在20世纪80年代，时值中国现代化进程大踏步时期，现代文明的大规模来袭严重扭曲了传统中国固有的价值观、文化观，也动摇了中国牢固的生产秩序，以及人伦、自然关系，对现代文明的歧路，“寻根文学”给予了深刻的思考与批判。同样，俄罗斯的“新根基写作”、印度的“边区小说”、拉丁美洲的“地方主义文学”等都对现代化进程中出现的文明弊病展开反思，通过歌颂原始文明与地域文明的美好、淳朴，反衬现代文明的虚伪、无情。另一方面，在20世纪不可阻挡的全球化洪流之中，越来越多的民族和国家自身的传统文化渐趋遭到西方文明的同化，这唤醒了各国各民族的文化危机感，于是，知识界表达出强烈的追溯民族文化之“根”，获取民族文化身份认同的渴求。相关的文学思潮有埃及的“埃及精神”思潮、拉丁美洲的“土著文学”等。中国在后殖民语境中也迫切想获得世界对中华文化的认同，因此，“寻根文学”扛起了立民族文化之风的旗帜。其次，在写作视域方面，中国“寻根文学”与全球“寻根文学”共同致力于对本民族文化传统的发掘、呈现、弘扬，将民族文化与个人命运、国家发展融为一体进行书写。这里的民族文化既包括各民族国家的主流文化，也包括各种形态的亚文化，各类文化的呈现方式，有对文化内涵的深入剖析，也有对文化外部形态的直接描述，文学作品中充满了不同特点的地域风貌、民间传说、乡风民俗，具有浓厚的民间色彩、民族特色。另外，中国“寻根文学”与全球“寻根文学”都体现了对原始文明的垂青，作家用大量的笔墨挥就了原生态的美境、纯朴的原始人性、人与自然的和谐关系，以此来对比现代文明对人、自然、社会的异化。再次，在文本内涵方面，中国“寻根文学”与全球“寻根文学”都体现了人类对自身文明的重新认识，既有对西方现代文明的质疑与反思，也有对本我传统文化的自省与弘扬。面对西方现代文明向全球的扩张，人类以传统文明为参照物，开始了对昨天的怀念、对今天的质疑、对未来的焦虑，充分体现了文化的时间属性对人类进程的影响。二者对本国、本民族内部各类文化形态的追根溯源，提升了各国、各民族的文化身份认同感，增强了民族凝聚力，体现了文化的空间属性对民族国家的重要性。另外，中国“寻根文学”与他国“寻根文学”都体现了对支流文化的重塑与重视，有力地驳斥了欧洲中心主义论、文化优劣论等论调，有利于促进人类文化平等、多样、繁荣发展。

尽管中国的“寻根文学”与全球他国的“寻根文学”存在很多共同特征，但由于每个国家、民族之“根”各有自己的文化特征，由此决定了差异存在的必然性。概览中国与他国的历史与文化，并细读各国“寻根文学”，我们便能够明显发现中国的“寻根”与他国的“寻根”存在诸多区别，主要表现在两个方面：首先，表现为“拔根”的原因不同，全球他国传统之“根”被拔的主要根源是殖民运动，而中国传统之“根”的动摇却是历次政治运动的“自毁长城”。其次，在何处“寻根”这个问题上，中国寻到的是精神层面的文化之“根”，而他国在此基础上还寻找了具有血脉意义的种族之“根”。具体阐述如下：

（一）何以“拔根”：不同历史境遇造成的“拔根”状态

寻找意味着曾经丢失，同样，“寻根”的前提一定是“根”的动摇或者迷失，中国与世界他国由于历史境遇的不同，民族文化之“根”的动摇与迷失也表现出不同的原因。法国思想家、哲学家西蒙娜·薇依（Simone Weil）（也有译为西蒙娜·韦伊）在其生前遗著《扎根：人类责任宣言绪论》（1943）中提出了“扎根”与“拔根”两个概念。“扎根（enracinement）也许是人类灵魂最重要也是最为人所忽视的一项需求。……一个人通过真实、活跃且自然地参与某一集体的生存而拥有一个根……每个人都需要拥有多重的根”。① 由此可见，扎根是一个人、一个民族赖以生存的物质与精神的根本需要，“根”是一种自然的力量、集体的力量，一个“无根”的民族是没有灵魂、没有生命力的。西蒙娜·薇依继而在书中提出了相对应的“拔根”概念，所谓“拔根”，在书中特指由于外来因素或者内部原因导致“根”的动摇与丢失。若拔根的力量较

---

① ［法］西蒙娜·薇依著；徐卫翔译．扎根：人类责任宣论言绪．北京：三联书店，2003：33

弱，可以导致“根”的动摇，如果拔根的力量较为强大，则可导致“根”的丢失。薇依在书中指出，对一个民族进行拔根的因素是多元的，包括军事征服、金钱和经济的支配、国家内部的社会关系等。每个民族和国家由于拔根原因不同，所导致的拔根状态也是有差异的，中国与全球他国在何以拔根这个问题上存在着很大区别。

首先，全球他国的“拔根”主要源于外来力量的军事征服。外来军事力量造就了侵略与被掠夺两种对立力量，侵略者的目标便是掘掉被侵略民族之“根”，使其彻底归顺与被同化，导致了被侵略者被拔了根。这种“拔根”突出的表现在殖民主义国家对广大亚非拉国家的侵略和奴役。有些军事征服是侵略者到被侵略之地进行经济、政治、文化的控制，致使原住民族之“根”被拔，这种“拔根”程度相对较轻，如20世纪欧洲国家内部的弱肉强食，以及帝国主义在亚洲、非洲和拉丁美洲的军事侵略。我们以拉美为例，拉美文化的“失根”，也即拉丁美洲的“寻根文学”的产生都与殖民运动休息相关。15世纪末地理大发现后，拉美地区逐渐沦为葡萄牙与西班牙的殖民地。随后，英国、法国、荷兰也加入了对拉美地区的殖民统治。1826年，先后有17个拉美国家独立，但这些国家随后又落入英美两国之手，大多成为半殖民地国家。几百年来，殖民者不但对土著印第安人进行了大屠杀，还对印第安文化进行了扼杀，使西班牙语和葡萄牙语成为拉丁美洲大多数国家的通用语言，传统印第安文化几乎灭绝，印第安文学更是几乎不复存在。安赫尔·拉马（Angel Rama）甚至说："拉丁美洲本身就是西方文明的一部分。从语言、文化到人种，西方深深侵入拉美的血液之中。"① 因此，拉丁美洲的民族传统已经不是继承的问题，而是面临着如何重建。20 世纪以来，拉丁美洲逐步摆脱了殖民统治的枷锁，并产生强烈的"拉丁美洲意识"。重寻拉美民族之"根"，重塑拉美传统文化成为最紧迫、最重要的任务。20 世纪二三十年代的"地方主义文学"、"二战"后的"土著文学"、60 年代的"文学爆炸"均是拉美国家企图摆脱西方殖民统治，对拉丁美洲本土文化、原始土著文明的追忆，折射出强烈的"寻根"情结。更为悖谬的是，拉丁美洲"寻根"的方式也充满了浓重的殖民色彩，魔幻现实主义的大规模运用是拉美文学大爆炸的重要标志，可是魔幻现实主义并不是拉丁美洲土生土长的艺术表达手段，相反它是在欧洲，尤其是在西方现代主义文学诸多流派的共同影响下形成的，是西方现代派与拉美独特的地域特征、民族观念"联姻"的产儿。这种艺术手法自身就是殖民的产物，可见西方殖民文化的渗透是无孔不入的，这更加证明了拉美人民"寻根"的必要性与紧迫性。

---

① 滕威．从政治书写到形式先锋的移译—拉美"魔幻现实主义"与中国当代文学．文艺争鸣，2006（4）：99～105

非洲也是人类的起源地之一，它曾孕育了古老繁荣的人类文明，也有着独具风格的黑人文化。16 世纪以前，非洲和欧亚大陆一样，也已处于前资本主义发展阶段，然而野蛮的黑奴贸易导致非洲丧失了大量的劳动力，严重破坏了非洲生产的正常进行。18 世纪末、19 世纪初至 1876 年布鲁塞尔会议，西方殖民统治者开始直接占有非洲领土，对非洲进行赤裸裸的殖民奴役。至 19 世纪末、20 世纪初，非洲 95%的土地被西方殖民者瓜分。帝国主义者的殖民统治给非洲各民族的文化传承带来了巨大的破坏：在政治方面，列强在划定殖民地边界时，根本不考虑非洲的人种、历史和自然条件，把人种和语言相同的民族分开，使非洲各国、各民族的传统边界遭到破坏。在文化方面，列强粗暴干扰和破坏了非洲的传统文化，并将西方文化价值体系强加于非洲，动摇了非洲传统文化之“根”。“被强加于殖民地的西方体制与价值观破坏了受统治的人们原有的社会结构和文化生活，但同时也激发起黑人的文化自觉意识和对非洲过去的自豪感，这表现在非洲人对民族语言的追寻上，表现在一种文学的兴起上……”①。20 世纪的非洲文学中，世纪之初的“黑人性”文学与埃及 30 年代的“埃及精神”是非洲作家以强烈的民族情怀，重寻即

① ［英］威廉·托多夫著；肖宏宇译．非洲政府与政治．北京：北京大学出版社，2007：47

将遗失的传统文化之“根”，借非洲原始的传统文化反抗殖民统治，以及其带来的现代文明。60年代后的“反种族隔离”文学则是对殖民者遗留下来的种族问题进行血泪控诉，表现为呼吁种族平等、种族自由。

最为严重的拔根状态当属殖民者彻底破坏了当地的土著文化，而被征服者被迫移民到了宗主国，彻底丢失了种族之“根”。文学史家唐弢就曾对“寻根”发表过这样的看法：“我以为‘寻根’只能是移民文学的一部分，‘寻根’问题只能和移民文学同在。”① 这句话虽然有些褊狭，在一定程度上局限了“寻根”的范畴，但却客观上反映了世界别国“寻根”文学产生的主要诱因是移民，而移民的根源在于殖民运动。在殖民运动中，部分国家失去了主权和领土，所属国的人们失去了土地和家园，被贩运到宗主国做奴隶，彻底割断了种族之“根”，使他们成为第一代移民。只有部分幸存者留在了故土，成为原著民，但是他们的语言与文化渐渐被殖民者同化或者剥夺。正是外来殖民者的大肆入侵与残酷统治造成了殖民地国家民族之“根”的遗失。“白人把拔根状态带到他们所涉足的所有地方。这一疾病甚至侵袭了黑非洲……”②。在白人尚未侵入非洲之前，非洲虽然贫瘠，但是民众尚能够在自

---

① 唐弢．一思而行——关于寻根．人民日报，1986-4-30

② ［法］西蒙娜·薇依著；徐卫翔译．扎根：人类责任宣言绪论．北京：三联书店，2003：64

己的乐土上安居。白人的来袭打破了非洲的沉寂，甚至剥夺了黑人在非洲的生存权利，造成了人类文化史上的大规模被动移民，导致了移民至欧美的黑色人种文化之“根”彻底被拔。关于这一点，美国的“黑人文学”最具有代表性，其产生的根源便是欧洲列强的贩卖黑奴运动。欧洲人发现美洲新大陆后，作为外来者的他们并没有感谢曾经盛情款待他们的印第安人，而是对他们进行了残忍的屠杀，导致美洲大陆劳动力严重缺乏，于是引发了15世纪中叶至19世纪末欧洲殖民者长达400年的奴隶贸易。他们从欧洲出发，船上载着廉价的枪支、火药、纺织品等，经历了六个月航行到达西非，大肆屠杀手无寸铁的广大黑人，并且采用残忍手段捕猎精壮黑人，接着用大艘大艘的轮船押运着非洲黑人到美洲大陆贩卖，又将贩卖黑奴获得的利益购买金银、烟草、棉花等运回欧洲，这就是罪恶的三角贸易。在这次罪恶贸易中，数以万计的黑人被迫远离故土，漂洋过海，被贩卖到美洲、印度洋以及亚洲，他们在殖民者开办的种植园和矿井中承担着繁重的体力劳动，受尽了非人的虐待。在剥夺黑人奴隶人身自由的基础上，罪恶的殖民者还强迫黑人奴隶忘记自己的语言、自己的文化，切断了黑人种族文化之“根”，使其彻底沦为没有种族观念、没有反抗意识的劳动工具。黑人奴隶所生的孩子也不属于黑人父母，而是白人奴隶主的私有财产，由白人随意驱使和买卖，致使很多黑人不知其父母，更无法寻找祖先根脉。

如今的美国人种中几乎没有土著印第安人的后裔，黑色人种几乎均为非洲黑人后裔，并且三分之二为黑白混血，他们在黑与白之间，在非洲与美国之间苦苦寻觅着自己的身份立场。在这片曾经充满血腥与野蛮的土地上，美国黑人通过不断的抗争来进行自我寻找，以获取与白人平等的地位。美国“黑人文学”出现的三次高潮中，共同的“寻根”主题便是对非洲种族之根的怀恋与向往，以此表达对美国主流文明的对抗，体现出强烈的对民族认同的呼唤。

相比之下，拔了中华文化之“根”的主要因素不是军事征服，不是外来殖民主义者，而是中华历史运行过程中产生的内部矛盾，“‘拔根’的病象更多则是以‘思想革命’的方式呈现的，那是一场持续展开的‘自我拔根’运动”①。在中国“文化热”的80年代，存在一种“文化断裂说”，如韩少功在《寻找东方文化的思维和审美优势》② 一文中认为，“寻根”的目的就是促使民族文化的“重生”与“再造”，这便意味着中国文化曾经断裂或者涅槃过。郑义在《跨越文化断裂带》③中认为，“五四”对传统文化的否定多于肯定，对儒、禅、道的痛快抛弃在一定程度上割裂了民族文化。尽管“文化断裂

① 鲁枢元．从“寻根文学”到“文学寻根”——略谈文学的文化之根与自然之根．文艺争鸣，2014（11）：20～23

② 韩少功．寻找东方文化的思维和审美优势．文学月报，1986（6）

③ 郑义．跨越文化断裂带．文艺报，1985-7-13

说”过于危言耸听，毕竟我们的文化，我们的思维仍然保留着中华民族的集体记忆，但至少我们的文化曾经受到激烈的冲击，中国人曾经面临过对“根”的迷茫与困惑。换言之，中华民族之“根”不曾“断裂”，但曾经“动摇”过。

20世纪中国人的“拔根”运动是随着外来文化的渗透与国内政治运动而产生的，最为激烈的当属“新文化运动”与“文化大革命”。尽管二者性质截然相反，但是在客观上均对传统文化产生了不同程度的冲击。如果说西方的现代化进程是主动式的，那么中国的现代化则完全是被动式的，是西方列强的坚船利炮轰开了长期闭关锁国的大清王朝。随之闯入的西方现代文明使中华民族传统文化曾经在世界中的主导地位彻底轰塌了，继而中华思想领域出现两种文化倾向：一则为批判与否定传统文化，二则主张效法西方文化。鸦片战争后，清政府提出“师夷长技以制夷”；洋务运动时，提出“中学为体，西学为用”；戊戌变法时，康有为提出制度层面要“统筹全局而全变之”。“新文化运动”时期，尽管文化保守主义者提出，现代化道路要以民族本位为前提，但是激进主义者主张全盘照搬西方现代化模式、彻底否定中华民族文化传统。甚至如胡适也提出：“我们必须承认我们自己百事不如人，不但物资上不如人，不但机械上不如人，并且政治社会道德都不如人。”[①] 这种文化自“矮”的论断导致了片面否定中国文化传统的负面效果。“新文化运动”掀起了“打倒孔家店”的潮流，集中打击作为维护封建专制统治思想基础的孔子学说，在一定程度上阻碍了传统文化的传承。另外，在“文学革命”中提倡白话文，反对文言文，提倡新文学，反对旧文学，导致文言文失去了话语权威地位，很少有人再去研读儒学经典，中国教育制度开始踏上西学之路，传统儒家思想饱受质疑。直至今日，由于文言文退出历史舞台，对中华国学典籍的传承仍然面临着巨大的困难，这也在一定程度上阻碍了当代人对传统文化之“根”的深入把握。

如果我们保守地说“新文化运动”对中华传统文化的发展是“积极建设”为主，“客观破坏”为辅，那么 20 世纪 70 年代的“文化大革命”则是对传统文化彻头彻尾的“破坏”。1966 年 6 月 1 日，《人民日报》发表了陈伯达炮制《横扫一切牛鬼蛇神》的社论，第一次明确提出了“要彻底破除几千年来一切剥削阶级所造成的毒害人民的旧思想、旧文化、旧风俗、旧习惯。”1966 年 8 月，中共八届十一中全会通过了《关于文化大革命》的决定，进一步肯定了“破四旧”的提法。红卫兵小将受到毛泽东接见后开始了所谓“破四旧”运动，

---

① 胡适．请大家来照镜子．胡适文存．上海：亚东图书馆（第三集，第一卷），1930：19

横扫一切传统文化的风暴从千家万户卷向城区内外，所见字画、器皿、书刊、饰品、奇珍异宝、坟墓、古建筑等统统遭受毁灭性的灾难，一场旷日持久的文化自毁运动将传统文化的积淀毁灭殆尽。在红卫兵掀起的改名风潮中，人名中带有孔孟之道特征的“仁、义、礼、智、信”等，都被改为“红旗”“文革”“红岩”“卫东”“向东”“继红”等带有革命特点的词语。随着暴力革命的不断升级，红卫兵对很多寺院、神佛塑像、文物古迹进行了冲击。在北京，连中共中央、毛泽东办公地新华门前的石狮子，也列入了“破四旧”的名单，被誉为最后一位“国学大师”的梁漱溟家中收藏的古籍字画也被付之一炬。红卫兵对传统文物、遗迹的打、砸、烧的暴力行为不但导致了传统文化在“有形”层面遭到严重破坏，更重要的是在“无形”的思想层面严重破坏了传统文化的传承质量。随着“破四旧”运动疯狂到了极致，无数“反动学术权威”“右派分子”被关进“牛棚”，随意揪斗，残酷迫害，致使很多文化精英在“文革”中被迫害致死，或者不堪侮辱选择自杀。我们失去的不止是一个个鲜活的生命，更是承载着传统文化精髓的魂灵。“破四旧”运动中肆意使用强制和暴力手段，从起初的移风易俗，演变成一场文化大“扫荡”，致使中国文化在十年间大踏步地倒退。中国传统文化中的封建主义、极权主义糟粕在“文革”中无限泛滥，而传统文化中的精髓却遭到了无情的抛弃，形成了文化“空白”期。

“文革”后，中华传统尚没有重新获得喘息的机会，随后的改革开放，使传统文化再次面临着西方文明的大冲击。经历了数次政治运动，中华民族打碎了固有的哲学道德神话，这种文化暴力使华夏子民对民族之“根”充满彷徨与迷惑，民族文化认同陷入巨大的危机之中。中国虽然遭受过外敌入侵，但是我们始终没有离开过故土，而且最终中华民族赶走了强敌，赢得了解放，因此我们从来没有失去过民族之“根”，但是以上政治运动说明我们曾对民族之“根”产生过怀疑与动摇，甚至是否定，这也恰恰是1985年前后的“寻根文学”所寻之“根”。

（二）何处“扎根”：全球“寻根文学”与中国“寻根文学”不同的寻找目标

“扎根”是人类安放自身灵魂的必需之举，由于世界他国与中国在为什么被“拔根”这一问题上具有不同的原因，因此在何处“扎根”这个问题上也存在明显差异。由于世界他国的“拔根”主要由于军事侵略，因此世界他国的“扎根”更注重对故国、故土，以及种族之“根”的向往。与之相反，中国的“拔根”主要由于历次思想变革，因此中国的“扎根”更加注重在本土内部的精神层面寻找民族灵魂的归宿。

我国著名学者、女性学奠基人李小江在接受笔者采访时谈到了中国“寻根文学”与他国“寻根文学”的区别，她认为：世界“寻根文学”表达的是种族身份的焦虑，而中国

"寻根文学"主要表达的是中华精神价值认同的焦虑。由于世界他国"寻根"主题文学根源于几百年来的殖民运动，是以文学为载体，寻觅由于残酷殖民统治而遗失的民族之"根"、种族之"根"，因此世界"寻根文学"更侧重从种族与血脉层面寻找"扎根"的土壤。首先，美国黑人主要来源于殖民运动中从非洲贩运而来的黑人奴隶，长期被主流社会歧视和遗忘。作为夹缝中的种族群体，黑人的内心深处有一种潜在的"双重意识"问题，"一个人总是感觉到他的两重性——自己是美国人，而同时又是黑人；感觉到两个灵魂、两种思想、两种不可调和的努力；在一个黑色身躯里有两种相互较量的理想，它单凭其顽强的力量避免了被撕裂开来"①。虽然身处美国，但黑人并没有享受到同白人平等的待遇，他们仍然怀恋那自由、平等、原始、美丽的非洲故地，他们的内心仍然铭记着奴隶制对黑人肉体、灵魂甚至生命的摧残，他们虽在解放黑奴运动中获得了名义上的人身自由，但是却遭遇了种族隔离，以及持续至今的种族歧视。美国黑人感觉不到安全感与归属感，漂泊不定的黑人灵魂与美国灵魂始终纠缠不清，因此美国黑人迫切需要"认祖归宗"。从16世纪的贩奴运动到20世纪的种族歧视，持续四百年的种族屈辱与血泪史使美国

---

① W. E. B. Dubois. *The Souls of Black Folk*. Harmondsworth: Penguin Books. 1996. 5

黑人迫切地寻求一种叙事话语，以唤起同种族人的种族与民族意识，增强黑人种族、与非洲故土的认同感，表达对美国强盗文化的抗击。韩少功在《寻根群体的条件》① 中也提到美国人的域外寻“根”，寻到的是政治悲情和血缘谱系。美国黑人在当代的写作中主要追寻种族历史文化，通过构建黑色人种话语系统以达到恢复和重建黑人文化传统的目的。这种话语框架就叫做“黑奴叙事”，它是美国黑人文学的源头，也是黑人“寻根”的方式。曾经遭到殖民主义者割裂的种族之“根”经过几代人的努力终于接续上了，这显然是黑人“寻根”运动的一个阶段性成果。然而，我们不得不承认寻到了祖先的生存地并不代表着美国黑人从此获得了种族尊严，他们仍然不能回到非洲，只能在美国忍受着无形枷锁的折磨，那就是种族歧视。美国黑人女作家托妮·莫里森获得诺贝尔文学奖的力作《宠儿》也是典型的黑人“寻根文学”。小说描写黑人的不幸遭遇与《根》具有异曲同工之处，都企图唤起黑人文化意识的觉醒，但是莫里森对黑人灵魂的挖掘更加深入根底，更能揭示白人对黑人人性的剥夺给黑人带来的无法弥补的伤害。为渲染黑奴的反抗情绪，两部小说都描写了愤怒的母亲为了孩子不再受屈辱，决绝地将自己的孩子杀死。《宠儿》中第二代黑人不堪自己的后代与自己遭受同样的奴役

① 韩少功．寻根群体的条件．上海文学，2009（5）：12～15

命运，在爱与自由之间，他替孩子选择了自由，然后忍痛亲手将自己女儿的喉咙割断。莫里森的高明之处在于她令这个女儿的魂灵得以复活，即使在黑奴获得解放后，女孩的灵魂始终不停地向母亲索取宠爱，甚至不惜破坏母亲的情感世界，这个宠儿对母亲不停的伤害令原本历尽苦难的母亲更加疲惫不堪，同时心理上还经受着强烈的谴责。而这一切罪恶的源头就是美国黑奴运动，它使得非洲黑人变成了没有任何权利的动物，它使得仇恨胜过了最柔情的母性，它使得充满爱的母亲变成了杀人的罪犯，受到鬼魂的谴责和惩罚……因此，莫里森的“寻根”之作是借宠儿的灵魂来寻找自己的母亲，寻找自己的血缘、种族之根，这种“寻根”充满了怨乡情结，是对“失根”的痛心疾首，更是对造成“断根”的白人殖民者强烈的谴责和批判。此外，黑人叙事还有埃利森的《看不见的人》、理查德·赖特的《土生子》、莫里森的《所罗门之歌》等，美国黑人“寻根文学”忠实地记录了美国黑人对种族历史的记忆，他们的“寻根”之旅就是对黑人种族血脉的追根溯源，是对黑人文化身份的再确认。

在非洲，欧洲人的征服和整个非洲的殖民地化推动了非洲种族身份认同的产生，因此非洲文学普遍对波及非洲大陆的贩奴运动进行痛斥，回忆殖民者对非洲集体的伤害与侮辱，唤醒非洲同胞重新认识本种族的历史与文化，这使非洲的“寻根文学”具有了强烈的种族“扎根”的吁求。20 世纪非洲的“寻根”主题文学中带有种族色彩的是20年代发起的“黑人性”运动，以及60年代的反种族隔离主题文学。为反抗殖民统治者对非洲文化的同化政策，以及长期存在的种族主义，“黑人性”诗歌主张“求本溯源”，从非洲本土的传统文化中汲取营养，从种族与血脉层面歌颂黑皮肤，盛赞黑人传统文明，以此表达对殖民统治的对抗。60年代反映现实种族隔离制度的文学更具有强烈的种族色彩，为了使黑人获取平等的种族身份，补偿种族隔离造成的精神伤害，作家在批判扭曲、不公的社会现实的同时，对黑人文明进行追溯，重塑了黑人种族的尊严。在拉丁美洲，由于欧洲殖民者的长期统治，拉美出现了复杂的人种问题。由于将白人与黑人、印第安人任意结合，拉丁美洲出现了“克里奥约”人和“美斯蒂索”人。他们既是殖民者的后裔，也是土著人的后代，特殊的种族身份使其形成一种文化身份的困惑：“我们的祖先是谁?”“我们该向新神还是旧神祈祷?”“我们该说什么语言?”这种不知“根”在何方的尴尬与无奈使拉丁美洲作家产生了强烈的“寻根”诉求。墨西哥作家富恩特斯扎根于墨西哥的历史，通过小说对墨西哥的混血文化进行回溯，唤起了墨西哥人重寻种族身份的意识。

殖民者是贪婪的，他们的铁蹄践踏了世界原本宁静祥和的圣土，他们破坏了人类种族原有的平等与自由，他们造成了殖民地民众或背井离乡自谋生路，或被俘异国他乡做奴隶，从而导致了移民的后裔割断了接续祖先的脐带，成为“无根”的漂泊者。即便是留在原著地的殖民地民众仍然不能免于殖民者的种族文化控制，甚至种族灭绝。殖民统治的长期性致使殖民地后裔在种族身份认同，以及种族文化认同方面存在困惑与迷茫。这类国家和地区的种族“寻根”主题文学唤起了失“根”种族对血脉之“根”的寻找，并且努力尝试着恢复几近毁灭的种族文化，从而获得种族的合法身份与平等地位。他们的“寻根”具有更加沉重的种族意义，因此他们是在用生命创作，他们的悲剧力透纸背，他们对“根”的热切呼唤浸润着对统治者的满腔仇恨。因此，尽管这些种族的土著文化不乏劣根性、原始性的存在，但是在他们的“寻根”作品中，我们丝毫读不出丑陋的画面、厌恶的情绪，相反每个作家都在极力美化原著民文化，甚至用浪漫主义手法描写土著文化的宁静、美好、和谐。那是他们头脑中的故乡，是在殖民主义者的皮鞭之下对家园的一种理想构建，因为只有在自己的种族文化之中他们才能获得真正的自由与平等，他们才是一个真正的人！这种理想主义更加反衬出殖民者的残暴。

相比而言，中国“寻根文学”最大的特点不是对失去实体家园的追索，而是对精神家园的寻找；它不是对土地、祖国、生殖地的追寻，而是对传统的追寻。由于中国并没有遭受长期的殖民统治，中华民族之“根”也没有彻底被拔掉，只是在历次政治运动、思想运动中民族文化之“根”被动摇、被怀疑、被削弱，因此在中国的“寻根文学”中，我们没有看到痛心疾首的呼唤，没有迫切的寻找，感受到的只是中国知识分子在冷静地审视中华文化，寻找被现代文明、被政治冲淡的文化形态。既然我们曾经动摇的是民族文化、民族精神之“根”，那么中华“扎根”的趋向应从文化与精神层面叩问民族灵魂的归宿。

在近代，中国虽然也遭受过他国的殖民统治，深受西方文化影响，但“中国后来避免了解体与换血，比如不像很多非洲国家在 18 世纪以后遭受深度殖民，其语言、宗教、教育、政体几近欧化，以致很多国家没有自己的大学，连娃娃们也在舶来的教材前高声齐诵‘我是高卢人’或者‘我是英格兰人’”①。可以说，中华民族从未离开过自己的土地，仍然保留着本民族的文化形态，中国的文字没有变，宗教、人种、语言也都没有变，因此，我们从未割断过民族之“根”，只是经历了几次激进的政治运动对曾经主宰中华几千年的传统文化之“根”产生过怀疑与动摇。“从哪里跌倒，就在哪里爬起”，我们从文化与精神层面动摇了根基，自然也要从精神与文化层面重新稳固曾经动摇的文化之“根”。当 20 世纪 80 年代“文化热”兴起之时，“寻根”作家们自觉地从精神与文化层面对民族灵魂的归宿进行了深切的追问。面对全球一体化与西方

---

① 韩少功．寻根群体的条件．上海文学，2009（5）：12～15

现代文明的强烈攻势，“寻根”作家意识到必须立足于本民族，深入开掘民族传统文化资源，才能够与世界“对得起话”来。

韩少功将中国传统文化又分为“规范”主流文化与“非规范”文化。关于规范的主流文化，“寻根”作家采用了两种态度，其一是以韩少功、王安忆为代表的作家不约而同地对规范的主流文化——儒家文化进行了反思：韩少功的《爸爸爸》以隐喻手法演绎了一场民族寓言，借冥顽不化的丙崽作原型，对国民劣根性进行了无情的揭露，同时表达了对寻到的原始、落后、闭锁的民族传统文化感到失望和痛心。王安忆的《小鲍庄》具有国人青睐的大团圆式结局，小英雄捞渣得到了圣化的礼遇，捞渣的家人也享受到了“一人得道，鸡犬升天”的优待，小鲍庄人因为捞渣的义举而各个实现了自己的愿望。但是在喜剧的表现之下，却深藏着传统儒家文化——“仁义”的悲剧。小鲍庄人看似功德圆满，其实是“仁义道德”对人性的压抑，并且现实的目的性与功利性也使得“仁义”成为被利用的工具，从而怀疑了儒家传统文化的真与善。如果说韩少功与王安忆对传统文化的审视与反思、批判是无情的，那么阿城对传统文化的态度更为冷静与客观，他以文化的共时性为视角，在《棋王》中呈现了当代人行为与头脑之中积淀的传统基因。小说中代表儒家传人的倪斌的言行处处流露着儒家文化的痕迹，他谈吐得体、举止儒雅，体现儒家“礼”文化对人的无形影响。另一方面，倪斌处事充满了功利主义，为了获得回城的机会，他不惜将祖传的珍贵乌木棋拿去贿赂官员。倪斌虽爱棋，且棋艺较精，但是在他看来，棋并不是精神的寄托，只是文人一种风雅的爱好，并且在必要的时候是可以和某种利益进行交换的，体现了儒家文化的实用主义。王一生与之相反，他将棋看做是精神的寄托，他秉持着拾荒老头告诫他的“为棋不为生”的箴言，从不以棋艺作为筹码换取生活境遇的改善，体现了道家思想的“静虚”与“无为”。但是道家思想又是难以绝尘的，棋王王一生以棋为寄托，走道家静虚、无为之棋路，但在现实生活中，静虚只是逃避现实的麻醉剂，王一生最终追求的还是物质作为底线的世俗生活。可以说在“寻根文学”三个主要代表作之中，传统主流文化是令人怀疑的，为什么这几位“寻根”作家寻来的传统文化之“根”与之前预设的美好决然无关呢，难道中华主流文化真的无美存在吗？知名评论家陈晓明认为，“‘寻根’之所以变成毫无目的的‘寻找’，在于它本来就没有真实的文化压力。没有任何迹象表明，发达资本主义文明的入侵造成中国文明的断裂或面临死亡，人民的记忆中没有对帝国主义文化的恐慌，相反却堆积着对民族传统的厌倦。”① 陈晓明的观点恰恰论证了对中国民众来说，“拔根”的惶惑来自于现代化进程中的未雨绸缪，以及民族国家发展进

① 陈晓明．思亦邪．济南：山东友谊出版社，2006：170

程中的自我反省，这也解释了为什么中国“寻根”作家满怀激情去寻觅中华文化之“根”，到头来却挖出了中华之“劣根”，归根结底在于这些作家们没有感受到真正的“断根”之痛。

我们不能说韩少功、王安忆、阿城对传统主流文化的质疑与反思就代表“寻根文学”没有寻到民族文化之优根，事实上，“寻根”作品中不乏对中华文明精髓的深情礼赞，如“自强不息”“厚德载物”的民族精神。郑义笔下的老井人为一眼井锲而不舍，不惜牺牲青春、甚至一个个鲜活的生命；莫言笔下的红高粱后代充满了血气与力量，在强敌面前展现民族大义。他们是中华民族“天行健，君子以自强不息”精神的代表，是中华民族勤劳、勇敢形象的现实表现。韩少功塑造的女性形象幺姑与珍姑都有一颗舍己为人的大爱之心，尤其是珍姑能为毫无血缘的义姐妹养老送终；贾平凹“商州系列”中的周家嫂子不计家仇，毅然收养了仇人的孩子，和世仇结为连理；莫言《透明的红萝卜》中菊子姑娘具有悲天悯人的情怀，给予了孤苦伶仃的黑孩母亲般的呵护……他们的爱是无私与宽厚的，是中华文化“温柔敦厚”特征在国人身上的沉淀。阿城《树王》中肖疙瘩不善于与人交往，但却将身心交付于自然之中，他誓死捍卫着那棵见证着岁月流逝的老树精，最终追随着老树魂归自然，展现了传统文化中“天人合一”的最高境界。

中国“寻根文学”除了“扎根”于主流文化，还“扎根”

于非主流文化，即“非规范”文化的岩层，企图从非规范文化之中挖掘中华民族被遗失的民族精神。这里的非规范文化，又称“亚文化”，表现为原始文化、地域文化，当然原始文化也是以地域文化形态呈现的。“寻根”作家遍布各地决定了他们塑造的地域文化也是多元的，他们在中国的版图上划分了各自的文化领地，有韩少功的楚湘文化，贾平凹、郑义的秦晋文化，李杭育的吴越文化，莫言的齐鲁文化，郑万隆、乌热尔图的关东文化等。每种文化都呈现出不同的文化美学风格，韩少功的《爸爸爸》《女女女》《归去来》展现的楚湘文化充满了巫蛊与原始色彩；贾平凹的“商州系列”、郑义的“太行山系列”展现的秦晋文化又弥漫着纯朴与坚韧的黄土气息；李杭育的“葛川江系列”展现的吴越文化充盈着柔情与水气；莫言的《红高粱家族》《透明的红萝卜》展现的齐鲁文化蕴藏着魔幻与力量；郑万隆的“异乡异闻”、乌热尔图的“鄂温克系列”展现的关东文化又突出了侠义精神与文化多元性。在每一组文化描写中，作家既写出了地域的自然风貌、地理环境，又描写了当地的风土人情、民间传说、宗教信仰、民族特征，以及发生在这片文化区域之上的人情世故、世事变迁，从而展现中华广袤地域不同的文化品格。尽管这些亚文化只具有小范围的影响，但是它们同样是大中华文明的重要组成部分，是中华文化丰富多元性的体现，其文化精髓有力地补充了中华主流文化的单一性，他们同样是中华各地域人们的文化之“根”，具有与主流文化平等的尊严。

“寻根”作家通过对中华文化岩层的开凿，寻到了不同层面的、良莠不齐的文化之根。“寻根”作家或者痛心失望，或者感怀满腔，无论寻到寻不到，无论寻到的是“优根”还是“劣根”，无论这些形态的文化是否是中华民族的灵魂所依，不可否认的是，中国“寻根文学”均是从文化与精神层面寻找曾经动摇过的中华文化之“根”。

总之，中国“寻根文学”的诞生既是中国国情发展的必然要求，也是相应时代集结号的号令。因此，中国“寻根文学”在文化主题上有着全球“寻根文学”共同的主题，那便是理想化原始文明、地域文明，反思现代文明，发掘民族传统文化，寻求民族文化认同感。但由于国情不同，世界他国的“寻根文学”又与中国的“寻根文学”有着明显的区别。中国在历史发展过程并没有离开生存故地，因而中华民族的“寻根”并不存在鲜明的种族寻根主题。相反，中华文化却历经国家内部的政治运动，几遭质疑毁损，严重影响了传统文化的传承，因此中华“寻根”主要集中于文化层面的寻觅与认同。而广大亚非拉国家曾经遭遇几百年的殖民统治，民众背离生存故地，远走他乡，因此他们的“寻根”主要集中于“种族”溯源，他们的“寻根”之路更加艰难、更加沉重，也更加漫长，甚至付出了几代人的生命。

第三章

“寻根文学”对生命存在之“根”的追索

“寻根文学”的主旨是“文化寻根”，而文化的内涵是丰富多样的，关系着物质、制度和精神等各个层面。“对于典型的‘寻根派’作家来说，‘文化’则是一个民族全部的生存历史，是她精神的原生状态，是她的现实命运，也是她的情感历程。”① 无论“寻根文学”从哪里寻根，所寻到的“根”不仅包括大多数评论者已关注到的文化之“根”、精神之“原生态”，还包括更靠向人类存在根基的生命存在之“根”，以及当下中国突出的现实问题之“根”。以下将分别从生命存在之“根”、中华文化之“根”、中国问题之“根”三个层面逐步追索中国“寻根文学”所寻之“根”。

程光炜在“寻根文学”三十年论坛中谈及，“今天看来，

① 季红真. 历史的命题与时代抉择中的艺术嬗变——论“寻根文学”的发生与意义. 当代作家评论，1989 (1)：13～22

韩少功、阿城等提出的寻根说实际是强调要恢复人类的原始本能及其日常生活哲学，比如吃喝拉撒睡的正当性，包括它的正义性”①。虽然中国的“寻根文学”肩扛着“文化”的旗帜，但在实际的寻找过程中，“寻根”作家并非单一地追寻民族的精神存在，而是从“生命”存在之“根”开始探源，包括对生命起源的探寻，对生命存在基础物质需求的认同，对支撑生命存在的精神的高扬。“寻根文学”通过对生命存在之“根”的追索，表达了对日常生活哲学的认同。

一、探寻人类生命的起源

自“寻根文学”诞生以来，纵观三十年文学批评历程，对“寻根文学”的内部研究主要集中于挖掘其中蕴含的民族文化资源，包括民族地域文化、民族历史文化、民族精神文化、民族性格文化等，这些文化都是建立在生命诞生的基础之上，而生命的起源与延续实际上也是“寻根文学”的内涵之一，遗憾的是以往的研究却忽略了这一重要主题。另外，“寻根”寻到根处不应是凌驾于生命之上的精神文化，而应是揭开生命起源的神话之谜，探寻个体生命与民族发祥的起点。陈思和在论述“寻根文学”时认为，这一派创作表现出两种寻找意象，除了寻向自然以外，另一个就是“探向生命的起

① 程光炜．重看“寻根思潮”．文艺争鸣，2014（11）：30～32

源，探索遗传与生命的关系，以及生命存在的方式与意义”①。对生命起源的追索在“寻根文学”中以一种“生殖崇拜”的命题出现。生殖崇拜也叫性崇拜，是个体生命存在的前提，也是生命存在的自然本能，更是一个民族得以延续和发展的生命基石。“寻根文学”透过古老的生殖崇拜文化在原始社会与现代社会的百态呈现，揭示了人类对个体生命、血缘宗族、民族家国之“根”的追溯与珍视。这一文学流派的高明之处在于用一种隐晦含蓄的手法，甚至是寓言式的故事回答了法国印象派画家高更曾发出的一个理性而亘古的问天：“我们从哪里来？我们是谁？我们到哪里去？”

（一）对人类原始生殖能力的崇拜

“生殖崇拜产生于远古时期，是万物有灵观念的具体反映。人们将自然界的生成变化、动植物的繁育以及人类自身的生殖等现象通过联想加以神秘化，并由此产生某种崇拜观念。”② 生殖崇拜的表象表现为对人体生殖器官，以及类似人体器官的自然物进行膜拜，而其内在的核心意义则为规定并强化了男女两性传承生命、繁育子孙的家庭责任与社会使命。韩少功“寻根文学”的代表作《爸爸爸》和《女女女》题目中潜藏着的生殖崇拜意义显而易见，“爸爸”与“女”分别代表

---

① 陈思和．当代文学中的文化寻根意识．文学评论，1986（6）：24～33

② 李锦山．史前生殖崇拜及其信仰．中原文物，2004（2）：31～39

了构成人类世界的男人与女人。爸爸是男人，更是播撒生命之“种”；女是女人，更是孕育生命之“土”。韩少功精妙的构思中折射出作者对人类原始生殖本能的隐喻，也是对生命起源的现实探索。从生殖崇拜的外部仪式看，《爸爸爸》与《女女女》均存在着人类对象征“性”的自然物象进行膜拜，如《爸爸爸》中“寨前一口水井，一棵大樟树……人们一直把树和井当做男女生殖器的象征，常敬以香火，祈望寨子里发人”①，而寨子里人丁不旺又归咎于有人折断了树枝。《女女女》中则认为可以大量繁殖的昆虫——蜂窝与苍蝇等可以降福于不孕的女性。在原始社会，将普通的自然事物当成具有生命象征的物象进行神性膜拜体现了一种强烈的祈子愿望，也希望以此能够激发种族中旺盛的生殖力，影射出人类对生命的敬仰，并通过这种物象的生殖崇拜达到了自然、人、神的统一。从生殖崇拜的内在核心意义看，这两部作品都渗透着男女两性在人类历史层面承担的生殖繁育责任。《爸爸爸》中痴呆的侏儒丙崽只会说两句话：“爸爸爸”与“×妈妈”，看似简单与粗俗却道出了生命诞生最基本、最原始的形态。丙崽是无父的，在他记忆深处丝毫没有父亲的影子，但在丙崽弱智的潜意识当中爸爸是他生命的起点，是他快乐与力量的源泉，于是高兴时他会大叫“爸爸爸”。碰到脸红扑扑的后

---

① 韩少功．爸爸爸．长春：时代文艺出版社，2001：21

生他会友好地喊“爸爸——”；遇到匠人进寨，他会喊“爸爸”；被人欺负后，仲裁缝替他解了围，他冲着裁缝喊“爸爸”……这一声“爸爸”给丙崽带来了希望与满足，他在冥冥之中完成了对爸爸的寻找，满足了对爸爸的思念，蕴含着对以“爸爸”为代表的祖先之“根”的苦苦追寻与无限崇拜。文章的最后，毒不死的丙崽依然莫名地喊着“爸爸”，甚至引来了更多的娃崽齐喊“爸爸爸爸爸”。丙崽个体的寻父意识与祖先崇拜已经扩大到了整个部落，在一个原始部族里对共同祖先的崇拜成为凝聚部族力量，增强其部族认同感的纽带。与之相反，丙崽不高兴时喊“×妈妈”或者“×吗吗”，这一弱智儿童无知的语言符号却表现了两性生殖关系中男性趋于主动地位的获胜，也呈现了女性在整个生殖过程中的从属地位。每当丙崽不高兴时，他都会以“×妈妈”发泄不满情绪，印证了在阴阳两性关系中，阴性总是充当着被侮辱、被损害的角色。无论主动还是被动，原始社会人类的生殖过程总是神秘而神圣的，由阴阳两性共同完成了人类繁衍的使命。

如果说《爸爸爸》中高扬的是男性主导下的生殖崇拜，那么与之对称的《女女女》则强调的是女性承担的生殖孕育责任。从社会环境看，楚地人极其看重生育，“不能怀上娃崽的妇女，常赤裸身体去山岭上睡卧着承接南风，据说南风可使她们受孕。又有一种古怪的偏方，喝蜂窝与苍蝇熬出来的汤汁。……如果这些法子还是没有奏效，那么耻辱的女人或自杀，或远走他乡永不回家”①。可见在生产力低下的社会，女性承担着生殖是否成功的全部责任，如果与人结合而不孕，则要“感天而孕”，或者承接自然物象之“孕气”，如果一切均失败，女性还要背负全部的罪名从族人面前消失。这种风俗是残酷的，使女性沦为了纯粹的生育工具，但也以此强化了女性生殖繁育的使命性，并且这种使命性延续至今。《女女女》中分别描写了珍婆姑姑、幺姑、老黑三个女性形象，她们承担着共同的生殖责任，只是处于不同文明形态下的她们对这一生育使命有着不同的态度。珍婆姑姑作为幺姑的干姐妹生于原始社会，长于原始文明下，她大手大脚，大衣襟，说话大声大气，又生出了两个忠厚朴实的儿子。她用宽大的衣襟完成了神圣的生殖使命，使她成为大地母亲的象征。幺姑是不幸的，她因不具有生育能力而被迫带着耻辱远走他乡，但她身上的母性却愈发膨胀，于是她收养了老黑当女儿，并将一部分的母爱转让给了侄子。在原始文明与现代文明的双重感染下，幺姑既有原始母性中的博爱与无私，又具有现代人性中的狭隘与多疑。生长在现代文明之下的老黑与养母截然相反，她不但将生殖去圣化，反而在极端个人主义下滥用生育能力反复流产，最终也没有完成女性的生殖使命。韩少功并没有站在后现代主义的反叛立场上大赞老黑对传统女性

① 韩少功．爸爸爸．长春：时代文艺出版社，2001：47

生殖定位的颠覆，而是对老黑对生殖的亵渎进行了无声的谴责。《女女女》中两代妇女的不孕是人类“无根”的隐喻：“我”永远也记不清父亲的面目，甚至怀疑——他是否存在过，“我”也弄不清自己和祖先有什么关系。一系列的“不清”，使“我”的灵魂陷入了无处可以“扎根”的漂泊状态中，流露出作者对人类生殖繁衍这一基本行为的现代人文思考。或者可以说，在现代文明的烛照下，人们企图摆脱对生殖的盲目崇拜，但是对生殖的亵渎又使我们陷入了“无根”的惶惑之中。

从对生殖的认识程度来看，《爸爸爸》与《女女女》尚停留在对生殖蒙昧的神性崇拜的程度上，而韩少功的《归去来》则进化到对生殖进行了科学的阐释。《归去来》中城里的黄治先仿佛陷入了前世今生的轮回之中，在乡间被当成了曾经下放到此的知青“马眼镜”。在乡亲们的热情招待与往事追忆中黄治先彻底迷失了自我的真实身份——我是谁？我从哪里来？我的“根”在哪里？张光芒认为《归去来》中的黄治先“便是最早表现出这样一种身份认同焦虑的形象。在他整个精神游历与神秘体验的过程中，始终处于一系列历史与现实、自我与他者、真实与虚幻、记忆与遗忘、怀疑与确证、认同与拒绝的矛盾冲突之中”①。一次洗澡后，整个世界被关在了门外，他在淡

① 张光芒．身份认同与自我的重构—重读韩少功《归去来》。名作欣赏，2008(19)：84～87

蓝色的光雾中看到赤裸而真实的自我。他开始思索生命的起源："由于很久以前一个精子与卵子的巧合，才有了一位祖先；这位祖先与另一位祖先的再巧合，才有了另一个受精卵子，才有了一个世世代代以后可能存在的我。"① 原来个人的生命、种族的生命、人类的生命不过是一个个偶然相遇的精子与卵子结合而成的生命体。尽管社会赋予每个人不同的身份，每个人又有不同的存在方式与人生价值，但是每个人都起源于一个卵子与一个精子的偶然结合，这就是生命存在之"根"。

（二）现实社会"力比多"的百态呈现

生殖崇拜除了对人类生育繁衍使命的圣化与神化，还体现在对性活动的趋从与认同。《孟子·告子上》曰："食色，性也"，《礼记》中记载孔子曰："饮食男女，人之大欲存焉"。足见除了生殖是人类起源与繁衍的根本，人类与生俱来的性本能也是人类赖以存活的动力。精神分析学将这种本能定义为"力比多"（libido），即性力。这里的性不是指生殖意义上的性，泛指一切身体器官的快感，包括性倒错者和儿童的性生活。力比多是一种本能，是一种力量，是人的心理现象发生的驱动力。"寻根文学"在肯定生殖的前提下，作家以人性的眼光观照本能之"根"在现实中的百变形态，对生命内驱力的"力比多"进行了现代思考。

---

① 韩少功．爸爸爸．长春：时代文艺出版社，2001：322

王安忆的《小鲍庄》将世俗人的性状态穿插在几段曲折的爱情之中。王安忆自述道："《小鲍庄》有好几个地方自觉不自觉地触及了性意识，这实在是非常严肃的课题。"① 建设子与小翠的爱情是青年男女冲破封建包办婚姻，大胆追求自由爱情的典型，体现了性的常态。老汉鲍秉德在年轻时也曾有过对真爱的渴慕，他时常回忆起疯婆子年轻时的俏丽与可爱，但是婚后传统的观念使其将女性看做单纯的生育工具。女人连续生下五个死孩子后变得疯疯傻傻，鲍秉德的"香火梦"彻底破灭了，还要背负着"仁义"的道德包袱，想抛弃疯女人而不得。传统伦理道德压抑着鲍秉德的"力比多"，使其在巨大的生理与心理、伦理的压抑下，话一天比一天少，成了个"哑巴"。他不再是具有鲜活生命的人，而彻底沦为了一座为伦理道德而树立的冰冷的"牌坊"。最终以疯婆子的死为代价换来了鲍秉德"性"的"新生"，他娶了麻脸女人，他又活过来了。但是这种新生除了快乐，还负有生殖的责任，面对粗笨的麻脸女人，他觉得这个女人就是专门给他生孩子过日子的。对于一个纯朴的农民来说，"生殖"的意义远远超过"快乐"，这体现了作者对乡间性观念的客观写实。如果我们把建设子与小翠的爱情归属为力比多的常态，把鲍秉德与

① 吴亮.《小鲍庄》的形式与涵义——答友人问. 文艺研究，1985（6）：81～84

疯婆子的性状态归属为力比多的压抑，拾来与大姑、二婶的性状态则可归属为利比多的“变态”。弗洛伊德认为，一些男性选择对象的条件和恋爱的方式是比较特殊的，“这就是他们幼儿时代对自己母亲的那种眷恋之情的固置”①，即我们通常所说的“恋母情结”。拾来是大姑的私生子，他把大姑看成最亲近的人。当拾来长得又高又大，成了堂堂一条汉子时，在大姑温暖的峡谷里沉睡了十八年的拾来有了最初的性意识，对象竟然是他的母亲。拾来挑着货郎挑子离开家后，并没有走出大姑的影子，当他见到二婶时，二婶圆圆的手腕，鼓鼓的手指肚……使他在青烟里看到了大姑的脸。拾来对大姑的畸恋在二婶这里似乎获得了合理的归宿，但是拾来这种畸形的性取向却遭到了二婶族人的拒斥，他们要用暴力将这个入赘的异族青年赶走。因为在民族生殖崇拜的观念下，以血缘为纽带的家庭与宗族关系形成了牢固的生产与生活单位，并且这种血缘组织具有很强的排他性。拾来来自本能的“力比多”面对世俗社会的伦理道德压抑再次委顿，使其丧失了一个年轻的生命应该具有的活力。同样是对性本能的压抑，拾来与鲍秉德不同的是，鲍秉德背负着道义的“十字架”而放弃对本能的驱从；拾来则是冲破了道义伦理的束缚，尊崇性

① ［奥］西格蒙德·弗洛伊德，著；杨韶刚，等译. 弗洛伊德心理哲学. 北京：九州出版社，2003：120

本能的自然选择，但是又陷入了另一种困境——被生存共同体抛弃，个人社会身份得不到认同。懦弱的拾来没有勇气高蹈性本能彻底与种族决裂，也没有勇气背叛自我的“力比多”彻底离开二婶，他在自我、二婶、种族之间迷失了自己的方向。

王安忆笔下的性本能与世俗伦理道德有着扯不清的纠葛，折射出南方女性作家的焦虑与多愁。与之相反，莫言笔下的性本能超越了世俗，显现北方男性作家开阔的视域。莫言的成名作《透明的红萝卜》中贫苦的黑孩虽然年仅十岁，但由于幼年丧母，少年失父，饱受继母的虐待，他过早地成熟了。在冷酷、无爱的世界中，黑孩异常敏锐地感受到来自外界的任何一丝爱护，菊子姑娘出于女性固有的怜悯之心对黑孩的温柔呵护和关心使黑孩萌生了原始的性意识。当黑孩第一次见菊子时，他用眼角的余光看到了姑娘嘴上金黄色的茸毛，大大的眼睛和长长的睫毛。当菊子把黑孩的身体调过来时，黑孩的眼睛平视着她的胸口。当黑孩的手被砸破，菊子帮他包扎时，黑孩的眼睛盯住了水里的河虾，河虾冉冉飘动，十分优美。自始至终黑孩没正视过菊子姑娘的眼睛，他在逃避，逃避内心不敢正视的性萌动。但是黑孩将由于性的萌动而激发的原始力量浇注在实际行动中，使他变得异常勇敢与坚韧：他要将菊子姑娘给他包扎伤口的手绢永久保存，他费力爬上桥墩，不惜受伤流血也要把菊子的手绢塞进石缝里。作为生命之“根”的力比多令黑孩产生了强烈的男性自我意识，支撑着他不顾艰险、不顾伤痛也要将菊子姑娘的一片温情藏匿在他的狭小世界里。菊子姑娘的情人小石匠虽然也给予黑孩很大的爱护和帮助，但是男性“力比多”产生的原始占有欲使黑孩将其看做是自己最大的情敌。面对小石匠与小铁匠的一场“夺情之决战”，黑孩竟然站在了曾经虐待他的小铁匠的一边，最终酿成了惨剧。黑孩的这种心理可以归结为儿童无意识的“弑父娶母”情结，或称“俄狄浦斯情结”“恋母情结”，喻指人类的第一个性冲动的对象指向母亲，第一个仇恨的对象为父亲。菊子与小石匠在采石场中充当了黑孩现实意义上的“父母”角色，于是出于对“母亲”——菊子姑娘的爱恋，黑孩将仇恨的矛头对准了“父亲”——小石匠。弗洛伊德认为，“俄狄浦斯情结”是文明发展的不竭动力，正是对性冲动的“阉割”才使个体变得更开放、更有创造力。正是人类这一原始的情欲促使黑孩在周围环境的刺激下将对菊子姑娘的美好幻想幻化为那颗透明的、闪着金色光芒的红萝卜。现实生活中，菊子姑娘是真实的，但她不可能属于黑孩；那颗闪着金光的透明红萝卜作为菊子姑娘的化身是虚幻的，但在这个童话的世界里，黑孩获得了力比多的满足。赵德利认为，“这种维系于生理需求之上的性文化变态现象，都属于生殖崇拜之大列，都是生命在种性延续中扭曲变异的美态”①。

① 赵德利. 生殖崇拜：生与死的文化心理纽结——论《白鹿原》的审美主线. 新疆大学学报，2004，32（2）：117～120

莫言的《透明的红萝卜》中对生命本原——性的描写尚停留在懵懂的性心理、性萌发阶段，到了《红高粱家族》，莫言则彻底张扬了尼采的“酒神精神”。尼采在《悲剧的诞生》中，借用希腊神话中的“酒神”和“日神”象征两种基本心理经验：“日神精神”是内省的状态，是对规范、和谐、节制的沉思；“酒神精神”是人类酩酊大醉时的精神状态，是生命原欲的冲动与扩张，在“酒神精神”的作用下，人类可以尽情解放生之原欲。酒神精神在爱情方面表现为性爱的酒神式狂欢。“酒神精神”与“日神精神”是人类共有的生存与精神状态，莫言从家乡生机勃勃的野生红高粱中发现了“酒神精神”与原始爱情的最佳契合点，红高粱象征着生命之力、欲望之火，红高粱酒则象征着沉醉而勃发的酒神精神，红高粱与红高粱酒成为寄托“酒神精神”的具体意象。《红高粱家族》中“我爷爷”和“我奶奶”在原始、茂密、生机盎然的红高粱地中演绎了一场轰轰烈烈的“天地之野合”，他们超越了世俗、跨越了伦理、蔑视了道德，实现了性与爱，甚至生命的自由。源自于生命原欲的“酒神精神”又引领着“我爷爷”杀死了“我奶奶”的夫家，霸占了高粱酒庄，使他的原欲获得了“合法”的权利。烧酒过程中，“我爷爷”如醉酒一般当着众人的面将尿撒在了酒罐里，经过长时间的酝酿竟然酿出了味道最醇美的红高粱酒，这是以“我爷爷”为代表的原始而充满力量的“种”的延续，是“酒神精神”在中华民族鲜红血液中的奔流不息。莫言的《红高粱家族》将“酒神精神”的生命原欲抒发得“无遮无拦”，它超越了伦理的束缚、逃遁了理性的囹圄，释放出生命的无限张力。

（三）“死亡—再生”原型背后的生殖崇拜

“寻根”作家还借鉴西方现代文学的写作技巧，通过各类象征、隐喻、夸张、变形等非现实主义手法探寻生命的缘起，及其背后蕴藏的生殖崇拜心理，其中最为明显的是“死亡—再生”原型的应用。在荣格的原型批评中，“死亡与再生”是一个重要的原型系统，分为死亡与再生两个子系统。“古人认为，为了使一个状态产生变化，首先必须破坏原有的现状，由现状的破坏而产生和引导出另一个新的状态，因此对古代人而言，死亡不是生命的终了，而是到达再生的过渡。”① 韩少功在《爸爸爸》《女女女》《归去来》中运用“死亡与再生”原型隐喻民族生命的诞生，以及民族魂灵的周而复始。《爸爸爸》中鸡头寨的人们利用唱简歌古的形式对祖先进行了追溯：父亲—祖父—曾祖父—姜凉—耐优—刑天。刑天，这个上古神话里以乳为目、以脐为口的变形巨人成为鸡头寨人眼中的创世者，而刑天死亡后的民族再生形象则是脑袋像倒竖的青皮葫芦，肚脐似铜钱的侏儒儿丙崽。虽然丙崽也是一种变形

① ［英］E. B. 泰勒著；连树生译. 原始文化. 桂林：广西师范大学出版社，2005：502

形象，但却是更加畸形的劣变，并且民族创世者的高大形象也矮化为弱智的侏儒。刑天再生为丙崽寓意民族种性的退化，以及民族精神的萎缩。作品的结尾，鸡头寨青壮年集体“过山”另寻生存圣地，老弱病残服下毒药集体殉古。也喝过毒药的丙崽居然没有死，头上的疮竟然也结了壳。丙崽的不死也是一种“再生”，象征着民族的劣根性周而复始，顽固不化。最终，鸡头寨的娃崽们跟着丙崽齐喊“爸爸爸爸”，这是丙崽精神的死亡与再生，也是生殖崇拜在整个种族中的扩展，进而积淀成种族共同体的“集体无意识”。《女女女》中具有象征意义的幺姑在临死前发生了一系列异化、退化、返祖现象，从人异化为猴子，再退化为鱼。这种生命形态的转化是对人类生命起源的回溯，表达作者对生命退化的沉思。退化为鱼后，幺姑的躯体最终还是死亡了，但她的灵魂却得以再生，她的耳聋、神经质、对生命的困惑均在“我”和老黑身上复活。这两篇小说中死亡并不意味着终了，而是新的生命再生，旧的灵魂周而复始。正是通过不断的“死亡与再生”实现了种族生命的延续以及民族精神的传承（这两部小说更多传承的是民族劣根性）。这既是一种顽强的生命迹象，也是一种精神文化现象。虽然《归去来》中并没有明显的某个生命的死亡与再生，但是在故事的叙述中我们可以推理出城里来的黄治先就是“马眼镜”的再生。通过乡邻的传言，“马眼镜”因杀死了阳矮子，回城后就坐了大牢。无论“马眼镜”

最终是否被执行死刑，至少他被剥夺了自由的权利，从社会活动层面来看他的身份是“被死亡”的。而此时城里的黄治先在恍兮乎兮间来到了乡间，一切景观是那么熟悉，他自己也被村邻们当做熟识的“马眼镜”，直至回到城里，他也始终走不出记忆中的那条乡路，一系列的表征都在证明黄治先就是“马眼镜”的“再生”。面孔的再生使黄治先在乡下被彻底当做“马眼镜”，灵魂的再生使他在记忆深处保留些许往事的痕迹。黄治先作为“马眼镜”的再生体在城市与乡间艰难地寻找着自己迷失的身份，尽管他企图拒绝“马眼镜”这一身份，但他却永远逃不出“马眼镜”的精神世界。《归去来》中的生殖崇拜是多义的，它表达了肉体的重生，又表现了精神的再生。

韩少功在写作过程中受魔幻现实主义的影响，笔下的人物明显具有原型特点，“死亡—再生”原型也显而易见。但是王安忆的《小鲍庄》更具有现实主义写作风格，其中蕴含的“死亡—再生”原型则需要透过小说的表层，深入挖掘作品形而上的思想岩层才能领悟到。陈思和将这种隐隐约约的世界称为“神话模式”。《小鲍庄》中的“死亡—再生”原型渗透在小鲍庄的历史与现实中，小鲍庄的祖先在治水过程中用筑坝的方法围住了九万九千九百九十九亩好地，不料大雨把坝子里淹成了湖。治水者被罢了官，便带了妻儿到了坝下最洼处落户，以此赎罪，最终繁衍再生成了现在的小鲍庄。洪水使小鲍庄世世代代经受着饥饿、疾病、死亡的磨难，它成为小鲍庄周而复始“死亡与再生”的罪魁祸首。鲍五爷的孙子死了，其灵魂再生出了“没地方要的”捞渣，因此捞渣与鲍五爷有着与生俱来的亲相劲儿，以至于善良的捞渣为救鲍五爷在洪水中丧命。捞渣是死了，在他的坟头高高竖起墓碑的时刻他的精神得到重生，从而完成了灵魂的轮回。鲍秉德在与疯女人的苦难生活中早已“性死亡”，一场洪水夺去了疯女人的命，却换来了丈夫性的再生，他续娶了麻脸老姑娘，过上了“人”的生活。拾来由于娶了二婶而被种族排挤在外，剥夺了拾来作为人的爱的权利与尊严，在小鲍庄这是一种“身份死亡”。在这场洪水中，拾来因为打捞过捞渣的尸体而获得了小鲍庄人的尊重，实现了身份与地位上的再生。此外，鲍仁文从捞渣的死中走上了成材之路，获得了“灵感再生”；捞渣的哥哥建设子当上了工人，摆脱了贫困，获得了“经济再生”。但遗憾的是，小鲍庄人形而下的“再生”反而加速了其精神上的“死亡”，他们依旧如蝼蚁一样生活着，麻木、没有意义。“小鲍庄人用扫墓的笤帚扫去的是原始的质朴；城里人的采访、调查给乡土社会带来的却是城市化的虚伪与浮华，这也是他们向文明进化过程中的付出。”① 换言之，捞渣的死和死后小鲍庄发生的一系列事情象征着原始纯朴人性的“死

① 许莉．死亡哲学——重返《小鲍庄》．小说评论，1996（4）：63～65

亡”，换来的是现代文明的浮躁，而人民依然在麻木中庸碌地生活着。《小鲍庄》以一种悲悯的眼光俯视着小鲍庄人麻木的、无知的劣根性周而复始的死亡与再生，揭示了民族性格与命运的悲剧。

透过一系列“死亡—再生”原型故事，“寻根”作家努力探讨个体生命、民族精神与人类命运的关系。试图完成一组人类学上的问答：我从哪里来——无论祖先是刑天还是姜凉，他们都是一颗卵子与精子的巧合；我将到哪里去——我死后我的精神还将在种族中“再生”。虽然这样回答过于简单，却是中国作家思考人类存在问题的先声。

生殖崇拜是一种普遍的社会历史现象，它是人类通过生殖这一原始本能行为不断进行人口再生产，以达到抗拒自然灾害、保证种族之“根”不断延续的目的。这种亘古的文化现象体现了人类对生命的崇拜，对人性本能的趋从，更是对宗族血缘关系的固守。透视“寻根文学”，无论对原始生殖能力的崇拜，对现实“力比多”状态的呈现，还是对“死亡—再生”原型的现代解读，都是对个体生命起源、民族精神源头的叩问。这个维度的“寻根”带有普遍的人类学意义，它巩固了“人”在社会发展过程中的核心地位，也是对“寻根文学”内涵的一种新开拓。

二、探问人类生存的物质之根

中国古语言：仓廪实而知礼节，衣食足而知荣辱。没有物质上的仓廪实、衣食足，何来精神上的知礼节、知荣辱？“虽则人类并不是靠着他的肚子发展他的文化，可是文化却一定得踏在实地上——在它的物质设备之上。”① 物质是文化的基础，脱离物质的文化是空中楼阁。美国心理学家亚伯拉罕·马斯洛于1943年在《人类激励理论》一文中提出了马斯洛需求层次理论，亦称“基本需求层次理论”，把需求分成生理需求、安全需求、社交需求、尊重需求和自我实现需求五类，依次由较低层次到较高层次排列。最底层的“生理需求”是人类维持自身生存的最基本要求，包括饥、渴、衣、住、行等方面的要求。如果这些需要得不到满足，人类的生存就成了问题。从这个意义上说，生理需要是推动人们行动的最强大的动力。因此，“为吃饱、吃好即为衣食住行而奋斗不息的人们日常生活进程便成了人类历史的基本内容。”② “寻根文学”并没有孤立地谈文化，也注重从需求的最低层挖掘生命赖以存在的物质之“根”。阿城的《棋王》、莫言的《透明的红萝卜》、韩少功的《爸爸爸》、王安忆的《小鲍庄》、郑义的

---

① [英] 马林诺夫斯基著；费孝通等译．文化论．北京：中国民间文艺出版社，1987：43

② 李泽厚．历史本体论．北京：三联书店，2002：26

《老井》……都有相同的故事背景——物资匮乏、粮食短缺，人们在生存底线上垂死挣扎。“寻根”作家分别从不同的时代背景展现民族粮食匮乏的状态，表达对基本生存保障的呼唤。

（一）饥饿的民族记忆与现实

《礼记·礼运》道：“饮食男女，人之大欲存焉”，肯定了作为自然属性的人对物质与性的本能追求。除了性欲外，人类最基本的需求是物质需求，物质的最基本表现形式是温饱。我国是个人口众多的大国，从古至今解决好吃饭问题始终是民族的头等大事。“饥饿，在中国的历史上，不仅仅是一种普遍的生理现象，它更是中国人历史性的梦魇，深刻地影响着中国社会的方方面面，影响着中国人的生存方式和生存状态。”① 在我们的民族记忆中，整个中华民族经历了无数次的大饥荒，民不聊生、饿殍遍地，苟活者也失去了生存之“根”，被迫离开祖先的生存故地，踏上一条“移民”之路。饥饿成为中华民族的历史阴影，也成为一种文学原型。韩少功的《爸爸爸》便是通过寓言故事的形式为我们展现了民族历史中不堪的饥饿记忆：那是一个远古而无名的时代，生产力极端落后，先民们的思想尚处在蒙昧、野蛮状态。鸡头寨吃饭还是靠自己种粮食，由于生产力低下，粮食的产量完全依赖于天

① 郭守运. 饥饿的时代和精神救赎——当代文学“饥饿”主题研究. 2007，25（5）：549～553

气与地理等自然条件，谷神是他们最敬仰、最畏惧的神灵。为了让谷神赐予村民更多的粮食，寨子里甚至每次都要杀一个男性向谷神进献，这叫“吃年成”。风调雨顺便罢，要是遇上天灾，粮食顿觉紧缺，再碰上奶崽生得多，家家的米柜更是一舀见底。肚子不饱，尊严早已一文不值，丙崽的娘为了糊口，不惜从祠堂里的猫嘴里夺食。粮食的严重不足最终引发了鸡头寨与鸡尾寨的屡次械斗。鸡头寨在经历了两次打冤的失败后，饥饿已经蔓延到了整个寨子，饿死了人们，撑肥了恶狗。为了让有限的粮食发挥更大的作用，种族中的老弱服毒殉古，青壮年集体“过山”，到别处谋求生路以延续种族的命脉。

郑义的《老井》中也讲述了老井村祖宗的移民传说：河北地界发大水，粮食颗粒无收。一户孙姓家庭中，老大留守照看老母和房产，老二、老三被迫逃荒出走。临走前，老母将自家的锅砸成三块，分给三个儿子，以便作为日后团圆的凭证。在群体逃荒的路上，人们一路乞讨，风餐露宿，很多人卖儿弃子，所到之处饿殍遍野，弃子盈路。最终经历了千难万险，老二在太行山上寻到了生存的吃食，从此扎根，繁衍子孙，形成了故事中的“老井村”。这些不是带有神话色彩的民间故事，而是中华民族几千年来由于饥荒造成民族迁徙的缩影，也是中国古代社会中的“贵壮贱老”观念，以及“弃老”“弃子”习俗的呈现。很多评论者将作品中的这种

"弃老""弃子"现象看做中华民族愚昧麻木劣根性的表现，而实际上，"贵壮贱老"和"弃老""弃子"现象的共同因素为生产力极端低下，粮食短缺，为了种族的繁衍生息，种族中的老者、弱者以牺牲自我的生存权利，保全青壮年的生命存在，以保证种族的繁衍生息。普列汉诺夫曾对"遗弃或杀死老人"的现象作了历史唯物主义的解释。他认为，"由于当时食物缺乏，生存条件恶劣，杀死非生产成员对社会来说是一种合乎道德的责任。既然他们处在这样的条件下，所以他们不得已杀死多余的孩子和筋疲力尽的老人。"① 当饥饿笼罩在整个种群之中时，要么被抛弃、要么主动放弃，总之，牺牲弱小，成全青壮成为一种必然的选择。这是一个因物质严重匮乏引发的民族悲剧，是人类在自然胁迫下不得以做出的选择，它与国民劣根性毫无关联，在世界很多国家民族都有类似的"弃老""弃子"现象，属于一个民族的生存状态和存在方式，也是一个民族为了不断繁衍生息的手段之一。韩少功和郑义以寓言和传说的形式揭开了历史的创伤，以悲壮的情调告诉我们在饥饿面前生命的尊严与自由荡然无存，民族繁衍生息的根本不是传统文化的传承，而是粮食的基本保障。

---

① ［俄］普列汉诺夫；曹葆华译．论艺术（没有地址的信）．北京：三联书店，1973：85～86

“新时期文学中最早获得出场权的当代饥饿场景是中国农村农民的忍饥挨饿。”① 王安忆16岁时去了安徽宿县插队，那是当年安徽省的“西伯利亚”——一个吃水要到远处去驮、天黑没有油灯的穷地方。虽然王安忆并不擅长写农村题材，但是以其下乡经验为题材的《小鲍庄》采用了“知青”视角，细腻地捕捉到了农民特别的物质困顿。遗憾的是，目前对《小鲍庄》的研究更多集中于对文化主题的提炼，而忽视了最基本的物质背景。20世纪70年代的安徽小鲍庄（王安忆下乡所在地大刘庄旁边村庄的名字），“文革”这一标志性的政治事件似乎与这里的人们无关，相反“贫困”成为生活的主旋律，故事也在这样的背景下展开。捞渣已经是鲍家的第七胎了，父亲鲍彦山既没有对媳妇的心疼，也没有生孩子的喜悦，反而觉得孩子早生三个月就好了，这一季的口粮就都有了。一个鲜活生命的分量在父亲的心目中尚没有一季粮食重要。虽然与远古时期“易子而食”和“卖儿鬻女”相比已经有了质的提升，但是追求粮食、维持生命依然是高于一切的生存目标，为此可以漠视他人（包括自己孩子）生命的存在。粮食匮乏，生命质量大大降低，鲍彦山家的坐月子也只能吃芋干面，弟媳给她送来的一舀小麦面显得弥足珍贵。出了月子

① 刘传霞. 饥饿的政治文化诗学——论中国20世纪80年代文学中的饥饿叙事. 扬子江评论，2009（3）：18～25

就吃红芋，后来红芋中又掺红芋叶子，孩子捞渣除了吃奶更是什么都没得吃。饥饿主导了人们的一切行为，它打乱了世间原本正常的秩序：建设子 19 岁了因为贫穷还说不上媳妇，被妈妈逃荒带来的小翠子稀里糊涂地被命运安排给建设子当了童养媳，鲍家省了娶媳妇的钱，小翠子也有了生活的着落。但是因物质捆绑在一起的年轻人并不幸福，小翠子一心喜欢文化子，为挣脱由物质铸成的婚姻枷锁，她不惜大胆逃婚，以此抗争命运的安排。如果说小翠子凭借个人的努力最终走出了物质的苑囿，寻求到精神的自由，那么大姑的逃荒经历则成为记忆深处永恒的疤痕。大姑在 20 世纪 60 年代到外地逃荒要饭，回来时却带了私生子拾来，娘俩相依为命渡过了近二十年的贫困生活。拾来是大姑饥饿的记忆，也是大姑贫困的现实：一间破屋子、一眼砖大的窗户、一张床、一领凉席、一个枕头、一条被子构成了他们全部的家当。由于家境贫寒，以至于已经是小伙子的拾来仍然和年仅三十多岁的母亲睡一床被子。长期的母子同席是拾来产生“恋母情结”的客观原因，也是弗洛伊德认为“恋母情结”产生的原因之一。拾来走了，但是他成为大姑心中永远的伤痕，那次逃荒的经历造就了大姑和拾来一生的悲剧，导致大姑的一生是“无爱”的，而拾来的一生是“错爱”的。在马斯洛需求层次中，尊重需求（esteem needs）排在第四位，属于较高层次的需求，既包括对成就或自我价值的个人感觉，也包括他人对自己的认可与尊重，如：成就、名声、地位和晋升机会等。老革命鲍彦荣一生峥嵘岁月，他有很多机会获取名誉，赚得他人的尊重，但是他丝毫没有荣耀的欲望，“他最关心的是一家六七张口，如何填得满”①。显然，对于这位朴素的庄稼汉来说，“尊重需要”是空中楼阁、虚无缥缈、华而不实，唯有以粮食为代表的生理需求才是最真实、最根本的，它是个体及其整个家庭存在的命脉。此时的鲍彦荣不需要他人的认可，因为价值上的认可抵不了肚子的饥饿，他需要的是实实在在的粮食。

(二) 囿于饥饿中的个体生命

中国有句古老的客套话：“你吃了吗?”恰恰是国人对民族记忆中饥饿所造成的恐惧形成的集体无意识。这种恐惧感在丰衣足食时会以无意识的形态潜伏在人的言行之中，而在饥荒的现实面前，每个个体生命都表现出无需掩饰的对食物的强烈渴望。从新中国成立初期到“文革”结束，中国都在物资匮乏的窘况下艰难生存，每个饥饿之中的个体将吃看做是一种精神信仰，把吃的过程当做一场盛典，他们对食物的虔诚态度是不容许任何人亵渎的。为了再现那个特殊历史阶段国人的艰难生存状态，“寻根文学”对囿于饥饿中的个体生命给予了丰厚的笔墨，绝不亚于一种大特写，在这种特写的背后闪烁着人无法满足最起码物欲的悲剧。

---

① 王安忆. 小鲍庄. 上海：上海文艺出版社，2002：292

阿城的《棋王》不单单寻到了传统儒道文化，同时也寻到了生命赖以存在的“物质”之根，表现了生命本体的价值与意义。在诸多“寻根”文本中，阿城的《棋王》对吃的描写最为入木三分，王一生的那份吃相在现代人物画廊中可谓独树一帜。在王一生的表象世界里，“吃”与“棋”是并驾齐驱的两驾马车，作家寻到的除了棋文化代表的中国传统文化之“根”，还有另一条根脉——物质。著名评论家陈晓明则完全否认《棋王》中蕴含的文化内涵，认为《棋王》所“要寻求的是极为朴素的唯物论的生活态度，一种最为朴实无华的生活之道”①。20 世纪 50 年代，中国出现了粮食严重短缺的现象。对此，毛泽东深感“粮食问题是我国当前非常重要的问题”，为解决粮食与就业问题，毛泽东借鉴了前苏联的办法，发起了知青“上山下乡”运动，《棋王》的时代背景恰在此时。小说关注王一生“吃”的动作、“吃”的兴趣、“吃”的心理，尤其是对“吃”的动作行为刻画得可谓入木三分。在奔赴乡下的火车上，王一生吃得津津有味，“吃完以后，他把两只筷子吮净，拿水把饭盒冲满，先将上面一层油花吸净，然后就带着安全到达彼岸的神色小口小口地呷”②。偶有饭粒儿塞在牙缝里，他便用手去抠。嚼完了再和着口水咽下去，眼睛里还

① 陈晓明．论《棋王》——唯物论意义的阐释或寻根的歧义．文艺争鸣，2007（4）：128～142

② 阿城．棋王．上海文学，1984（7）：15～35

泛着泪花。在这种类似放大镜似的特写下，我们感到“吃”对王一生的意义不仅是果腹之物，更是一种信仰，他将以食物为代表的物质之根供奉到灵魂的殿堂之上，只有经历过极端物质困顿的人才能有如此深刻的体会。少年时经受过饥饿考验的王一生对一切与“吃”有关的内容都非常感兴趣，他将“吃”看做生命的最高追求。当“我”问起他生活怎么样时，他说：“不错，真的不错。还说什么呢？粮？钱？还要什么呢？不错，真不错。”① 四个连续的“不错”道出了王一生对现状的满足，而满足的条件却只是尚可以果腹的粮食和微薄的收入。在传统中国，“吃”是一种文化；在当下中国，“吃”是一种消费；在新中国成立初期的中国，“吃”只是一种生存。那时刚刚成立的新中国一穷二白，接二连三的政治运动和一些错误的政策导向使中国的农业生产力大大降低。到了“文革”时期，粮食短缺仍然是中国面临的重大问题，餐餐有饭吃，餐餐能吃饱是当时中国人普遍的梦想。70 年代在当过农民的阎连科看来，记忆深刻的不是革命，而是饥饿和劳动。同样，“知青”下放到农村，虽然国家给予了一定的补贴，但也面临着无休止的饥饿与繁重的劳动。王一生对吃的“虔诚”与专注恰恰是当时无数“知青”生存状态与心理的客观反映，体现了“知青”对生存之本——物质之“根”

---

① 阿城．棋王．上海文学，1984（7）：15～35

的追索。经历过饥饿的人深有体会："要知道，人吃饭，不但是肚子的需要，而且是一种精神需要。不知道下一顿在什么地方，人就特别想到吃，而且，饿得快。"① 与少年时期的极度穷困相比，王一生对现状是满足的，尽管每餐未必能吃饱，但毕竟知道下一餐在哪里，因此在心理上他是安全的、满足的，于是他有了"人要知足，顿顿饱就是福"的朴素唯物主义观。在《棋王》中，作家着力刻画王一生为棋而生、为棋而乐、为棋而战、为棋而哭，但是结尾写道"不做俗人，哪会知道这般乐趣？家破人亡，平了头每日荷锄，却自有真人生在里面，识到了，即是幸，即是福。衣食是本，自有人类，就是每日在忙这个。"②可见，在物质匮乏的历史时期，道家棋文化的深奥与高妙早已褪去神圣的光环，衣食成为个体生存的根本需求，"吃"成为活着的头等大事，如此务实的俗文化必然取代道家玄虚的雅文化。知名学者李小江认为，王一生对棋的痴迷只是在精神生活极其贫乏的年代"寄托无以寄托的精神"，它并不占据着王一生价值观的首要地位。在这场非常典型的物质与精神的对决之中，王一生最终选择了物质，因为那才是物质极度匮乏时期生命得以苟活的"根本"。

同样是写"文革"时期的饥饿与贫困，阿城从个人身份与经历出发，聚焦于下乡的"知青"生活，莫言则从土生土

①② 阿城．棋王．上海文学，1984（7）：15～35

长的乡土出发，以童年的遭遇揭示物质之“根”缺失或者不稳对生命存在质量的影响。少年莫言挣扎在生命的底线，他经历过极端的饥饿，吃过发霉的菜团子、啃过树皮，与兄弟姐妹争抢食物，饥饿与贫困成为莫言抹不去的记忆，也是莫言创作的重大主题之一。《透明的红萝卜》中黑孩无依无靠，在20世纪六七十年代社会整体贫困饥饿的大环境下经受着生存的考验，又在没有亲情的特殊家庭小环境中遭受父亲的遗弃、继母的虐待，他成为这个世间最孤独、最可怜的小生灵。由于饥饿与营养不良，黑孩头很大，脖子很细，用队长的话来说，放个屁都能把他震倒。黑孩甚至没有足够的生命力量，他向前奔跑，有动作却没有速度，像被风吹动的稻草人。黑孩的生存状态尚不能达到温饱这一基本标准，他在饥寒交迫中变得麻木、冷漠，丧失了一个十岁孩子应该具有的童真与活力。莫言曾说过：“我十三岁时曾在一个桥梁工地上当过小工，给一个打铁的师傅拉风箱生火。中篇小说《透明的红萝卜》的产生与我这段经历有密切的关系。小说中的黑孩虽然不是我，但与我的心是相通的。”① 黑孩不仅是莫言的影子，也是六七十年代千千万万个受贫困与饥饿考验的中国民众的缩影。“文革”前，中国已经出现了大饥荒，1959—1961年，“大跃进”运动以及牺牲农业发展工业的政策导致全国性的粮

① 莫言. 我的故乡与我的小说. 当代作家评论，1993（2）：37～39

食短缺和饥荒，全国甚至出现大面积因饥荒而死亡的现象，称为三年困难时期。“文革”中，全国上下懂经济、抓生产的干部几乎都受到了审查或者批判，红卫兵也串连到农民家发动农民闹革命，农民无心进行生产，甚至离开土地，四处串连。另外，“文革”时期中国人口从七亿剧增到了八亿，又奔向九亿。整个“文革”期间，中国好的地区基本上能够维持温饱，很多地区粮食依然吃紧，还常常出现缺口，吃饭问题成为轰轰烈烈政治斗争掩盖下的第一要务。《透明的红萝卜》中地位较为优越的队长吃的不过是高粱面饼子和一棵剥皮的大葱，以小铁匠为代表的劳动力在劳累饥饿时也无非去生产队里偷几个萝卜和地瓜解解馋。在饥饿的驱使下，人性变得异常扭曲，廉耻与尊严早已丧失了头上的光环，人们为了填饱肚子可以不择手段。有时，为了糊口而被迫进行的小偷小摸却要背上政治罪名，或者受到人格侮辱，当年莫言的母亲就是因此而被看守人恶狠狠地甩了两个嘴巴子。小说中瘦弱的黑孩为了寻找心灵深处透明的红萝卜而破坏了生产队的萝卜地，队长看到后，满脸杀气，对着黑孩狠踢一脚令他半天才爬起来，接着又打了他一个耳光。在问不出任何话的情况下，队长扒光了黑孩的衣服，让这个可怜的孩子赤裸裸地钻进麻黄地里。物质之“根”的浅薄与动摇使原本有限的公有物资弥足珍贵，也因此膨胀了看护物资人员的权力与地位，使他们肆无忌惮地以权谋私、仗势欺人，而漠视他人存在的尊严。饥饿考验着中国人原本淡漠的人权意识，活在70年代饥饿中的人们只能默默承受着强烈的物质压迫，甘受着饥饿的奴役。黑孩与世隔绝的幻想世界并不是一个孩子单纯而美好的想象，而是对现实饥饿与寒冷的逃避，他企图在自我营建的幻觉世界中寻到人生的温饱和起码的关爱，可惜残酷的社会现实无情地砸烂了孩子这一点点可怜的梦想。“黑孩的冷漠孤僻反射出蕴含于工地上众人生活深处的寒意”①，这种无形的寒意最根本源自物质的匮乏而产生的不安全感，“没有隔夜粮，屁股落不得床”，便是农民最朴素的真理。马斯洛需求理论的第二层便是安全需求（safety needs），同样属于低级别的需求，其中包括人身安全、生活稳定，以及免遭痛苦、威胁或疾病等。因为缺乏安全感，黑孩的继母酗酒而虐待孩子；因为缺乏安全感，黑孩自己沉溺于幻想世界；因为缺乏安全感，小石匠与菊子姑娘走到了一起；因为缺乏安全感，工地上的人们宁愿吃伙房、睡桥洞……而安全感的缺席，根本上是生活物质来源的不足或者缺乏，这正是那个时代生活的缩影。

中国经历了三年困难时期和“文革”时期，人们从饥饿与贫困中死里逃生，因此“饥饿”再次成为新时期以来文学

① 南帆．象征一虚实之间——评《小鲍庄》、《透明的红萝卜》、《爸爸爸》．福建论坛，1987（5）：5～9

创作的主题。“反思文学”中饥饿叙事的主旨在于反思造成国民饥饿的社会机制与政治根源，如《剪辑错了的故事》《李顺大造屋》《犯人李铜钟的故事》等，具有浓厚的政治色彩和问题意识。相反，“寻根文学”中的饥饿叙事不再追究产生饥饿的政治源头，而是通过饥饿遭遇、饥饿困境的描写揭示饥饿在生理与心理上的复杂表现。曾作《饥饿的女儿》的作家虹影认为：“我说的‘饥饿’，不仅是生理意义上的，也是我们心灵深处的饥饿，整个民族的饥饿，书中所写的‘饥饿’，是我个人的生存的饥饿，精神的饥饿，甚至是性饥饿，也是一种民族记忆的饥饿。”① 这种饥饿从根底揭示了物质对个体与民族存在的重要性，没有牢固的物质之根，衣食温饱尚不能满足，心灵深处的安全保障饥饿便自觉萌发，物质的缺失让个体失去了生命的活力，让一个民族满身疲惫。“寻根文学”从文化层面诠释了物质与精神的关系，强调了物质性是人存在的前提。

三、寻觅人类存在的精神支柱

马克思主义关于人的哲学概念是：人是实践自觉解放自我的主体，人的内在生命物质本体与特定的大脑意识本体构

① 谢有顺．应该恢复被迫失去的记忆——著名作家虹影专访．羊城晚报，2004－10－12

成整体的自然人。人的生命从诞生到存在除了生命物质本体需要基本的物质保障，大脑意识本体还需要基本的精神活动，这也是人区别于动物的主要标志。在实际生活中，则表现为对一定精神支柱的持有，一定生存意识的存在，通俗来说就是人活下去的“念想”。在物质丰沛时期，人类需要一种念想作为不断进步的动力，以防止生命价值的迷失；在物质匮乏时期，人类更加需要一种精神依靠支撑着渡过生命的艰苦历程。尤其在困难时期，强烈的生存意识赋予了人活着的勇气和力量，也赋予了人活下去的意义，它是人存在的精神支柱。“苦难”是“寻根”作家创作的一个主题，但是作家更着力表达的是苦难中的生存意识、存在精神，“那是生存中的精神和勇气，是人类的希望之光”①。

（一）念想支撑的沉重生命

“寻根文学”从大处着眼，寻找的是民族之精神存在，从小处着眼，同样寻到了个体存在之精神支柱，或者说，“寻根文学”在无意识当中寻到了个体生命得以在苦难的人生中“苟活”下来的念想。它使得个体存在有了意义，它的价值对个人来说甚至超过了虚无缥缈的民族精神。“寻根文学”众多作品中最能够体现强烈生存意识的作品要属郑义的《老井》，

① 石一龙．我的小说是我个人的良知——阎连科访谈．人物周刊，2001－11－26

它不仅体现了个体对生命存在意义的要求，也呈现了一个种群历史继承来的强烈生存意识。老井村地处太行山巅，素有“老井无水渴死牛，十年九旱水如油”之说，村民用水需要到很远的地方去担，或者利用村后的贮水池贮些雨水，或者将雪水融化后再用。几十代的老井人在山上挖了数不清的旱窟窿，可就是不见汪汪的一滩清澈的井水。人生来是有着各种欲望的，然而，老井村的人们因为缺水而不能获得本性的满足，没有水，产不下粮食，人们面对着饥荒的现实；没有水，老井的姑娘远嫁他乡，外乡的女子又绝不嫁进来，老井的男人们忍受着无性的煎熬。打井、打井、打井成为一代代老井人睡不醒的梦，也是支撑着老井人艰难活下去的念想。那井里的水早已经不是自然之中的普通液体，而变成了超乎自然的象征之物，具有浓厚的历史意义与生命价值，它是老井人心中的祭坛。为了这个念想，主人公孙旺泉的太爷爷在祈雨过程中中暑而死；为了这个念想，爷爷为“恶祈”求雨而满身披挂铡刀，忍受着肉体的剧痛，以顽强的意志坚持行走数里路；为了这个念想，二爷因扳倒井而被埋洞里，挖出后就疯癫了；为了这个念想，老爹被活埋井下；为了这个念想，旺泉自己经过了痛苦的灵魂挣扎，最终放弃了青梅竹马的恋人，扎根于老井，为老井村人创造更好的生态环境。在由旺泉指导打井的过程中，面对重重困难，旺泉爷孙丝毫没有退缩，强大的念想支撑着他们缺技术学技术、缺钱筹钱、缺水担水，但是就在理想实现的那一刹那，爷孙二人却瘫软了，旺泉“咕通一声跪倒在老汉面前，半天就出一声‘爷爷！’便倒在万水老汉怀里猛烈地抽泣起来”①。万水老汉一听出水了则全身瘫软，背更加驼了。理想实现后，精神洪水的倾泻恰恰印证了当初这根精神支柱的强度与硬度，它赋予了人们铮铮的铁骨和战胜一切的勇气。

儒家思想认为“情”也是人的自然属性，包括情绪、情感、情操三个层面，低层次的情绪包括具体的喜、怒、哀、乐、爱、恶、欲等七情。对于老井村的世代村民来说，他们的喜、怒、哀、乐都拴在了井上，井也左右了老井人的情感世界：段喜凤因为前夫打井身亡而破灭了第一段感情，又因为打井而留住了第二段无爱的婚姻；赵巧英因为井与旺泉产生了刻骨铭心的爱情，又因为井而失去了惺惺相惜的恋人；孙旺泉因为井失去了几代亲人，因为井割舍了真挚的爱情，背负起命运安排的家庭责任。井也烛照出老井人的道德情操：旺泉一家世代为老井人的集体利益进行着艰苦卓绝的探索、挖掘，体现了劳动人民的道德光彩；在最后一次集资挖井过程中，老井村的男女老少为了实现数辈人的夙愿，无论穷富，无论辈分都拿出了家里积攒了许久的、自己都不舍得用的实物或者现金；村书记孙福昌任上连捞带扒的，给自己和儿子

① 郑义．老井．当代，1985（2）：4～73

置办了殷实的家业，但是临下台前却只想着在他手上打一眼井，给老井村的子孙后代留份产业。正是井唤起了他意识深处的良知，提升了他的道德情操。在井与水的念想支撑下，老井人一代代探索不惜、奋斗不止，最终在科学与经验的结合下成功地在石灰岩“禁区”打下了一眼清澈而深邃的井。

另外，郑万隆的“异乡异闻”系列短篇小说中的《陶罐》《野店》《三块瓦的小庙》等讲述的都是淘金者的故事，在天寒地冻、寒风凛冽、暴雪封山的恶劣自然条件下，这群孤寂的淘金者靠什么生存下来——除了强壮的体魄，还有他们心中的念想，这种念想给予了他们坚强的意志、支撑了他们沉重的人生。“郑万隆在这里其实是在向当代人发问：人靠什么活着？那些深山老林的淘金人被放逐于知识分子的话语之外，放逐于人类进步与文明的符码之外，他们身处文明与野蛮的边缘，但他们仍需要一个精神的‘支点’，仍靠一个‘念想’活下去。”①《陶罐》中赵捞子作为一名淘金者沉醉于对金子的拥有，他的内心是自足的，因为他有“满满一罐子金儿”，对物的占有欲使他活得“有滋有味，脑门发亮，两只眼跳火，活现一股仙气”。但是当被红布包裹神圣的陶罐在山坡上摔碎时，赵捞子的念想彻底砸碎了，原来那不过是个空

① 孟繁华．启蒙角色再定位——重读“寻根文学”．天津社会科学，1996（1）：58～64

罐子，命运给他开了一个硕大的玩笑。与之相似的故事还有郑万隆的《空山》，一位伐木老人带着孙女，守着一堆木材在空旷孤独的深山老林里一等就是二十多年，他每日重复着同样的劳作——为每根木材打烙印。他心中的念想便是有一天山下派人来收木材，那一声“快了”等了二十年也没有实现，但是老人仍然期待着、期待着。直到有一天，那堆木柴惹上了大火，老人的念想断了，他悲壮地以死来“殉”他一生的念想。与其说赵捞子与伐木老人活在现实之中，莫若说他们活在虚无的希望之中，满罐的金子和运木头的火车成为连接现实与虚无的桥梁，也是支撑着这两个可怜之人的精神支柱，精神支柱的垮塌彻底拔了他们活下去的精神之“根”。

与之相反，《野店》《三块瓦的小庙》《狗头金》中赋予三个粗犷男人不畏死亡精神的不是对物质的贪婪，而是对女人的一片柔情，心目中的“女神”成为三个彪悍男人的念想。《野店》中“他”在月光下将情人大珍子的尸体从乱葬岗子的坟地里用手刨了出来，将她抱进地窝子里清洗身体，又用买来的白布将她紧紧包裹。一切看起来就像一个庄严的仪式，因为她是他心中的女神。这个女神驱使他在布满熊瞎子的老山上冒死淘金，他为她打下了金镯子、为她准备了十六两金子，还差点送了命。但是当他把金子准备好时，她已经因为肺病被丈夫草草地埋掉了。大珍子活着，他不惧死亡，因为他有个念想，他不会死；大珍子死了，他不惧死亡，因为他的念想没了，他只想死。《三块瓦的小庙》中光棍淘金者张发海冒着封年大雪到山外给沟里的人置办祭拜山神爷的年货，但是他没有自己的山神庙，本不需要置办年货，那么，是什么令他自告奋勇承担这份人人推辞的冒死任务，是为了五十斤肉吗？是高尚的道德情操驱使吗？都不是，而是为了心中的“小庙”——刘友的女人。就连刘友自己也觉察到张发海虽然没有一个三块瓦的小庙，但是他心里一定有属于自己的小庙。为了这个心中的小庙，张发海冒死到山外为她打了一副金镯子，为此耽误了时间，回山时险些冻坏了双腿，是女人那双黑黑的眼睛温暖了他即将冻僵的身体。接着，他刚从狼群中突围出来又摔晕在冻冰的水泡子里，但他还是活下来了，驮着他购来的年货和一副金镯子。可惜，张发海回来时女人已经僵硬了，但他还是为她戴上了闪闪发光的金镯子。

在众多“寻根”作家中，郑万隆的写作风格独具特色，他笔下的男性充满了阳刚血性，又极具深情与柔肠，他构建的故事总是以沉重的尾音结束，那是一个个信念破灭的悲剧，而浓郁的悲剧氛围恰恰证明了生存的艰难和生存意识的强烈性，令读者不得不为之感动。郑万隆谈到自己的创作意图时说：“在这个世界中，我企图表现一种生与死、人性与非人性、欲望与机会、爱与性、痛苦和期待以及一种来自自然的神秘力量。”[1] 他的小说置于丛林深处，仿佛是与人世隔绝的神秘世界，他塑造的人物具有神一般的强大精神，但又具备人的欲望与性情，在一个个英雄形象的背后是一个个真实的、温情的平凡之人。是什么将平凡而渺小之人转化成了拥有强大内心的英雄呢？不是硕大的躯体，不是强健的肌肉，而是心中的一个“念想”，哪怕这个念想是秘而不宣的，它也具有强大的张力，支撑着人们艰难前行。郑万隆正是通过这种手法塑造了有血有肉的人物形象，建构了自己的文化观与伦理观，从而完成了对个体存世精神之“根”的寻找。

（二）活在精神世界里的孤独一代

人是由肉体和灵魂两部分构成的，肉体作为物质属性，连接自然；灵魂作为精神属性，与超自然沟通。物质与精神是人类存在的有形因素与无形条件，二者缺一不可。缺乏物质保证的人，其精神是无以寄生的；缺乏精神存在的人，其肉体是无意义的。无论年龄、无论等级、无论穷富，精神需求是人性不可泯灭的必需品，它作为形而上而独立存在。尤其是人性受到压抑的特殊年代，那种对自由的渴望更加剧了人们对精神独立的渴求。“文化大革命”时期是物质与精神双重匮乏的特殊时期，尖锐的政治斗争又将人与人的关系推向了绝境，使人性产生了异化。在这个不真实的时代中，每个

---

① 郑万隆．我的根．上海文学，1985（5）：44～46

人都是孤独的、弱小的，他们的命运时刻被别人所左右。喧嚣的政治环境与匮乏的物质条件尚不是每个“小我”所能改变的，但是一个个孤独而孱弱的生命何以在乱世中求得生存呢？那便是在喧闹而贫瘠的环境之中寻找一片宁静的心灵净土。这片净土藏匿于灵魂深处，是动乱时期弱势群体清除人间烦恼，抗拒世俗、抗拒命运的精神策略。新时期以来，文学兴起了人道主义写作，“其特点可以表述为：深切同情在极左政治暴力下被侮辱、被迫害、被冤屈的受害者和不幸者；批判极“左”思潮、传统文化的消极因素以及僵化荒诞的现实处境对人的伤害，对人性的扭曲异化；抒写逆境中的美好人性，张扬人道主义精神。”①“寻根文学”自然也是“人道主义”写作的一支，阿城的《棋王》、莫言的《透明的红萝卜》等便是对特殊时代造就的孤独者生存状态的真实写照，表达对“人”的呼唤。

阿城的《棋王》素来被置于民族文化的大框架下被追捧，但在这宏大主题之下，我们发现了一个个有血有肉的“人”的形象，他们在那个无我的特殊时代渴望着灵魂的独立。“文革”期间，中国的文化生活在政治斗争的禁锢中一片萧条，除了无休止的政治批斗，剩下的精神活动只剩下八个样板戏

① 王达敏．从启蒙人道主义到世俗人道主义——论新时期至新世纪人道主义文学思潮．文学评论，2009（5）：100～104

和以《金光大道》为代表的少数几部小说可以光明正大地置于阳光下。对于参加上山下乡运动的“知青”来说，那更是经历了一次文化荒漠之“苦旅”。这群城里长大的知识青年，一旦脱离精神文化生活投身到无休止的繁重农业生产中，心理便会产生巨大的落差，唯一的精神生活只剩下晚上天南海北的“精神聚餐”。在革命热情短暂燃烧后，“知青”们陷入了价值的迷失，精神上极度的空虚与无聊，前途更是一片渺茫，他们强烈地渴望重新获得一种存在的精神寄托，一种存在的信念，一种活着的动力。作为一代“知青”，除了物质匮乏的烦恼，还有就是没有什么娱乐，书、电影一无所有，就连想走出下乡的山沟都很难。尽管眼下有苟活的粮食和安身的床，可是仍常常烦闷的是：“为什么就那么想看随便什么一本书呢？电影儿这种东西，灯一亮就全醒过来了，图个什么呢？可我隐隐有一种欲望在心里，说不清楚，但我大致觉出是关于活着的什么东西。”① 一个“关于活着的什么东西”对于一个受教育有限的青年来说，确实是说不清的，但是对于任何一个有鲜活生命的个体来说都是必不可少的，那是一种精神上的饥渴。这种饥渴不是单纯的娱乐享受，不仅仅是电影、小说……更是真正能够内化到灵魂深处的一种精神渴望，它表达了文化荒漠时期人们对丰富精神生活的向往。在“活

---

① 阿城．棋王．上海文学，1984（7）：15～35

不出大意思”的时代里，任何自发的文化形式都是奢侈的，但是人们仍然苦苦追寻着。《棋王》中“我”强烈地追求书、电影，想以此填补内心深处的“黑洞”，王一生不屑于书与电影这些感官上的东西，他寄情于“棋”。在王一生看来，看书与电影要受时间、空间、资源的限制，而棋是多样的、变化万千的，并且不受时空限制，不受政治历史制约。在棋的世界里，他找到了一片灵魂的“自由地”，找到了魂牵梦绕的永恒的精神动力。对棋的执著追求使他宁可不挣钱也要翻山越岭、长途跋涉，四处会棋友、交流棋道。人们渴望书、棋、电影等作为有形的资源能在人们头脑中形成了无形的精神财富，以此作为活着的精神“佐料”。

“棋”不但填补了王一生空虚的精神世界，更重要的是给予了王一生战胜苦难的力量。王一生的淡定与沉着来自于无尽生活苦难的磨砺：他的母亲原是妓女，从良后饱受虐待，不得已又依附他人，而新中国成立后这个男人又弃之而去，于是怀有王一生的母亲又跟了现在的丈夫。不幸的是，王一生幼年时母亲就病故了，王一生和妹妹以及出苦力的继父相依为命，继父酗酒使原本贫困的家庭更加不堪一击。接着就是“文革”，王一生在政策的指引下投身到繁重的农业劳动中。没有美好的童年，又错过了激情的少年，生活留给王一生的就只是无尽的苦难。王一生苦中作乐，把象棋当做战胜苦难的武器，他说：“下棋最好，何以解不痛快？唯有下象棋。”① 表面看来，王一生的情感世界波澜不惊，他甚至不理会前来送行的妹妹，将轰轰烈烈的政治革命抛之脑后，完全沉浸在个人的棋世界里。实际上，王一生并非不食人间烟火，他将痛苦深深地埋在心底，他企图用象棋来驱赶生活的阴影。他说：“我迷象棋，一下棋，就什么都忘了。呆在棋里舒服。就是没有棋盘，棋子儿，我在心里就能下，碍谁的事儿啦？”② 在棋的世界里，王一生忘记了生活中的苦难，获得了活下去的勇气和信念，并且他在棋中获得了精神的自由，因为下棋“不碍任何人的事儿”。王一生是坚强的，经历了国家、家庭、个人的重重变故，他从没有哭过，但是妈妈临终前送给他的无字棋子却令其内心永远流着一渠热泪。那副无字棋更是给予了王一生爱的力量，使他在艰难时期勇敢地前行。在棋的支撑下，王一生度过了艰辛的童年和少年，赢得了以一对九的盲棋大战。王一生赢得的不仅是棋艺，更是一代“知青”的精神独立，是“文革”时期孤独的个体与非理性历史对抗的另类表达。

“文革”的阴影遮蔽了当时中国人心中的阳光，就连不谙世事的孩童也未能幸免。莫言的《透明的红萝卜》中黑孩孤独、无助、倔强，他的周遭一派萧索与冷漠：凄冷的秋天、

①② 阿城．棋王．上海文学，1984（7）：15～35

赤裸的双脚、光着的脊背、满身的疤痕，还有生产队长和工地主任的咒骂。黑孩的客观世界是灰色凄冷的，但是他的主观世界里是一派通透与鲜亮，甚至是色彩斑斓的：有浅红色的杏树叶、红色的树根须、枯黄的落叶、红色的鸭嘴、紫色的地瓜叶子、绿色的翠鸟，就连小石匠红色的运动衫领子也像一团火。黑孩活在幻想之中，他以臆想世界中的美好无声地拒绝着冷漠的外部世界，支撑着他弱小的生命顽强地活下来。当刘副主任以极端官僚主义的方式对工地上的工人训话时，黑孩却沉浸在个人的遐想空间里。刘副主任的话他一句也听不到，他听到的却是黄麻地里鸟与音乐的和鸣，听到了“逃逸的雾气碰撞着黄麻叶子和深红或是淡绿的茎秆，发出震耳欲聋的声响”①。与刘副主任狰狞的面孔相比，黑孩是懵懂而纯洁的，任凭外界如何喧嚣嬉闹，黑孩只是沉浸在个人的世界里。在砸石头的过程中，黑孩眼睛看着石头，但看到的是河上气体的升腾，听到的是包孕在气泡里的美妙声音。类似的情节在小说中不胜枚举，莫言娴熟地运用魔幻现实主义手法为黑孩创造了一个温暖而多彩的个人世界，这里没有后母的虐待、没有刘太阳的咒骂、没有妇女们的戏弄、没有饥寒的侵扰，这个童话般的个人世界成为黑孩精神的寄托，是黑孩赖以存在的精神寄托，它使黑孩找寻到了个人存在的价

---

① 莫言．透明的红萝卜．中国作家，1985（5）：179～203

值和乐趣，也赋予了黑孩活下去的勇气和力量。黑孩的幻想世界中最神圣的当然是那颗“晶莹透明，玲珑剔透。透明的，金色的外壳里包孕着活泼的银色液体”① 的红萝卜，它是一切美好的象征，也是菊子姑娘的化身，它带给了黑孩无限的希望与温暖，使他完全沉浸在美的幻想中。就像卖火柴的小女孩在燃尽最后一把火柴时看到了慈祥的奶奶，感受到了温暖的火炉一样，黑孩主观世界中透明的红萝卜烛照出的也是无限的祥和与温暖，它完全抵御了客观外部环境的寒冷与欺压。当小铁匠面对小石匠与菊子姑娘亲密的举动发疯地将“透明”的红萝卜扔进河水时，黑孩拼命地护卫着这根“生命的火柴”，可惜黑孩失败了，他的精神支柱从形式上遭到了轰毁。渐渐地，黑孩也察觉到菊子与小石匠的关系已经超越了灵魂的界限，由菊子带给他的美好幻想遭到了彻底的摧毁，黑孩的精神支柱完全垮塌了。当唯一能给黑孩带来人间情暖的菊子姑娘也退出了黑孩的生活世界时，黑孩再次钻进地里，企图再找到一棵闪着金光的红萝卜用以弥补心灵的创伤，可惜黑孩失败了，他甚至失去了刚刚获得的新衣、新鞋。《透明的红萝卜》表面给读者呈现一派鲜亮的风景，而实则是不折不扣的精神悲剧，是一位懵懂少年幻想幻灭的慢镜头特写。一个纯洁的孩子，一个透明的梦境，却在残酷的社会现实中彻

① 莫言．透明的红萝卜．中国作家，1985（5）：179～203

底破灭了，这不但是一个孩子的悲剧，更是一个不折不扣的社会悲剧，莫言以此抨击了“文革”极“左”思潮对人权的伤害。

“人道主义”于19世纪末20世纪初伴随着现代性传入中国，从“五四”时期到40年代成为中国“人道主义”文学创作的第一高峰，对于“人”的呼唤是“五四”文学的一个重要主题。新时期以来，经历了战争、“文革”对人性的长期压抑，“人道主义”再次成为文化、哲学、文学的重要话题。1983年，王若水在《为人道主义辩护》① 一文中有这样一个经典对白：

> 一个怪影在中国大陆徘徊……
> “你是谁?”
> “我是人。”

这段对白既是对“文革”时期泯灭人伦的无声批判，同时又隐喻了中国太陆迫切需要“人”“人性”的回归。80年代强调“人”的重要性主要表现在三个阶段：80年代初期的“人道主义”，80年代中期以刘再复为代表的“主体论”，80年代中后期的“文化哲学”。这三大思潮将“人”提升到了文学

① 王若水．为人道主义辩护．文汇报，1983-1-17

的主体、社会的主体地位，肯定人的需要、人的价值、人的尊严，一切从人道主义、人性出发。“寻根文学”对人类存在之“根”的挖掘，从生殖到物质，再到精神，肯定了人的各种欲望，其本质是对人存在的尊严的呐喊。“寻根文学”塑造人的形象是鲜活的，他们既是具有文化象征意义的“大写之我”，同时也是脚踏实地的“小写之我”。他们有性欲、情欲、物欲，他们以人的身体力量、思想力量与自然、社会、历史、命运抗争。这种力量是人勃勃的生机，是人类赖以生存、繁衍的力量，是人类的精神之“根”。在残酷的生存竞争中，任何文明都无法抹去人作为“人”的肉体与灵魂的基本需求。“寻根文学”对人类生存之“根”的寻找，正是呼应了80年代对“人”的召唤。

第四章

“寻根文学”对中华文化之“根”的叩问

中国“寻根文学”的内涵是多元的，但是有一个绕不开的主题，那便是对中华文化的思索。“寻根文学”诞生于20世纪80年代“文化热”的大潮之中，它既是国人经历了“文革”之后对传统文化的自我反思，同时也是80年代现代文明涌入后，国人在东西方文明对比下，对中华多种文化形态的重新审视。本章将从三个层面讨论“寻根文学”对中华文化的认同与商榷，具体包括对国民性的追问、对传统主流文化的辩证思考、对亚文化的推崇。

一、对中华民族国民性的追问

康德在《什么是启蒙运动》中认为，启蒙是“人类脱离自己所加之于自己的不成熟的状态”①。福柯将启蒙界定为

① 伊曼努尔·康德著；何兆武译．历史理性批判文集．天津：天津人民出版社，2014

“一种我们自身的批判的本体论”。通俗来讲，“这是对我们为什么是这样的人，我们为什么这样思考或说话，我们为什么这样行事而展开的自我批判”①。80 年代仍然延续着“五四”的“启蒙”主题，其中“寻根文学”对民族国民性的追问也是“五四”同类话题的延续。“国民性”即“国民性科学”，最初是由美国人类学家本尼迪克特和社会学家英格尔斯开创的，在中国关于国民性的话题是从晚清至“五四”开始成为中国文化领域探讨的主题之一。“什么是国民性?”是一个复杂多义的问题，从社会心理学的角度看，国民性是指：“一个民族的绝大多数人在思想、情操及行为上所表现出来的某种大概固定的形态”②。国民性是一个民族历史长期积淀下来的民族性格，具有稳定性、传承性、多元性。很多评论者认为“寻根文学”的失败在于，在错误的地方寻到了错位的根，即跑到穷乡僻壤、深山老林里寻到的却是民族的“劣根”。实际上，任何一个民族都有它的优点和缺点，很多特点是人类历史进程中的必经之路，是人类的共通之处。近年来，甚至有学者否定“国民性”这个概念，如著名新闻工作者熊培云认为：固定的国民性是不存在的，存在的只是一种变动的观念，每个民族、每个人在不同时期的“国民性”是不同的。同样，

---

① 贺桂梅，徐志伟. 重返 80 年代，打开中国视野——贺桂梅访谈录. 现代中文学刊，2012（3）：48～55

② 沙莲香. 中国国民性. 北京：中国人民大学出版社，1988：22

中华民族历史发展也经历了昨天、今天，也将走向未来，我们的民族文化中也是优点与缺点并存，否认缺点，只承认优点那是掩耳盗铃、夜郎自大；否认优点，只承认缺点那是妄自菲薄、自我矮化。“寻根文学”从总体来看，不但对民族痼疾进行自我揭露与剖析，同时发掘了民族国民性中的熠熠生辉之处，对民族国民性的追问有利于我们对自身的文化有更客观、更理性的认识，能够使我们在传播民族文化的过程中更自觉地克服文化负面影响，弘扬民族文化的精髓与正能量。

（一）国民劣根性之愚昧与麻木

“劣根性”是指人类本性具有的不健康心理和不良品质，民族的劣根性则在不同的民族中剖析属于本民族的不良根性。20世纪“面对西方强势民族的征服或占领，几乎所有东方的和后发民族国家都有过民族自省和检讨，乃至提出了国民性改造问题。”① 而中国早在鲁迅时期就对国民劣根性进行了深入骨髓的无情批判，并提出了“立人”的国民性改造问题，掀起了“五四”时期对国民性批判和改造的高潮，遗憾的是，到了20世纪30年代，战争、革命等主题冲淡了这一启蒙思潮，国民性改造成为一个未竟的话题。20世纪80年代的“寻根文学”发生于“文革”平息之初，它以强烈的忧患意识继承了“五四”批判精神对国民劣根性进行了揭示与剖析。“荣

① 李小江．后寓言：《狼图腾》深度诠释．武昌：长江文艺出版社，2010：450

格用 Psyche—心灵（灵魂、精神）表示人的心理。心灵是由意识、个人无意识和集体无意识组成。自我（ego）是意识的核心。个人无意识的内容主要是情结，集体无意识的内容主要是原始模型。”① “寻根文学”塑造了无数个具有形形色色意识的“自我”，他们有着不同的个体情结，如丙崽在“爸爸爸”的呼声里得到了愉悦与勇气；幺姑在床底下森林般的小瓶子和烂纸里获得了安全感和生命的价值；黑孩在透明的红萝卜中感受到了超越世俗的温暖和希望……无数个个体无意识的情结又构成了中华民族整体的集体无意识，这种集体无意识更多指向民族发展过程中积淀并流传下来的丑陋灵魂。“寻根文学”对民族劣根性的挖掘途径包括寓言故事的隐喻，又包括民族历史与现实中的折射。

愚昧与麻木是原始文明赋予古老中国的痼疾。在生产力低下、科学不发达的传统中国，人们的视野被局限在祖辈世代生长的有限土地上，人们世代虔诚地遵守着祖先的遗训，遵守着乡村共同体的风俗与规范，他们被束缚在地域宗族之中愚昧、麻木地生存着。因为没有别样文明的对比与刺激，国民的愚昧与麻木是不自觉、无意识的，这是一个民族昨天必然经历的成长历程。韩少功的小说《爸爸爸》的写作背景是模糊的，在写作手法上借鉴拉美魔幻现实主义手法，创设

---

① 刘耀中．荣格、弗洛伊德与艺术．北京：宝文堂书店，1989：18

了历史与现实混沌难分的时间错位感，旨在用现代人的眼观烛照原始时期愚昧落后、凝滞封闭的民族心理，审视深藏于历史岩层中的“文化胚胎”和“民族原型”。故事置于封锁而荒谬的原始寨子——鸡头寨，寨子的人们只知祖先为刑天却不知明日何处去。他们迷信传说，敬畏鬼神，热衷于占卜仪式，他们能把自然万物都幻化为神灵。他们把蜘蛛当成神灵而不敢冒犯，丙崽妈妈生下了怪胎丙崽，寨子里的人认为是其烧了蜘蛛而遭到天谴。他们还臆想出了“岔路鬼”、好色的蛇、放蛊者等灵异，对鬼神的愚昧信仰导致人们对“人”、对生命的无视，以至于为了祭祀谷神而不惜杀戮寨子里的有血有肉的鲜活生命。鸡头寨里的人们对天的盲目崇拜，还体现在靠天来占卜未来。为争夺生命的粮食，鸡头寨与鸡尾寨的恶战是不可避免的，为了选择最佳的战机，鸡头寨的人们先后用牛倒地的方向和丙崽的阴阳二维语码进行占卜。由于鸡头寨人的愚昧无知，对械斗双方实力缺乏理性的分析，这就注定了鸡头寨人屡战屡败的宿命。鸡头寨人的愚昧不止于此，械斗失败后，寨子里竟然将冤家的尸体和猪肉放到大锅里煮，男女老幼无论戳到什么都要吃一块。鲁迅曾将中国传统文化喻为“吃人”的封建礼教，《爸爸爸》中吃人既是未经文明开化的原始陋习，更是对国民性中愚昧麻木、无视“人”的价值的讽刺。尽管以仁宝为代表的“伪”进步势力企图在这扇紧锁的窗户上戳个洞让现代的些许光明照进这座古老深宅，但是一切努力皆失败了，国民性中冥顽不化的特性扎根于民族厚土之中牢不可破。以鲁迅为代表的启蒙运动最大的收获是“人”的发现，《爸爸爸》再次让我们回到了“无人”的古老悠远的时空，入“无人之境”的根本目的是要在绝望之中发出一声“人性”的呐喊。《爸爸爸》中丙崽是个侏儒与痴呆儿，生来只会两句话，高兴时喊“爸爸爸”，不高兴就喊“×妈妈”，他不知其父，不惜其母，不食人间烟火，不畏生死。他如同混沌世界里的一颗顽石浑浑噩噩，与他共生的只有屎尿、鼻涕、眼泪、挨打、被骂，就连他那两句谶语似的语言“爸爸爸”与“×妈妈”也成为被嘲笑、被愚弄的理由。显然，丙崽具有鲜明的象征意义，代表中华国民性中“愚昧”与“恶”的基因，丙崽是民族形象的缩影，更是国民性中愚昧顽固性格的象征。这种象征是残酷的，使我们不得不面对传统文化中的惰性与丑陋，表达了作家对国民劣根性寓言式的批判。丙崽又是不觉悟的，面对侮辱、面对嘲弄，丙崽浑然不觉，依旧玩弄他的鸡屎，依旧喊着他自己也搞不懂的“爸爸爸”。就连妈妈离失了也丝毫没有引起丙崽情感上的波浪，他靠着一个尸体睡着了。丙崽的不觉悟象征着中华国民性中对苦难、对人生的麻木、不作为。最终，当鸡头寨的老弱病残集体服毒“殉古”时，丙崽却奇迹般地生还了，象征着中华民族的劣根性周而复始。虽然这种象征的悲剧色彩过于浓重，给人一种绝望之感，但让我们看到了作家敢于直面民族文化劣根性的勇气。

意大利科学家布鲁诺因为宣扬“日心说”这一真理被宗教裁判为“异端”，并烧死在鲜花广场上，这是愚昧造成的人类悲剧。无独有偶，“寻根文学”也出现了这悲剧的一幕：郑万隆的《异乡异闻》之《黄烟》中，塔尔达奇山上有一种莫名的“神灵”，那是一股散发着臭鸡蛋味道的黄色烟雾，黄烟所到之处一切生命迹象全无。每年冬猎之前，山里的人们都要到山脚下进行虔诚的祭烟活动，他们将一年中最珍贵的东西进献给神，被派到山巅上祭烟的人从来都有去无回。哲别的父亲是个念过书的人，尽管他怀疑神灵的存在，但仍然没有勇气见证真理，无奈地做了个有去无回的祭烟者。少年哲别具有强烈的反抗气质，他冲破了人们重重的刀箭与火的阻拦，最终到达塔尔达奇山巅，发现那股神秘的黄烟不过是从石头缝里冒出来的自然气体，一切神秘被彻底揭穿了。但是当哲别活着回来告诉乡亲们真相时，无知的人们仍然执迷不悟，以为哲别亵渎了神灵，乱刀将哲别砍死。在这篇作品中，国民性的愚昧与昏庸不光表现为一种昏睡状态，更表现为对先知先觉的拒斥，对“清醒”的拒绝，心甘情愿地继续做“蒙昧”的奴隶。郑万隆对国民性之愚昧、麻木的揭示与批判不但是对本民族劣根性的自我剖析，也是对整个人类丑陋性格的暴露。与其他“寻根”作家相比，郑万隆的作品具有更普遍的人类进化意义。

（二）国民劣根性之自私与冷漠

自私与冷漠，即“看客”心理，是中华“酱缸”文化中浸泡出来的国民性格，也是“寻根文学”传递给我们的国民劣根性。鲁迅在《娜拉走后怎样》一文中犀利地指出：“群众——尤其是中国的——永远是戏剧的看客。牺牲上场，如果显得慷慨，他们就看了悲壮剧；如果显得觳觫，他们就看了滑稽剧。”① 这种畸形的心理构成了“看”与“被看”两种主体：看客看人往往揣着品味与消费的态度来观瞻他人的悲剧，以获得自身的心理满足，这种把玩的态度恰恰是对他人痛苦的冷漠和无视；被看者既可能是被动展示被侮辱与被损害的遭遇，也可能是为迎合看客的心态，主动揭开自己的伤疤以搏得看客廉价的同情。国民性中的看客心态在现今的电视娱乐节目中仍然存在，被看者尽情展现着自己的痛苦遭遇，看者假装同情地消费着他人的苦难以获得娱乐的满足。“寻根文学”作为80年代含有新启蒙意义的文学流派自然也继承了鲁迅对国民性格中“看客”心态的挖掘与剖析，塑造了一系列“看”与“被看”的人物形象。《爸爸爸》中丙崽作为没有行为能力的非正常、非健康的生命个体在村寨里本应该受到关心和同情，甚至是帮助，但是在现实的生活中，丙崽却总是处于“被侮辱与被损害”的地位。人们嘲笑这个不知其父

---

① 鲁迅．鲁迅全集．北京：人民文学出版社，1981：163

的侏儒，哄他喊“爸爸”，如果丙崽照做了，起哄的人们开心大笑后对丙崽一顿耳光；丙崽大怒，回敬“×妈妈”，人们又将可怜的丙崽打得昏天暗地、火辣疼痛。就连娃崽们也以虐待丙崽为乐，他们捏丙崽的耳朵，让他跪在牛粪前，鼻尖马上就触到牛粪上了。鸡头寨的人们原本都生活在混沌的原始社会中，他们自身都是愚昧无知的群体，但是却以痴呆的丙崽为镜子照出了自己的“精明”来。他们把玩着丙崽的弱智，通过侮辱和虐待这个痴呆儿获得一种心理上的满足，这种同族人之间的伤害，是对人性自私、冷漠，甚至是恶的写实。韩少功的《女女女》中示众者幺姑原本是秉承着传统精神的善良女性，她以焦裕禄为榜样，勤俭、无私、博爱，借给人家钱又不好意思要，但是耳聋后的她将这些美德走向了极端，她成为了被戏谑、被嘲弄的对象。食堂里一角五分钱的饭馊了，看客们竞相嘲弄说：快去喊覃聋子，三分钱卖，她肯定要。人们“这样快活地议论着幺姑，为大口咀嚼的享受增添一点味道，一点兴致。”① 而这些冷漠的看客们都是曾经借钱不还，又随意支派她去扫地、倒马桶的同事们，他们知道幺姑无依无靠、无家无子，又极端克己。他们将幺姑的极端克己当成生活的一味调味品，枯燥时拿来戏弄一番、嘲笑一番。幺姑是可悲的，她以大公无私的焦裕禄精神约束自己，却受

---

① 韩少功．爸爸爸．长春：时代文艺出版社，2001：52～53

到同事的嘲弄，又被自私与冷漠的亲人抛弃。幺姑作为“示众者”展现最为彻底的是她晚年被干姊妹珍姑接到了乡下，出于无奈，幺姑被关进了用粗壮木头钉构的镂空笼子里，穿着开裆裤、头发被剃光，瓷饭碗也被木槽替换了，幺姑彻底沦为笼中的展品。乡邻们目睹着幺姑在笼子里演出的一幕幕闹剧，见证着她从一个精神病态的人，逐步沦为精神与肉体双重病态，再由人退化为猴子，退化为鱼。笼中的展品已经不能称为人了，改称为“活物”，不懂事的娃崽还将活物抬出去洗澡扎辫子，幺姑就在人们的观瞻与戏弄中结束了她悲剧的一生。如果不是人世间的冷酷与无情，幺姑这个原本有着起码物质保障和医疗保障的退休老工人不会早早地退化与离世。与祥林嫂的命运相比，幺姑似乎更为可悲，她甚至没有获得过看客们“虚假”的怜悯与安慰。

“寻根文学”对国民“看客”心理的捕捉虽没有鲁迅那样犀利与沉重，但它的写作视角更民间、更单纯，更让人们感悟到国民劣根性无处不在。

(三) 国民劣根性之精神胜利法

鲁迅以阿Q为原型剖析出中华民族的另一种劣根性——精神胜利法，具体表现为：善于自我解嘲、自甘屈辱、自轻自贱，而又自我陶醉、妄自尊大。换言之，不敢正视卑微与失败的现实，使用虚伪的心理变通来获得精神上的自我安慰，借以麻醉自己的灵魂。“寻根文学”中很多人物形象都是借用阿Q式的精神胜利法逃避现实、麻痹自我的，如《爸爸爸》中的丙崽、仁宝，《女女女》中的幺姑，《透明的红萝卜》中的黑孩、小铁匠等。精神胜利法有几个基本心理特征，首先表现为弱者面对比自己强大的敌人，甩掉自尊，选择屈从和迎合敌人。当阿Q被人揪住头发欲往墙上撞时，他说："打虫豸，好不好？我是虫豸——还不放么？"《爸爸爸》中的仁宝一向以现代自居，嘲笑寨子里的人保守与土气。突然有人骂他，"麻仁拐，你耳朵里好多毛！""仁宝自我解嘲地摆摆头，嘿嘿一笑，眼睛更眯了。……便把几皮黄烟叶掏出来，一皮皮分送给男人们……"① 丙崽又总是被胁迫着喊"爸爸"，他想反抗，但是迫于武力压力或食物的诱惑又屈从了。其次，表现为被欺侮后将反击的对象转换成自己，或者比自己更弱小的群体。阿Q的钱丢失后，除了骂自己、骂偷钱者是虫豸，还抡起胳膊打自己两个嘴巴子。丙崽受到仁宝侮辱后大哭，但是哑巴的他又不会向娘说清楚，结果又受到他娘的一番数落。"碰到这种情况，丙崽会特别愤怒，眼睛翻成全白，额上青筋一根根暴出来，咬自己的手，揪自己的头发，疯了一样。"② 他用这种极端自虐的方式向施虐者以及冤枉他的娘宣泄报复情绪，他以自己的痛来想象他人的痛，以获得心理上

① 韩少功．爸爸爸．长春：时代文艺出版社，2001：30
② 韩少功．爸爸爸．长春：时代文艺出版社，2001：11

的平衡。《女女女》中的幺姑以高尚的品德约束自我，却处处受到同事和亲人的嘲弄和不敬，于是她将施虐的对象转向了自己，她拒绝一切对自己有利的事情，吃残汤剩菜、吃臭鸡蛋、不喝开水、不吃药……直到头发烧，步子软。第三，表现为依靠想象提高自我价值。阿Q总是说“我们先前——比你阔多了。你算什么东西!”很多评论者只是认为丙崽与阿Q有扯不清的血缘关系，其实比较而言，仁宝与阿Q的气质更为接近。仁宝的理想化自我是开放的、具有现代意识的乡土圣人，他应该是拥有很好女人缘的情圣，他应该是能够预知未来的神人……于是，当仁宝向裁缝父亲炫耀那双千家坪的皮鞋时，遭到了父亲的打骂，别人问起时，他坚决否认，并说“这个鬼地方，太保守了。”① 仁宝喜欢女人，却没有人嫁给他，于是他就偷看女崽们洗澡，研究牲畜的那个部位，或者连续几天跑到山下看女崽，却说是会朋友。丙崽觉得自己在鸡头寨举足轻重，但是枪兵从千家坪过竟然没有来找他畅谈，他觉得无限失望。这让我们想起了阿Q听说革命党前夜已经进城但是没有招呼他时，他深怪他们不来招呼他。幺姑的钱被别人借去了总是有去无回，换来的不是感恩戴德，而是嘲弄讥讽。侄子让她去催一催，她说，去不得。丑。要学焦裕禄！幺姑就是这样利用焦裕禄的高尚来掩盖自己被欺负

① 韩少功. 爸爸爸. 长春：时代文艺出版社，2001：13

的事实，仿佛做了好事又不讨巧是一种高尚情操的表现。精神胜利法的最后表现为把不愉快的事情压抑到潜意识当中，不再回忆。阿Q被人打后总是一会儿就忘掉了，而仁宝听到别人说他有克爹娘的面相时，“他装着没听见，毫无意义地扫了扫地，又毫无意义地踩死了几只蚂蚁……”① 一切对他不利的言语对他来说都是无意义的，他以充耳不闻、视而不见、拂袖而去的态度回避着现实不愉快的一面。丙崽被别人一顿狂揍后也很快忘记了，继续玩他的鸡粪，他甚至根本不记得是谁揍了他。可以说，韩少功将国民性中的精神胜利法描写得淋漓尽致，仁宝、丙崽与阿Q堪称一脉相承。

本能与才具是贯穿在民族生长过程中的民族性格，或者叫民族集体无意识，它们是民族历史的产物，是比任何主义、思想、宗教更难铲除的意识状态。“寻根文学”中众多的人物形象与阿Q有着共同的气质，他们都具有原始人的混沌思维，都是被侮辱与被损害的弱小群体的代表，他们又同样以自欺欺人的方式获得心理上的平衡。他们都是中华国民的代表，他们身上的劣根性正是中华民族集体无意识的自然呈现。这种以对自我“瞒”和“骗”为典型行为的精神胜利法使民族不敢正视积贫积弱、千疮百孔的民族现实，丧失了一个清醒的民族应该具有的自省精神。一味地掩耳盗铃，或者一叶障

---

① 韩少功．爸爸爸．长春：时代文艺出版社，2001：27

目，或者夜郎自大，用一种扭曲的自我满足、自我欺骗的方式麻痹自己的神经，使得民族丧失了变革与前进的动力，桎梏了中华民族前进的步伐。民族集体无意识中的“精神胜利法”如同沉疴一般附着在民族灵魂深处，而“寻根文学”又以一种强烈的自省意识痛苦地揭开了民族灵魂的伤疤，对“阿Q们”敲响了警钟。

(四) 国民优根性之刚健与厚德

“寻根文学”对国民“劣根性”的分析是鞭辟入里的，也是以往研究的聚焦点之一，但是“寻根文学”寻到根处真的没有发现民族的“优根性”吗？也不尽然。剖开“寻根小说”，我们仍能够轻易地捕捉到其中充盈着的中华民族的优秀品格。《周易》作为我国传统典籍的群经之首和大道之源，第一卦乾卦便是“天行健，君子以自强不息。地势坤，君子以厚德载物。”其意为自然的运动刚强劲健，君子应坚毅刚强，发愤图强；大地的气势厚实和顺，君子应当如大地一样容载万物。自强不息与厚德载物也因此成为中华民族国民性的标尺。在“寻根文学”中也不乏对此类民族魂灵的赞美之意，绽放出民族国民性中刚毅与包容的生命之美。

“硬汉”是“寻根文学”着力塑造的民族形象，郑万隆的“异乡异闻”、莫言的《红高粱家族》、郑义的《老井》等都塑造了充满力与美的英雄形象，在他们身上体现了生命的张力、民族的血性。郑万隆生长在黑龙江，并在黑河五道沟金矿度过了童年，他的艺术生命与黑土地血脉相通，与金矿上的豪迈而血性方刚的硬汉们一脉相承。勤劳与勇敢一向是对中华民族性格的颂扬，郑万隆对这一生生不息民族性格的重塑是不遗余力的，他塑造的人物生活在充满原始色彩的莽林深山之中，那漫天的飞雪、呼啸的狂风、孤独的丛林赋予了他们顽强的生命力。他的系列小说总给人一种热血沸腾的感觉，令读者伴着人物的激情感觉到内心的律动，那一股向上的民族精神感染着每一个中国人。在他的“异乡异闻”系列中，肆无忌惮的风搅雪扫不尽狩猎人勇猛的身影，铺天盖地的寒冷与莽莽原野掩不住淘金者坚毅的脚印，凶残跋扈的野兽吓不退不畏生死的北国人，小说的字里行间渗透着环境的恶劣和北国人的苍茫豪迈。在这些淘金者、狩猎人、伐木人眼里，一切风浪、一切险恶、一切身上的伤痕都是大自然对人生命力的考验，他们身上闪烁着民族战胜一切艰险自强不息的精神。莫言的《红高粱家族》中我爷爷、我奶奶、我爸爸、被日本人活剥皮的罗汉大爷、土匪花脖子、杀敌立功后身披狗皮自杀的成麻子、英勇抗日却管不住自己的余大牙，还有江小脚、冷支队……他们或善或恶，或善恶并存，但是他们骨子里充满了民族正气，是一个民族顽强生命力的爆发。《红高粱家族》全篇充满了破坏，充满了反抗，充满了豪迈，它以一种“恶”的力量向一切束缚与压迫宣战，在大美与大丑之间，莫言缔造了中华民族自强不息的民族神话。郑义的《老井》

中，老井村人为了子孙的繁衍生息，世世代代与恶劣的自然环境抗争，从生到死，他们在逆境中生存，又在为改变逆境而不懈努力。为了老井村的共同事业，他们甘于放弃个人的幸福与安危，经历了几代人的反复试验，最终在以旺泉子为主导的科学打井试验中取得了成功突破，实现了老井人的夙愿。“寻根文学”中塑造硬汉形象，绽放民族自强不息国民性的作品不胜枚举。在现代化与全球化的洪流中，“寻根文学”以集体的姿态向国人展示了民族铮铮铁骨，树立了民族文化自信心。

“寻根文学”寻到的不光是中华国民性中“天行健，君子以自强不息”的刚烈气质，还有“地势坤，君子以厚德载物”的博大胸襟，中华国民以大地母亲般的博大胸襟包容着世间的一切琐屑。“海纳百川，有容乃大”，出自于晋·袁宏《三国名臣序赞》，形象地说明了唯有心胸宽厚、豁达大度方能容纳万物。而心胸宽阔源自人性的善良、淳朴、仁义、隐忍、甘于牺牲的优秀品质。这也正是“寻根文学”寻到的闪着光辉的国民性。《小鲍庄》中捞渣与生俱来的善良天性、《透明的红萝卜》中菊子姑娘与小石匠悲天悯人的情怀、《女女女》中幺姑乡下友人的淳朴秉性、乌热尔图笔下的鄂温克猎人乐于助人的民族性格……无不是中华民族“厚德载物”的精神散射。贾平凹的“商州系列”塑造了一系列心胸广阔的女性形象，如《商州再录》之《周武寨》中周家寡妇宽容厚道，她家的果子从来不卖，而是供过路人免费食用，她深知周家与武家世代为仇，又目睹了周武两家相互陷害残杀，最终两大家族中仅剩武家一儿子与侄女，以及周家一寡妇和儿子，整个寨子成了“魔窟鬼场”。若干年后，远走他乡的武家叔侄二人回来时，周家寡妇制止了儿子仇恨情绪的迸发，而是张开母亲的双臂一把抱住了武家仅剩的女娃——路妞。周家寡妇的体态是丰满的，那饱满的胸膛哺育了人类，融化了仇恨，改变了罪恶血腥的世界，她将世代对立的两大家族合二为一。“寻根文学”中的一系列人物形象在天道与地势之间树立了一座人道主义丰碑，上面镌刻了国民性中以厚德载物，以高尚育人的至高境界。在西方价值观中“自我”与“个性”处于核心地位，与之相反，中华民族的“厚德载物”承载了更多的自我牺牲的集体主义内涵。

“自强不息”是中华民族得以进步和发展的思想保障，是我们战胜艰难险阻的精神力量，但是一味的亢奋又违反了“一张一弛”之道，使自然与社会，以及人性失去了平衡。“厚德载物”恰恰呈现了中华民族祥和平静的“弛”态，它化解了“天行健”过程中积累的重重矛盾，以广博的胸怀接纳了万物使其顺利成长。反之，“厚德载物”的宽容敦厚又容易向软弱与退让倾斜，“自强不息”则以刚健的气质抵御了“恶”的腐蚀。“自强不息”与“厚德载物”在民族的发展进程中彼此调节、中和，形成了中华民族充满张力的理想国民性。

“寻根文学”接续了鲁迅的批判精神，将民族集体无意识中的愚昧与麻木、自私与冷漠、自我隐瞒与欺骗一一暴露在人们的视线里，让尚有一息自觉精神的民族后代们清醒地看到镌刻在民族骨子里的伤痕。鲁迅先生曾用“怒其不争，哀其不幸”表达了对沉睡中国民的失望，但是并未指出中华民族的出路。时隔六十年，尽管中国已经开始向现代化迈进，但是积淀已久的陈疾仍然如柔荑一般缠绕在国民的精神之中，令民族在现代化的冲击下望而却步，只能被动接受现代文明的侵袭，而全无主动进攻、锐意进取之精神。也正是这种民族惰性使中华民族逐渐丧失了文明古国应有的文化先导地位，而甘拜后起民族国家的下风。“寻根文学”在剖析民族劣根性的基础上，也看到了国民性中熠熠生辉的民族光环，如生生不息的奋斗精神、厚德载物的宽阔胸襟，这是支撑着华夏健行五千年历史的民族品质。“寻根”作家希望的是通过对中华民族国民性的剖析，能够继续弘扬国民性格中的正能量，集民族正气建设现代化的民族国家；同时，要反思国民劣根性，逐步改善、褪祛“丑陋的伤疤”。中国儒家经典之《大学》曰：“大学之道，在明明德，在亲（新）民，在止于至善”。彰显人的光明德行，人人去污自新，追求整个民族的至善也是“寻根文学”国民性分析的主旨所在。

二、对中华民族主流文化的辩证思考

虽然“寻根文学”采用民间视角、民间叙事方式进行创作，但是它的核心话题“文化”仍然具有国家话语和宏大叙事的明显特征。“寻根文学”诞生的初衷是在西方现代文明的冲击下挖掘传统文化优秀基因，重构民族文化的独立性，以促进中华文化与世界文明平等对话。然而，当满腔激情的“知青”作家们深入到文化岩层之后，理想的激情化为现实的理性：传统文化并非完美无缺，而是瑕瑜互现。以往的评论总是对“寻根文学”理论宣言与文本实践的文化立场矛盾性展开批评，但笔者认为，“寻根文学”对传统文化的辩证理性思考更是一个民族渐趋成熟、理性的表现，是一个民族日益自省的标志。“寻根文学”对传统主流文化的思考主要从儒家经典文化与道家文化两大主流板块进行分析，无论批判还是弘扬，都是对传统主流文化的一种正视。

（一）对儒家“仁”文化的辩证思考

以孔孟为代表的儒家思想在春秋战国时期形成，自汉代始成为中国文化领域的主导思想。在漫长的两千多年的历史长河中，儒家思想的经典地位虽也经历过一些小小的波澜，如“五四运动”“文化大革命”等，但是每次波澜之后，往往是儒家思想核心地位的大反击，儒家思想作为传统中国的经典存在是毋庸置疑的。经典并不意味着完美，儒家思想也同样瑕瑜互现，之所以能够受统治者推崇传承至今主要是因其迎合统治者之需。“寻根”作家大多是经历过“上山下乡”运动的“知青”，特殊的历史经历使其能够更深刻地洞悉儒家传统文化对中国各个社会层面的影响，能够从民间角度对儒家文化有更清醒的认识。儒家思想的核心为“仁”与“礼”，“仁”是最根本、最具有普遍意义的伦理范畴，包括有血缘关系的“亲亲”“孝悌”等，也包括具有普泛意义的“仁者爱人”。“仁”的最初含义就是表达人与人的亲善友好关系，具体包括孝、弟（悌）、忠、恕、礼、知、勇、恭、宽、信、敏、惠等内容。由上述关键词可以看出，儒家“仁”思想要求为了达到人与人的和谐，每个人应该站在他人的立场上努力提升个人修养，迎合他人的要求。用弗洛伊德心理学可解释为，为了实现“超我”，极力压抑“自我”和“本我”。

王安忆曾在《我写〈小鲍庄〉》① 中谈及写《小鲍庄》之前先是回到了十五年前曾经插队的江淮流域，勾起了对往昔的回忆，并且之前王安忆也曾去了美国数月。在王安忆的世界里，城市、乡村、西方三维价值观形成了对立冲突的三个方面，中西文化的强烈撞击使王安忆对中华民族、中华文化产生了异常清醒、异常理性的认识。《小鲍庄》不动声色地运用客观主义手法，“忠实地记载那些通过日常生活的缓慢流速中体现出来的文化潜意识”②。它是对儒家“仁”思想的最客观解读，既肯定了在“仁”文化的主导下人与人之间构成了

① 王安忆．我写《小鲍庄》．光明日报，1985－8－15

② 吴亮．《小鲍庄》的形式与含义——答友人问．文艺研究，1985（6）：81～84

和谐融洽的表象关系，树立了社会公共体的良好形象，同时也鞭辟入里地指出这种和谐与融洽的背后是辛酸的个人自我压抑。对他人的“仁”，其实是对自我的“不仁”，从而揭示了儒家文化的虚伪性。小鲍庄中的人们素以仁义、善良而闻名远近，小说中也记叙了小鲍庄仁义的点点滴滴，如鲍五爷丧子、丧孙，成为孤苦的五保户后，小鲍庄的人们尽管自身还在贫困线上挣扎，但是仍然热心地向鲍五爷伸出了援助的手；鲍秉德老汉为了仁义二字绝不抛弃疯癫的婆子；大姑小慧子为了拉扯私生子拾来终身未嫁；捞渣从小就仁义，自觉照顾鲍五爷，主动把上学机会让给哥哥，只要他在的地方永远不会有争执的发生，捞渣最终为了救鲍五爷淹死在洪水中，完成了对“仁义”的圣化。不可否认的是，小鲍庄中在“仁义”文化的主导下构建了一个平静无争、逆来顺受、满足现状的安定社会，它完全符合传统伦理价值观念，更是统治者最理想的社会形态。然而，《小鲍庄》最终的目的是揭穿儒家文化“仁义”的虚伪性。小鲍庄人是虚伪的，鲍仁文为了实现当一名作家的梦想，总是想方设法把平凡、琐碎、无奈的事情无限拔高，以达到政治宣传的目的。被政治拔高了的民间事件又约束了当事人的自由言行：经过鲍仁文的政治宣传，鲍秉德更加不能抛弃疯婆子寻找属于自己的幸福了。鲍彦山家收养小翠并非完全出于无私的怜悯与同情，而是为了给自己的儿子找童养媳，解决自家娶不起媳妇的难题。鲍秉德对疯婆子不离不弃不是他个人修养的结果，而是受伦理道德的制约。捞渣的善行经过鲍仁文的宣传成为各级政府部门政治宣传的资料，原本闪烁的人性美堕落成一出荒诞的现代政治话剧。就连捞渣的亲人也渐渐从悲痛中走出来，只是默默地充当着这出政治戏剧中的演员。“仁义”原意所表达的亲善友好是无功利的，是人修身化育的结果，但是在《小鲍庄》中，除了孩童捞渣，成人世界里的“仁义”行为充满了目的性与功利性。儒家经典著作《中庸》中论述的“唯天下至诚，为能尽其性。能尽其性，则能尽人之性。”意思是只有坚持至诚至善的原则，才能发挥自己善良的天性，就能感化他人、发挥他人的善良天性。但是《小鲍庄》的最后，本性至诚至善的捞渣为救鲍五爷而身亡，可是他的善举并没有起到感化他人、发挥他人善良天性的作用，而是成为被别人利用的工具。鲍秉德在疯女人落水失踪之后另娶妻生子，路过捞渣的坟头，他想起了疯女人，并产生了奇怪的念头：“没准是捞渣把她给拽走了哩，他见我日子过不下去了，拉我一把哩。……都说这孩子懂事。这么小，就这么仁义。”① 这段真实的内心独白既揭示了鲍秉德自身“仁义”的虚伪性，同时也披露了他利用捞渣的仁义掩盖自己不可告人的内心最真实的想法。“文疯子”鲍仁文为了扬名更是千方百计抓住这一典型人物、典型

① 王安忆．小鲍庄．上海：上海文艺出版社，2002：383

事迹，他连续熬了几夜，写成了关于捞渣英雄事迹的报告文学，然后抄了很多份发给各个报纸杂志。继而捞渣又被政治所利用，鲍仁文关于捞渣的稿子先是被压起来了，三月份为了配合“礼貌月”五讲四美的宣传才采用了鲍仁文的稿子，将捞渣树立为道德的典型，于是捞渣彻底沦为了政治宣传的对象和工具。鲍仁文利用捞渣的事迹终于将自己的名字变成了铅字；拾来利用打捞捞渣这件事获得了家庭和家族中的地位；哥哥建设子利用捞渣得到了工作和媳妇；文化子与小翠因此终成眷属；各级政府官员也利用捞渣取得了政绩；就连捞渣的父母也利用捞渣盖上了四大间房。捞渣已不再是本性善良的纯真孩子，而变成了被政治打了精致包装的少年英雄，捞渣只是个政治宣传品的商标，不再是有血有肉有生命的鲜活个体，甚至他的亲生父母在听到相关的文字报道时都觉得“文章里的捞渣，离他们像是远了，生分了”①。小鲍庄人对“仁义”的利用是对儒家思想的绝大讽刺，是对儒家思想理论与现实相统一的质疑。

“克己复礼”是孔子早年对“仁”的一种定义，原句为，子曰：“克己复礼为仁。一曰克己复礼，天下归仁焉。”可见孔子将“克己复礼”看做是“仁”的标准，或者是实现“仁”的途径。孔子提出“克己复礼”的本质含义是指约束自己，

---

① 王安忆．小鲍庄．上海：上海文艺出版社，2002：386

提升自己的品德修养，使每件事都归于“礼”，从而达到“仁”的最高境界。因为过于强调“礼”，孔子的弟子子路作战时整理衣帽而被敌人拍成肉酱。孔子“克己复礼”思想的前提是承认个人欲望与社会规范之间存在着矛盾冲突的一面，“克己”就意味着“无我”，在二者冲突面前个人要压制自我屈从社会道德规范。韩少功的《女女女》也是体现了作家对儒家文化中“克己复礼”思想的辩证思考。《女女女》中的幺姑尚未中风前家人教育她要学焦裕禄，于是她总是忠实地以焦裕禄为道德的楷模。她说：“私心要不得咧，你看焦裕禄的椅子都烂了，他还是革命到底。要是人人都没有私心，这个世界就几多好。”① 焦裕禄是克己的，幺姑也是克己的，曾经她微薄的工资几十、几百地借给同事，又总是有去无回。家人让她去要，她决绝地说：“去不得，去不得。……丑。学焦裕禄呵。”② 在幺姑的思想世界里，她的“礼”不是周礼，而是焦裕禄的勤俭与艰苦奋斗之“礼”，于是在这个“礼”的引导下，她将“克己”发挥到了极致。她吃残羹冷炙、臭蛋腐肉，为了省电池连助听器也不用，她的床底下堆满了搜集来的废纸破罐子……幺姑的“克己”达到了自虐的程度，但是她实现了“仁”吗？借钱给他人并没有得到他人的感谢，反

① 韩少功．爸爸爸．长春：时代文艺出版社，2001：57
② 韩少功．爸爸爸．长春：时代文艺出版社，2001：51

而丧失了自己的尊严；极力节约，生活质量下降，失去了健康的身体，给家人带来更大的经济与精力负担；半生推崇的焦裕禄思想也并没有在家族中传承。在这场“克己复礼”的精神化育过程中，幺姑并没有修炼成圣人、仁者，而沦为了精神病态者。在此篇小说中，韩少功塑造的是个具有原型特征的人物，而这个人物诞生于中国儒家的原型文化基础上。在儒家克己复礼文化的引导下，幺姑与抱憾而死的子路别无二致，他们都是儒家“无我”文化的牺牲品。

然而，抛弃儒家“克己复礼”的文化，使人彻底从社会伦理规范中解脱出来并没有使人性的光辉得到发挥，相反是人性中的欲望开始毫无节制地流淌。欲望的无限膨胀冲破了社会伦理道德的底线，将人性推向了另一个扭曲的极端，它的破坏力要远远大于儒家文化的负面作用。幺姑中风丧失理性思维后，“克己复礼”的儒家文化再也不能约束她，她成为一个精神彻底自由的人，她压抑已久的自我意识迸涌而出，开始“逆袭”一切规范。先前的“克己复礼”完全转变为“损人不利己”。在医院里，她总是说同屋里的人偷吃了她的饭；回到家，她总是说侄子不舍得钱给她买东西；她放肆地敲桌子发泄不满情绪；她故意在床上大小便为难亲人；她极尽破坏之能事将侄子的家搞得乌烟瘴气……没有儒家文化的约束，幺姑已经从衣冠楚楚的“仁君子”退化为赤裸裸的“破坏分子”。这种无拘无束的强大的破坏力导致了幺姑被抛置乡下了度残年。然而到了乡间，幺姑继续恣意妄为，无奈，奉养她的干姊妹珍姑只能将她锁在了木头搭建的笼子里。韩少功给我们构建的显然不是简单的一出闹剧，他是在隐喻：如果民族彻底脱离了无形精神文化的束缚，那么等待他的必然是有形的物质的牢笼，最终连人身自由都不复存在。

(二) 对儒家“功利主义”与道家“致虚守静”的对比分析

王安忆对儒家传统文化的辩证态度来自于理论与现实的对比，韩少功在《女女女》中对儒家传统文化的辩证态度来自于文化“有”与“无”的对比。相比而言，阿城的《棋王》对儒家文化的态度源自儒道两种文化的对比。中国的四大思想流派儒、道、墨、法中，只有道家思想是排斥功利的，其余三大流派都张扬着鲜明的功利主义观，在精英儒家文化中很少提及个人功利主义，相反，在世俗儒家文化中功利主义受到大力提倡。孔子、孟子、荀子等均认为每个人都有追求个人利益的权利，但要符合礼仪，说明这种功利主义不是狭隘、自私的损人利己。“功”字主张建功立业，从家族角度以光耀祖宗，泽备后代；从个人角度以扬名立世。“利”则指满足百姓的物质福利，肯定人的物质需求。儒家功利主义观“反对空谈义理的教条主义和压制百姓生活欲求的禁欲主义。此种功利观，并非不讲道义，而是主张义利和，如《易传》

所说：'利者义之和'，即'利物足以和义'。"① 反之，道家思想提出人理想的精神状态、处事态度是"致虚守静"，即主张把人的精神自由和自然存在凌驾于一切外在的附属物之上，挣脱"物欲"的束缚，追求人的"真性"和自由，体现了身心和谐的超越精神。《老子》曰："致虚极，守静笃。万物并作，吾以观复。"意思是只有人的内心虚明守静才能去除私欲蒙蔽的表象，看到事物的本来面目。显然，儒家的功利主义观与道家的致虚守静在处世态度上截然不同，对文化具有敏锐洞悉能力的阿城在《棋王》中赋予了人物不同的文化心理，以此对比观照儒道文化在现实中的投射。

首先，阿城的《棋王》揭示了儒家的功利主义观在当代人心理与言行中的无意识流露，体现了传统主流文化对当代人的深刻影响。《棋王》中有位容易被忽略的配角倪斌，他是除了王一生以外的另一位象棋高手，倪斌与王一生棋风不同的根源在于二人各自所尊崇的文化流派不同。如果我们把王一生主要归为道家文化的传人，那么倪斌则可作为儒家文化的代表。倪斌具有典型的儒生形象：高个子，清瘦，动作儒雅，衣冠楚楚，谈吐中庸，待人彬彬有礼。倪斌出身于文化世家，受传统儒家文化之"经世致用"观的影响较深，他认为文化既可以用来修身养性，也可以作为获取功名利禄的工

① 朱伯崑．重新评估儒家功利主义．哲学研究，1994（4）：9～10

具。在作品中，倪斌所拥有的文化“财富”，无论是有形的文化藏品，还是无形的文化技艺——下棋，都是可以用来“谋生”的。为了摆脱繁重的农场劳动，重新回到城里过上干净、轻松的生活，倪斌煞费苦心。首先，他根据世交——地区文教书记的指点参加农场的棋类队到地区比赛，如果赢了，调动就有充分的理由。其次，书记帮他实现了心愿，他投其所好，将家里的字画和祖传的极其考究的明代乌木象棋慷慨地赠送给了书记。见到如此厚重的答谢，书记立刻想起倪斌曾经向他说起的王一生，以及王一生错失象棋比赛机会这件事，于是马上给下面的人打电话，使王一生获得了直接参加区里比赛的资格。除了王一生以外，倪斌与书记谁也不觉得耻辱，书记以“文化人”爱惜人才与文物为由满足了对“物”的欲求，为了回报，他做了些略微违反规则，但又不太伤大节的事情，似乎很符合儒家的“义利和”的观念。而倪斌认为：既然书记是个文化人，棋又不能当饭吃，莫不如投其所好将家里祖传的乌木棋送给他，打通关节，给自己换个好的工作环境，利己但也不损人，这也符合儒家利益观。就连原本应更加清高、超越的画家也发出了感慨：“倪斌，不能怪你。你没有什么了不得的要求。我这两年，也常常犯糊涂，生活太具体了。幸亏我还会画画儿。何以解忧？唯有——唉。”① 可

① 阿城．棋王．上海文学，1984（7）：15～35

见在具体的现实生活中，国人是认可为人处世的功利性、工具性、实用性的，并把它作为安身立命的手段。文中一再强调“生活太具体了”，因为在“文革”这个令人无法呼吸到自由空气的年代里，残酷的现实让人们不得不拿起儒家功利主义武器以获取生存状况的提升，因此人们对这种功利主义行为毫无负罪感与耻辱感。与儒家思想所提倡的“义利和”一致的是，倪斌运用这些方式获取的利益不单单只是为了个人的私利，还表现了儒家文化中对朋友的“义”，他主动找书记为王一生争取比赛的机会。这些都是儒家文化对当代人价值观、道德观的深刻影响，是中华儒家文化集体无意识的表露。

小说中作家并没有孤立地评价儒家思想的实用主义、功利主义，而是通过塑造深受道家文化影响的棋王王一生这一角色来阐释自己的文化立场。王一生所附载的文化符号是复杂的，我们很难说他是纯粹的道家后裔，更不能将其简单归属为儒家传承者，应该说他是儒道文化交融的结晶。首先，王一生从表象看是恪守了老子提出的“致虚极，守静笃”，在喧闹的送行人群中他镇定自若地下着象棋；在马路上他逢棋便下，每下必聚众，甚至连自己被小偷利用也浑然不觉；下乡插队时，他宁可旷工不挣钱也要出去会棋友；在象棋比赛中，他全身心投入到以一对九的浩大阵势中，他目视前方，心若止水，面如土色，静得如一块铁，他将尘世抛置于灵魂之外，一个人沉浸在棋的王国之中。由于精神高度集中，王一生的身体僵硬，腿已经失去了知觉。在这种“物我两忘”的精神境界下，王一生大获全胜，与冠军老者握手言和。可以说王一生在精神层面上与常人相比实现了相对自由，这种自由的前提是他在喧闹的外在环境之中寻到了心灵的虚静，这种灵魂的隐逸使他的棋艺超群。道家精髓之一“无为”意为遵守事物发展的自然趋势，不刻意追求某种目的，不刻意采取某种手段，这种思想也在王一生身上有所投射。与倪斌的儒家实用主义处事态度相比，王一生则略显清高，当他得知倪斌用家里祖传的乌木象棋换来他的区里比赛资格时，他断然拒绝了。他说：“我反正是不赛了，被人做了交易，倒像是我占了便宜。我下得赢下不赢是我自己的事，这样赛，被人戳脊梁骨。”① 王一生的清高恰恰反衬出儒家文化的世俗，作家在倪斌与王一生的不同选择中潜藏着一种对儒家功利主义观的贬低：原本形而上的精神文化最终拜倒在形而下的利益脚下；原本大写的精神追求堕落成了小写的世俗实体。

然而，王一生并非纯粹的道家文化传承者，在他言行中存在很多儒道两种思想的合流。李杭育认为道家文化是后继无人的，秦汉神仙方士将道学堕落为方术，而后人则学了老

---

① 阿城．棋王．上海文学，1984（7）：15～35

庄的表象，逃避现实于山水之间，“终究是实用的奸污了老庄”①。事实也是如此，当我们以景仰的态度赏识道家文化的绝尘与超脱之时，也对其在现实之中的纯粹性提出一定程度的质疑。道家倡导人应当清静无为、恬然淡泊、顺其自然，然而王一生的清静不是自我化育、自我修行的“无我”之境，而是对人生苦难的逃避，他灵魂深处背负的是沉重的生活苦难。面对人生的无奈，他先是“躲”到棋里寻找短暂的心灵栖息地，他的口头禅是“何以解不痛快？唯有下象棋”。在棋的世界里他可以尽情地遨游，忘记世俗世界中的苦难与烦恼，恰如他所说“我迷象棋，一下棋，就什么都忘了”②。王一生的生活不是“诗意”的，混乱的社会现实生活处处制约着他。他出身低贱，丧失了与他人平等的社会地位；他家境贫寒，丧失了起码的物质保障；就连他撕大字报卖钱竟然也被政治造反团抓住。在现实处处碰壁的王一生在棋境中获得了精神自由，这成为他迷恋棋，愿意钻进棋里的最重要的原因。他在火车站心无旁骛地下象棋，并非置政治乱象而不顾，并非没有七情六欲，而是因为此番下乡是对他目前朝不保夕生活现状的改善。他说：“我他妈要谁送？去的是有饭吃的地方，闹得这么哭哭啼啼的。”③同样，王一生也不是恬然淡泊的，下

① 李杭育．理一理我们的“根”．作家，1985（9）
②③ 阿城．棋王．上海文学，1984（7）：15～35

乡的火车开动时，哭声四起，他也兴致全无，一言不发。他在棋之外想起了比棋更重要的“亲情”，亲情对王一生来说是更为沉重的，母亲出身低贱，从良后又连嫁三人，不幸又早年病逝，临走前用牙刷给他磨了一盘无字棋。这盘无字棋寄托了母亲对他浓浓的爱意和无限的希望，也成为王一生最终在“以一当九”的象棋大战中勇气和毅力的源头。赛前，他将书包交给“我”，嘱托我无论怎样都不能丢了包里的无字棋。此时，王一生对此场对比悬殊的象棋比赛的态度绝对不是超然物外的，而是以沉重的母爱作为动力，这再次证明了王一生对棋并没有真正做到一心一意、心无杂念，相反他将世俗的杂念当成一种前进的动力。在关键时刻，他剔除杂念全力以赴，这是用“情”的最高境界，但不是“道”的最高境界。

王一生对苦难的消极躲避只是权宜之计，他的天性之中并非绝对自然，他骨子里充满的是儒家积极“入世”的思想，作为一个看似没有生存能力的棋呆子他竟然也能加入串联的队伍中；他下棋具有很强的进攻性，表现了对赢的强烈渴求；王一生处事也是咄咄逼人的，名家要收他为徒，他反而以名家未走通宋代残棋，自己却已经走通为由拒绝了这位名家。王一生为棋、为人并没有遵循道家思想的“顺其自然”“无为而治”，而是对胜利充满了渴求，这与道家“守虚极，致静笃”的处事态度是截然不同的。象棋大战后，冠军老者对王一生的评价是："汇道禅于一炉，神机妙算，先声有势，后发制人，遣龙治水，气贯阴阳，古今儒将，不过如此。"① 这就证明了"道"在整个比赛过程中仅仅是一种手段和策略，最终的目的是将自己塑造成一名"儒将"。比赛大获全胜后，王一生从棋的世界中回到了人间，当他看到母亲的无字棋时，先是呆呆地盯着，继而"猛然'哇'的一声儿吐出一些黏液，呜呜地说：'妈，儿今天……妈——'"②。这其间所透射的是王一生积极入世的生活态度，他对棋不是顺其自然，而是对"胜利"充满了渴望，他对胜利的理解不光是证明自己棋艺的高超、精湛，而且是为了出人头地、回报母亲对他沉重的爱。《棋王》就本质而言，是道家外衣下包裹着儒家的灵魂，小说的主人公王一生凭借着道家的思想在乱世中获得了心态的平衡和棋艺上的进步，然而最终王一生还是倒戈在儒家思想的巨大制约之下。因此，从精神的纯粹性角度分析，世俗之中的绝对"致虚守静"是很难存在的，它更多体现的是道家文化的一种理想性追求。

此外，《棋王》中还有一处也能体现儒道两种文化的交集，那便是对人欲的肯定。尽管道家思想提倡的"致虚守静"主张挣脱欲的束缚，庄子也提出自由是人生的第一要义，不要被世俗之中的功名利禄所惑，但是道家文化并不是完全否

①② 阿城．棋王．上海文学，1984（7）：15～35

定人的欲望，而是肯定欲，但是反对贪欲与纵欲。“道家人士看到了一定程度的欲望满足对于人身存在的必要性，所以并不绝对否定人生之欲，而只是主张‘见素抱朴，少私寡欲’，认为过度的欲望追求会造成对生命的伤害。”① 同样，儒家也提倡寡欲，孟子曰：“养心莫善于寡欲。”（《孟子·尽心》）意思是修养身心的最佳途径为减少人的欲望。《棋王》中道文化影射的王一生和拾破烂的老头对物都具有一定的追求，但都是在追求最起码的生存保障，而没有过多的贪欲。拾荒老头棋道超绝，却一直过着清贫的拾荒生活，他恪守着祖训“为棋不为生”。王一生并非如常人所认为的那样迷上什么连吃饭都不重要，相反他说“我可不是这样”，母亲曾告诫“先说吃，再说下棋”，在王一生的世界里挣钱养家仍然是他的第一追求。在物质极度贫乏的年代里，王一生对吃有着强烈的渴求，但是一旦物质上获得了一定程度的保障，他是能够见素抱朴，适当放弃物质，追求精神上的自由。王一生对物的追求仅限于个人的生存和家庭的责任，而没有过度的欲望。如果说道家思想中绝对的“致虚守静”略显虚无缥缈，体现道家文化一种理想性追求，那么“见素抱朴，少私寡欲”则具有更强的现实意义。它既肯定了人的基本欲望，同时又将欲望控制在理性范围之内，提升了人的个体修养，也有利于社

① 吕有云．道家虚静之道的生命哲学解析．现代哲学，2011（3）：94～98

会和谐融洽，打通了儒道的界限，寻到了中华文化的融合点。

当然，儒道两种文化存在很多区别与联系，但在阿城的作品中我们主要看到了儒家积极入世的功利主义观与道家“致虚守静”观的区别。同时，阿城通过王一生兼具的儒道文化特征来说明儒家文化的功利主义观在现实之中具有普遍的适用性，但却是不能圣化的。反之，纯粹的道家虚静文化通常只是人类理想中的境界，多数世俗中人未免将其实用主义化，尤其是遭受物质与精神罹难之人，往往只是将道家文化作为逃避现实的避难所。古往今来，诸多文人骚客都兼具儒道两种文化基因，如李白、陶渊明等，它们本意为建功立业，当遭遇挫折时又选择消极避世以寄托灵魂，因此纯粹的道家文化传承人是虚无的。儒道两种文化的最佳结合点就是肯定人的欲望，但是要“见素抱朴，少私寡欲”，使人在合理的范围之内满足合理的欲望。

由于在中国的历史进程中，中华文化并没有遭遇根本性的灭顶危机，没有从根本上失去过“根”，因此，中国“寻根”的当务之急并非获取民族身份认同，而是重新审视民族文化，这也决定了“寻根文学”中，作家对中华主流文化并不是完全主观的歌颂、毫无节制的赞美、饱含深情的留恋，而是冷静、客观地陈述了传统主流文化瑕瑜互现的思想特征。王安忆对传统主流文化的态度饱含着失望与启蒙，韩少功既捕捉到中华文化昨天的顽劣与蒙昧，同时也意识到没有传统文化化育的人性更加荒诞与节制，从而肯定了传统主流文化对社会以及人性的正向引导。如果说王安忆、韩少功对儒家文化的态度是辩证地分析其局限性与优越性，对其局限性认识更为深刻，那么阿城对儒家文化的态度并非用“是”与“非”来评判，而是更加注重书写儒家传统文化对现代人思想与行为的制约，展现传统文化的共时形态。阿城对特殊历史时期、对艰苦年代的描述超越了单纯的苦难叙事，他在用文化观照苦难中国人的物质生存状态，以及文化心理状态。一方面，他为人们麻木的灵魂注入了文化的生气，他为笔下的人物赋予了民族精神与气质，让潜伏在民族灵魂深处的传统文化气韵得到复活。另一方面，他也对人物承载的儒道文化进行了价值对比。“寻根文学”令我们在感喟传统主流文化在历史与政治的洪流中发生变异的同时，也令我们感受到了传统主流文化对现代人的巨大影响，它使民族后裔心中终究镌刻着中华文化的烙印，这是一个民族历史积淀下来的印迹。“寻根”作家对中华文明有如此客观的态度体现了一个民族敢于正视自己昨天与今天的勇气，更是中华民族渐趋走向成熟的标志。

三、对中华民族亚文化的崇尚

“亚文化（subculture)：又称集体文化或副文化，指与主文化相对应的那些非主流的、局部的文化现象，指在主文化或综合文化的背景下，属于某一区域或某个集体所特有的观念和生活方式。”① 首先，“寻根文学”诞生于全球一体化的大趋势之下，西方现代文明已如潮水般涌入中国，为了避免在现代化与全球化的进程中被“格式化”而丧失了民族个性，中国作家以强烈的民族忧患意识对中国传统主流文化与地方文化展开了一场“文化保卫战”。尽管“寻根文学”的创作出发点是从民族文化的岩层中汲取营养，完成对传统文化的接续，以获取更强的民族认同感，但是当“寻根”作家真正揭开文化岩层后，却陡然发现以儒道为代表的传统主流文化已不再纯粹、不再精华，而是渗透着虚伪、功利、庸俗。在现代文明的侵袭下，传统主流文化更是日益失去了它应有的魅力与凝聚力——“《红高粱家族》以直述态句式道出的‘种的忧虑’”②。“寻根”作家将更多寄情于、游离于主流文化之外的，散落于民间和偏远地域的或原始时期的“非规范文化”。在“寻根文学”中，作家对主流文化之外的“亚文化”或者“非规范文化”进行了大力推崇，流露出含情脉脉的欣赏态度。李杭育说：“我以为我们民族文化之精华，更多地保留在中原规范之外。规范的、传统的‘根’，大都枯死了。‘五四’以来我们不断地在清除着这些枯根，决不让它复活。规范之

① http：//baike. baidu. com

② 季红真. 历史的命题与时代抉择中的艺术嬗变——论“寻根文学”的发生与意义. 当代作家评论，1989（2）：13～22

外的，才是我们需要的‘根’，因为它们分布在广阔的大地，深植于民间的沃土。”① 韩少功则说：“更为重要的是，乡土中所凝结的传统文化，又更多地属于不规范之列。……像楚辞的风采，现在闪烁于湘西的穷乡僻壤。”② 贾平凹认为：“对山川地貌、地理风情的描绘，只要带着有意‘寻根’的思想，而以此表现出中国式的意境、情调，表现出中国式的对于世界、人生的感知、观念等一系列美学范畴的东西，这当必然是‘寻根’的结果。”③

“寻根文学”对亚文化的推崇主要以地域为特征，恰如马尔克斯等拉美魔幻现实主义小说家对拉丁美洲神奇而独特的地理风貌、风土人情所进行的刻意展现，恰如福克纳对美国密西西比州这一邮票大小地方所进行的文化深入，众多成功的文学典范都是将创作的触角深入本土文化的内部结构。20世纪80年代中国迎来了第二个“五四”，他国文学的成功经验也深深影响到中国文坛，中国作家也开始深凿自己脚下的岩层。贾平凹就曾有过明确的文学自觉意识，“请结束你的游击战，在生你养你的商州故乡，开辟一块根据地吧，数年之间，或‘达摩面壁’，或‘居山落草’。”④ 中国地域辽阔，民族众

① 李杭育．理一理我们的“根”，作家，1985（9）
② 韩少功．文学的根．作家，1985（4）
③ 贾平凹．答《文学家》问．文学家，1986（1）
④ 贾平凹．在商州山地．小月前本．广州：花城出版社，1984

多，文化呈现多元性，80 年代“寻根文学”中作家们各立山头，在自己的生存地，或者“知青”下放地圈定“文学王国”，描摹自己的文学地图，共同勾勒出文学中的中国文化版图。有韩少功的湖南楚湘文化，李杭育的吴越文化，贾平凹、郑义的秦晋文化，郑万隆、乌热尔图的关东文化，莫言的山东齐鲁文化……中国从南至北，由东至西的众多文化形态在“寻根文学”中得到了纵情的书写，其中既有对地域自然环境的描写，也有对地域语言文化的重现，还有对地域风土人情的发掘。通过“寻根”作家的笔墨，我们不但领略到中华民族风格各异的地域风貌和文化风俗，同时更加感喟中华地域的广袤，以及文化的多样性。“寻根”作家笔下的乡土与民间或者来自作家的生存故地，或者源于“知青”的下放地，地域的文化积淀潜移默化地影响着作家的文化审美与创作风格。作家对各区域亚文化的描写既有客观写实的一面，同时也掺杂着浓厚的个人主观情感。

（一）韩少功对湖南楚湘文化的溯源

楚湘文化包括楚文化和湖湘文化两部分，韩少功的生存地湖南的地域文化的内核为楚地浪漫主义文化与湖湘经世致用文化兼备。20 世纪 80 年代，韩少功曾在“寻根”宣言之作中发出了“绚丽的楚文化到哪里去了”的呼声，并且在他下乡插队时的湘西寻到了尚且活着的楚文化遗迹，于是韩少功在《爸爸爸》《女女女》《归去来》中完成了湖南作家对地域

"亚文化"的"寻根"。在三部小说中，作者将悠远的湘楚文化潜藏于山水之间的原始村寨里，其中的典型自然环境是水源充沛、山林茂盛，而原始的村寨由水域相隔，远离喧嚣的现代城市。其中包括的原始文化形态有：巫术盛行、鸟（鸡）崇拜、祖先崇拜……这些含有泥土气息的原始文化形态较之现代城市文明更能体现地域亚文化的原貌，展现屈原浪漫主义精神在楚地的流传，也更能体现"寻根"作家对地域文化之"根"的怀恋，对中国支流文化的推崇，达到经世致用的目的。

首先，韩少功在湘西世界中发现了楚巫文化的余存，使楚辞中奇丽、神秘的文化语境得到传承。湖南在古代被称为"荆蛮之地"，其浩渺的烟波、重叠的山峦、茂密的丛林不免令生产力不发达的原始人感到神秘与恐惧，于是"巫"成为主宰湖南人的精神导师。"巫"是远古时期产生的祭祀祖先和神灵的仪式活动，包括占星问卦等神仙方术，追溯中国文学史，屈原的《离骚》《九歌》等均有对楚巫文化的展示和信仰。沈从文的"湘西世界"里也尽情书写楚巫文化在湘西人生活常态中的呈现。韩少功对楚巫文化更是情有独钟，在《爸爸爸》中，他将楚巫文化表现得淋漓尽致，甚至可以用不加节制来诟病。《爸爸爸》中的巫术形式多样，最隆重的仪式是祭祀与占卜。鸡头寨每年要杀一个男人祭谷神，并且分别采用宰牛占卜和"丙仙"占卜的形式来决策战争。文中还记载了一些民间禁忌和因果报应，如丙崽的妈妈生下他这个侏儒儿，别人说是因为丙崽娘曾经在灶房里弄死一只蜘蛛精。丙崽娘发了疯病，别人竟然用大粪来治她的疯。行人遇到“岔路鬼”，迷路了，要赶紧撒尿、骂娘。烧窑要先挂太极图，火又分阴阳，并用鹅毛扇扇，女人与小孩不能上窑，以及关于蛇好淫、挑生虫含毒、妇人放蛊、花咒迷女等传说。人死后还有很多仪式，如烧落气钱、办阳席、热坟、招魂……

其次，韩少功在小说中揭示了楚湘地域集体无意识中的鸟（鸡）崇拜。关于湘西的图腾崇拜韩少功阐述道：黄河流域是“龙”的传人，而楚湘之地是“鸟”之传人，当地人崇拜鸟、模仿鸟，视鸟为吉祥之物。事实上，根据考古考证，我国古代确实存在玄鸟崇拜，而楚地在远古时期的图腾为鸡，与殷商崇拜玄鸟属同源。在《爸爸爸》中，“鸡头寨”“鸡尾寨”“公鸡岭”“鸡头峰”看似莫名其妙，这些滑稽的地名其实蕴含着对“鸡”图腾的崇拜。对鸡的崇拜是方方面面的，鸡尾寨人认为土地肥沃是靠鸡屁股拉屎的结果，鸡头寨人丁不旺被认为是有人摸了鸟蛋，弄断了树枝。鸡（鸟）进一步被美化为“凤”，“凤在楚人当中被当做至真、至美、至善的象征。楚文化区中出土了大量的文物，上有雍容华贵的凤鸟形象，反映了楚人对凤的无比尊重。”① 鸡头寨人从何而来，

① 赵颖．论寻根文学的地域性：[硕士学位论文]．延吉：延边大学，2010

就是祖先在东海边上遭遇生存困境后在凤凰的提议下，并由凤凰引导来到了楚湘地域。鸡头寨人把丙崽手指指向的祠堂的一个尖尖的檐角看做一只受伤的老凤，拖着长尾巴，凝望天空。当鸡头寨人再次面临生存困境时，那檐角仍如伤痕累累的凤凰，“它还想拖起整个屋顶腾空而起，像当年引导鸡头寨的祖先一样，飞向一个美好的地方”①。在《爸爸爸》的这两个选段中，凤凰已经由鸡幻化为一只神鸟，成为楚湘人前行的导师。

再次，韩少功的“寻根”出具了楚湘文化的古文化特征。如在《爸爸爸》中，记载了在鸡头寨的石洞里发现了一堆人的白骨，并且洞壁上还有用刀刻的鸟兽、蝌蚪文、地图似的花纹。此外，还有对楚湘地域保留的颇具古风的语言进行了记录，如把“看”叫做“视”，把“他”叫做“渠”，把“说”叫做“话”，把“睡觉”叫做“卧”……《爸爸爸》中鸡头寨人唱古的歌词也采用了“楚辞体”：“奶奶离东方兮队伍长，公公离东方兮队伍长。走走又走走兮高山头……越走越远兮哪是头？”②《女女女》中幺姑的葬礼上也出现了“楚辞体”的歌唱。在一首首“楚辞体”唱曲中，作家追溯了楚湘地域民族的祖先，以及民族迁徙的过程，完成了“寻根”之旅。同

① 韩少功．爸爸爸．长春：时代文艺出版社，2001
② 韩少功．爸爸爸．长春：时代文艺出版社，2001

时，我们也领略到“楚辞”这一古老文体的文学艺术魅力，时光仿佛回溯到了屈原、宋玉时代。韩少功对民族文化的思考，对民族前途命运的忧思也正如屈原对楚国困境的痛心疾首，都体现了经世致用的楚文化特征。

（二）李杭育对吴越文化的描摹

吴越文化是指长江下游的区域文化，其文化中心区域是太湖与钱塘江流域，包括现今的浙江、江苏、上海地区，辐射到江西的东北部和安徽东部。广袤的水域，温润、潮湿、多雨的气候赋予了吴越地域独特的文化特征。李杭育是土生土长的杭州人，他的名字“杭育”就是“生在杭州”的意思。他17岁就下放到钱塘江下游当“知青”，返城后，从上大学到参加工作，李杭育从未离开钱塘江，他无须刻意挖掘吴越文化，吴越精神早已深入他的骨髓，他不是以旁观者的视角审视吴越文化，而是在用灵魂抒写一个土生土长的吴越人对钱塘江的生死爱恋。在李杭育的“寻根”代表作“葛川江系列”中，“葛川江”其实就是钱塘江以及上游富春江的化名。沙滩、江水、险滩、码头、石崖、峡谷……构成了水乡的独特韵味，系列作品中《最后一个渔佬》《人间一隅》《葛川江上人家》《大水》等无不是以“水”为故事悲欢离合的背景，给读者呈现了一个浪漫的水乡世界。葛川江是多变的，不同的时节不同的风景；葛川江是多情的，她养育了多愁善感的吴越人，也流尽了葛川江人的悲欢离合、爱恨情仇。《最后一个渔佬》中，福奎一辈子厮守在葛川江上，葛川江是他的家、他的“爱人”、他的“生命线”，也是他最终的归宿。如果说《最后一个渔佬》中葛川江是浪漫多情的，那么《人间一隅》中的葛川江则是泛滥无情的，大雨一下就是七天七夜，水灾过后，横行霸道的螃蟹泛滥成灾，它们肆无忌惮地侵袭着人的生存领地，顿时满街蟹黄横飞。葛川江汹涌的洪水给人们带来了灾难与仇恨，也给人们带来了爱恋与亲情，在《葛川江上人家》中，大黑、秋子、四婶在与肆虐的洪水的搏斗中获得了爱与信任的升华。

除了“水”作为吴越地区的显著地理特征，吴越文化中还包含很多地方性的民间风俗。李杭育“葛川江系列”作品中，《沙灶遗风》《土地与神》是对吴越风俗记录最为完备的两部作品。吴越人是信仰鬼神的，画屋、甩火把、做道场、拜观音……无不充满了神秘色彩，它们成为吴越人精神生活的一部分。《沙灶遗风》中葛川江畔的沙灶人造两种房子，一种是叫做舍的草房，一种是叫做屋的瓦房。屋是非常考究的，外部装饰让人看了新奇：外墙涂得漆黑，又在黑墙上用油彩画各种极具象征意义的“花鸟漆画和掺杂着佛、道及神话题材的吉祥图景，画得桃红柳绿，龙飞凤舞。”① 沙灶人以此来驱魔辟邪，祈求平安吉祥，自然将画屋工匠奉为上尊，尊称

① 李杭育．沙灶遗风．北京文学，1983（5）

为“画屋师爹”，伺候着吃喝，还付着工钱。因此，画屋师收徒也是极其严肃与神圣的，徒弟要跟师傅“试徒”一年，期满后，若师傅愿意收徒则要举行两次拜师仪式：第一次叫“认师”，一桌大菜三斗谷，第二次叫“拜师”，要将师爹的师兄弟们全请到，起码得两头大猪。甩火把是沙灶人的另一个风俗，相传是隋炀帝篡位娶母妃，两位母妃提出若腊月二十八满天流星方可同意。为了使母妃死心塌地，隋炀帝令腊月二十八这天，城里人闹花灯，乡下人甩火把，营造满天流星的假象。不料第二年，人们发现甩过火把的田地更加肥沃，以后就将甩火把定为风俗，以祈求五谷丰登，辟邪驱灾。每逢甩火把，全村老少聚集在草籽地上，天黑了，孩子们抱着火把等着点火。而最大的火把由最体面的长者，或者是阔佬来点，称为“万福火”。

《土地与神》中以茅寨为标本，记录了吴越地域文化历史与现代的变迁。茅寨又叫“茅坑”，原盛产“坑边纸”——草纸。如今挖假山石、科学种田已在农民间悄然兴起。在这个古老而含有些时代气息的寨子里仍然保留着很多传统文化形态，葛川江西岸的郎当岭上有很多庙宇和道观，这为茅寨人的原始文化形态传承提供了载体。白升观原是葛玄炼丹成仙之地，明代被慧通和尚更名为净海寺。过去每逢观音娘娘过生日，郎当岭上就会举办热闹非凡的庙会，这种庙会是纯粹的含有宗教意义的娱乐活动，不掺杂任何商业色彩。净海寺内的“百子堂”更是妇女们祈子佑女的圣地。如今茅寨的老辈人仍然保留这种信仰，如关木娘仍然依据旧俗让儿子带怀孕的儿媳到郎当岭进“保子香”，而儿子关木和媳妇则在半山腰就下岭了，打算回去说个谎话搪塞老娘。传统茅寨人婚丧嫁娶讲究黄道吉日，造屋寻墓讲究风水座向，人死了还要做道场，他们对神仙、对佛有着无比的虔诚。在这群信徒之中，最忠实的、不惜以生命的代价来表达赤诚之心的是老寿星彩仙阿太，她竟然迷信了独眼神仙的诓言：不出年外，一人升天，合家太平。最终老人为了保全全家，坦然选择了用乐果结束自己的生命。

李杭育并不是以封闭的、停滞的眼光观照葛川江（钱塘江）流域的吴越文化，而是从时代的、发展的视角写就了吴越文化在历史发展中的流变过程，既有古典、传统文化的印迹，同时又饱含时代的气息。对即将逝去的地域特色文化，李杭育是惋惜的，他在作品中为最后一个渔佬、最后一个画屋师、最后一个弄潮儿吹奏了一曲挽歌；对那些装神弄鬼的地域文化，李杭育又是以一种幽默诙谐的语言风格表达对地域文化中“非精华”成分的包容。李杭育不如鲁迅般对吴越文化的糟粕进行了无情的批判与揭露，也不如沈从文般对故乡文化有着剪不断的“自恋情结”，他是清醒的、宽容的文化审视者，他对吴越文化的推崇与自省充分展现了一个作家成熟的文化姿态。

（三）贾平凹、郑义对秦晋文化的勾勒

秦晋文化包括陕西的三秦文化和山西的三晋文化，“寻根文学”中贾平凹的“商州系列”是三秦文化的典型代表。商州具有深厚的文化底蕴，“其山川河谷，风土人情，兼北部之野旷，融南部之灵秀；五谷杂粮茂生，春夏秋冬分明，人民聪慧而不狡黠，风情纯朴绝无混沌”①。若说对商州地域文化的记录，《商州初录》的引言可谓商州文化大百科。商州原是商鞅的分封地，曾是重要的商业运输枢纽，如今商州早已被人忽视和遗忘，正是这种“被遗忘”使商州较好地保留了三秦文化的原型，使我们有幸在现代文明进程中捕获中国地域文化的个体性与多样性。贾平凹对商州的记录充满浪漫色彩，营建了一个被历史遗忘了的“世外桃源”，虽然贫穷、落后是生活的主旋律，但是我们看不到商州人的压抑与挣扎，相反他们对生活现状是自足的，作家在记录的过程中更是津津乐道。商州还有很多民俗，如商州人最讲究自行车与门楼，自行车要用红线、蓝布、花环装饰着；有房必有门楼，门楼顶作飞禽走兽，墙上刻花鸟鱼虫，门上字匾也是不可或缺的。这一抹文化色彩为商州人的生活增添了很多浪漫气息，它是三秦传统文化在现代商州生活中的保留。为了防范虎狼对家畜的侵袭，家家在猪圈墙上用白灰画圆圈，使野兽畏而却步。

---

① 贾平凹．在商州山地．广州：花城出版社，1984

商州人也讲究巫术，在外横死的人尸体是不能进家门的，要在棺材上束一只公鸡直接运到坟地里。猎户打猎前夜要整夜在中堂点燃一盏油灯，如果灯灭则第二天不准出猎。这些独特的地域风俗不由令人产生一种莫名的神秘之感，从而增添了三秦文化的地域魅力。

俗话说，一方水土养一方人。贾平凹并没有单纯描写商州的自然风貌、风土人情，而是在此基础上体察商州人的性格与文化心理。贾平凹对商州人品格的总结是勤劳、勇敢、善良，而又多情。商州人是勤劳的，肩上有挑担的肉疙瘩，手上布满了硬茧，腿肚上盘满了脉管。这与商州独特的地理环境密切相关，商州山路崎岖，交通工具只有扁担和背篓，背客们再苦再累也只能到达固定的地方歇息。因此，从外形看商州男人个头都不高，肩头上都有死肉疙瘩。这也练就了商州男人罕见的忍耐力，不到忍无可忍决不反抗，一旦反抗必以强悍之躯制服对方。如果说商州男人具有北方男人的粗犷与烈性，与之相反，商州的女人则更倾向于南方女性的温柔多情与善良。商州人是豪爽的，高兴了大笑，气愤了骂娘、骂老子。商州人不善言辞，却是热情憨厚的，家里来了客人，好烟、好酒、好肉双手奉上，还将土堆里烧烤的食物塞进客人手里。顾客买完了商品，卖家还要再抓一把放进兜子里。商州人开家庭旅店，一块钱包吃包住，对客人盛情款待。商州人又是聪明的，让旅客和自己的媳妇睡一铺炕上，自己起身走了，就在媳妇与旅客中间隔一个扁担，并且将灯点上。主人回来后要用一碗凉水来试探旅客是否做了见不得人的事。商州并非完美无瑕，它的贫穷、落后、迷信成为现代化的沉重包袱，商州人也不讲究卫生，馍里夹虱子；家里面锅台、炕台、墙壁都乌黑发亮；见到客人，妇女用唾沫梳理头发……但是瑕不掩瑜，商州温润的气候，秀美的山水，纯朴的民风，闪光的人性令三秦文化大放异彩。贾平凹用浪漫而富有传奇色彩的笔韵描绘了三秦文化的率真与质朴，令读者领略了婉约多姿，而又苍辽拙朴的秦汉文化之风韵，也为中国地域文化增添一抹色彩。

山西文化被称为三晋文化，郑义的《远村》《老井》中，作家用一种苍凉、沉郁之笔锋镌刻了一幅沉重的黄土文化版图。山西省素有“十年九春旱”的说法，原始山西人从“万物有灵”出发，对龙王有浓厚的崇拜意识，采用各种形式向老天爷、向龙王祭祀“祈雨”。在乡间规模最大、形式最为隆重的求雨活动为到龙王庙祭祀求雨，具体形式又是多种多样的，如供奉牺牲、唱大戏、众人抬龙王沿街游行、跪庙等，并且根据旱情决定求雨形式的复杂程度。《老井》对山西古老的祈雨仪式进行了淋漓尽致的描写，老井村的祈雨形式之一是偷龙王，这也是晋冀两省的习俗，据说偷来的龙王更灵验，为此当时年轻力壮的后生孙万水不畏路途遥远，历尽艰险将龙王从老家背回来。接下来的仪式便是，向龙王发旱文，抬着龙王转遍全村，请龙神验旱像，去赤龙洞请神水，再让一群年轻的后生每日禁欲轮流下跪祈求。老井人如此虔诚但始终未打动龙王，于是老井人决计“恶祈”。“恶祈”是以赎罪心态来求雨，将干旱看做是上天对人类的惩罚。此次“恶祈”孙石匠主动请缨，甘当“罪人”向上天负荆请罪，以此感动神灵。

太行山干旱、多山，天然形成了太行山区的荒漠、贫瘠、闭塞，使太行山区保留了一些较为原始的民间风俗。在婚俗方面，山西有“拉边套”“豆腐换亲”“倒插门”“冥婚”等，这些在郑义的小说中均有体现，其中最有山西地方特点的就是“拉边套”。“拉边套”原是指一驾马车中，中间的马驾辕，旁边多出一匹马拉套，叫做拉边套。山西地区存在畸形的男女关系“拉边套”，又叫“打伙计”，是指男人不能养家立门，女人再找一个男人帮衬着，这个男人就叫“拉边套”。郑义的《远村》中，杨万牛就是个“拉边套”的，叶叶、杨万牛、四奎遇到家庭大事总是坐在一起商量，而最后拿主意的未必是一家之主四奎，相反，“拉边套”的杨万牛倒成了这个家庭的重要顶梁柱。在称谓上，丈夫称“拉边套”者为“他叔”或“他舅”，子女们都称两个父亲为“爹”。《远村》中孩子们称呼两个爹分别是“东屋爹”和“西屋爹”。“拉边套者”可以在家庭中育有子女，但是其子女往往随丈夫姓。“豆腐换亲”“倒插门”“冥婚”等婚俗在郑义的小说中都有所展现，在此不再赘述。在山西奇异的婚俗背后，折射的是山西经济的落后，以及山西民众内心无比的宽容与坚韧，使他们能够在恶劣自然环境中得以苟且求生。这些风俗用当下的视角看不免落后与愚昧，但是在历史的语境中那是山西人不得已的生存方式，更是山西人之间大爱的体现。

通过贾平凹、郑义等“寻根”作家勾勒的秦晋生态自然、民风乡情图谱，我们领略了中华亚文化之秦晋文化具有纯真、务实、坚韧，而又不乏浪漫主义气息的基本特征。但我们也见证了秦晋人生存的艰难，理念的落后，它是古老中国的一个侧面，也是中国地域文化的独特表达。

（四）莫言对山东齐鲁文化的叙写

齐鲁文化最初包括齐文化和鲁文化，齐文化是指春秋时齐国对当地东夷文化的继承与发扬；鲁文化是指春秋时鲁国以孔子为代表的儒家思想文化。齐文化追求创新，而鲁文化重视传统，战国后两种文化走向融合。中国神话主要分为两大系统，分别是东方的蓬莱神话系统和西方的昆仑神话系统，其中东夷人创造的东方蓬莱神话系统是中国神话的总根源。可以说，东夷文化产生了人类的始祖，女娲、伏羲是中华文明史中人类产生之“根”；东夷文化为人类的存在创造了条件，盘古开天辟地、颛顼绝地通天、后羿射九日等保障了人类文明的存在与传承。先古神话的丰富与盛行使巫蛊学成为东夷文化的突出特征，也使得齐地充满了神奇幻妙的色彩，各种自然之物都成为齐人眼中的灵异之神。莫言的文学“根据地”——山东高密位于齐国境内，其文化的滥觞为距今八千多年的东夷文化。由于东夷是中国神话的发源地，很多民间传奇故事也诞生于齐国故地，尤其是蒲松龄将齐国鬼怪灵异神话整理与演绎著成《聊斋志异》，使齐鲁大地的魔幻色彩更加突出。莫言是山东齐文化的继承者，其小说中的故事原型都是从高密这条“麻袋”里摸出来的，他的文学作品处处浸润着齐文化的血液。莫言的大哥管谟贤在莫言获得诺贝尔文学奖后接受采访时认为：“研究莫言必须从齐文化这个根上来找，不是齐鲁文化，齐鲁文化是统称，鲁仍然是孔子那一套，齐文化非常浪漫，妖魔鬼怪都说。”① 童年时，莫言在家乡就时常听到村里人讲述类似于《聊斋志异》之类的神话故事，莫言的爷爷、父亲也常常向他们讲一些民间传说故事。这些既是蒲松龄创作《聊斋志异》的原型，也是莫言文学创作的素材。可以说，莫言对齐文化的接受与继承更多的是流传千古的浪漫主义精神，这种浪漫精神通过作家对齐地鬼怪灵异故事、妖魔神话传说的重绘得以发扬。除了简单的重绘，富有奇思妙想的莫言还发挥自己的想象力，赋予了大自然中的一草一木新的生命。莫言从故乡继承来的浪漫主义情怀与作家特有的奇谲想象力的珠联璧合创造了更加灿烂诡谲的幻

① http：//news. hexun. com/2012-10-18/146908984. html

觉现实主义文学。

作为“寻根文学”的代表作，《透明的红萝卜》与《红高粱家族》无不散发着齐地夸张荒诞的想象与鬼魅的灵异，它们成为中国幻觉现实主义的先驱之作。受齐巫蛊文化的影响，莫言是个有神论者，在他的世界里，天地无界、人神相通、世间幻化莫测。《透明的红萝卜》中那个沉默无语的瘦弱男孩——黑孩就是莫言的化身，他生活在幻想的世界里，他的感官与天地宇宙共鸣。少年时，莫言辍学回家在河滩上放牧，那时他是孤独与寂寞的，小鸟与大树成为他倾诉与交流的对象。在广阔的乡村大地，莫言赋予了孤寂的田间以鲜活的生命，实现了人与自然生灵的平等对话。与莫言相比，黑孩更是孤寂、凄苦，除了贫困与饥饿，他的亲情也是空白的。人世的孤独与寒冷将黑孩的情感移向了梦境与幻想、转向了大自然，为《透明的红萝卜》涂上了一层梦幻色彩。如果说《透明的红萝卜》中莫言扮演的是一个心灵通透的、能够与天地对话的神童，那么在《红高粱家族》中莫言则成长为一个能创造灵异，又能降妖捉鬼的高人。《红高粱家族》中莫言一改孩童的单纯与通明，他为读者浓墨重彩地绘出了一幅热烈的红高粱组图。他将幻觉、神仙、鬼怪糅杂在高密东北乡这块原始而神秘的大地上。《红高粱家族》的幻觉描写充满了神秘色彩，“我奶奶”临死前的生命幻觉将读者带到了异度空间，为读者树立了向悦而生的生命理想。在日本鬼子枪林弹雨的夹击下，“我奶奶”戴凤莲英勇地躺在了火红的高粱地里，她的生命没有迅速消失，在微弱的生命迹象中她回忆了自己叛逆的一生，并且产生了死亡幻觉。曾濒临死亡的人回忆，濒临死亡会有一种步入异度空间的奇妙感觉，就像没有空气的圆柱体滚落在一个过渡带，一边是异域，一边是现世。我们在莫言的《红高粱》中找寻到了与之对应的死前幻觉描写，其契合度如此惊人恐怕只有“鬼才”莫言能够做到。此外，莫言在《红高粱家族》之《奇死》一章中还借用魔幻现实主义手法，描写了受日本人侮辱而含冤惨死的二奶奶在残余最后一口气时被鬼魂附体的魔幻奇景，这一切更要归功于齐地“鬼”文化的兴盛与繁荣。这些是作家发挥浪漫主义想象的过程，也是充分展现齐地文化的过程。

齐鲁文化是极具文化张力的，一方面是鲁文化尊孔崇儒，讲究伦理纲常；另一方面，齐文化荒诞不经，追求叛逆创新。莫言生长地山东高密隶属于齐国，但地处齐鲁交界，因此难免受到两种文化的共同熏染，儒家文化所代表的鲁文化严肃规范，代表了主流文化形态，它用纲常名教严重束缚了人性的自由，而齐文化的自由浪漫在受到鲁文化的约束后会迸发出更加强烈的反击力。这种反击力与山东人耿直的性格、彪悍的体格构成了一个个极具威慑力的叛逆者形象，《红高粱家族》将他们的叛逆行为表现得酣畅淋漓。“我爷爷”“我奶奶”打破儒家伦理，山外野合、杀夫改嫁、夺财产，这是对主流封建文化的宣战，也是齐文化叛逆性的表达。《红高粱家族》中各色人物热烈奔放、张扬不羁、激情澎湃的个性无不是齐文化浪漫诡谲、恣意洒脱的外现。

莫言的小说还记录了很多齐鲁人的生活习惯与民间风俗：山东的粮食作物主要有小麦、甘薯、玉米、大豆、高粱等，对广大读者来说，最熟悉的莫过于莫言笔下那火红的、绽放着生命力的红高粱，它既是山东人的主要农产，更是山东人倔强、顽强的生命写征。高粱也是山东人的主食，莫言就是喝着高粱糊糊长大的，《透明的红萝卜》中，队长一出场手里便拤着一块高粱面饼子。高粱不仅作为粮食，也可以酿成酒，《红高粱》中那汩汩的红高粱酒醇香酣甜，浇铸了山东汉子的粗犷与齐鲁女子的豪迈，“我爷爷”“我奶奶”就是红高粱酒的传人，如今红高粱酒仍然是山东人喜欢喝的一种烈性酒。在民间，齐鲁人民还发挥了他们的聪明才智，扩大了高粱的作用，小说中高粱面与火药和在一起敷在伤口上可以止血。在民间风俗方面，山东的传统工艺有剪纸、面人、扑灰画、泥塑等，剪纸是山东人婚庆、年节表达喜庆的重要艺术形式，《高粱酒》中奶奶心灵手巧，在获得了人身自由后，她愉悦地坐在炕上拿起剪刀信马由缰地铰起了蝈蝈出笼与背上长着梅花的梅花鹿。这种剪纸艺术构思巧妙，又是天然去雕琢的，应和了山东人的耿直与不外饰。

如果我们将鲁之儒家文化看做是民族主流文化，那么相比而言，对莫言影响至深的齐文化则可看做是亚文化。特立独行的莫言用齐文化之荒诞、夸张、不羁创造了一个个充满魔幻色彩的奇幻异境，莫言在小说中大力泼洒齐鲁民间文化，如民间风俗、诡异故事、神话传说等，为齐鲁大地披上了浓郁的神秘色彩。同时，齐文化之反抗精神又令莫言笔下的人物充满原始的野性、叛逆的勇气，他们不畏伦理、不畏生死，成为中华民族不屈精神的象征。概而言之，齐鲁文化是中国儒家文化的源头，它是悠久丰腴的，也是神秘莫测的；它是循规蹈矩的，也是狂放不羁的。

（五）郑万隆、乌热尔图对关东文化的礼赞

“关东”又称为关外，地处中国边疆，具有一定的边缘性，但是它粗犷、豪放、侠义的文化气质补充了主流儒家文化的理性、儒雅有余，野性、力量不足的文化缺陷。“侠”的本义指在他人危难之时能够拔刀相助，舍己救人。在中国，“侠”不仅是一个词，更是一种品格、一种文化。虽然“侠”作为一种主题古已有之，但是到了 20 世纪 80 年代“侠文化”才崭露头角，它是当时思想自由解放的产物。“寻根文学”中也浸润着关东人对“侠文化”的诠释，完成了对中国传统“侠”精神的继承，是对东北人侠士性格的“寻根”，为新时期中国文坛带来一股苍劲之风。这里没有金庸笔下飞檐走壁的绝世武艺，没有跌宕起伏的故事情节，没有复杂多变的人物形象，有的只是东北人耿直、正义，充满侠肝义胆，能够舍生取义、除暴安良的地域品格，这与东北特殊的地理自然环境密不可分。在气候方面，东北夏季短暂，冬天寒冷而漫长。郑万隆在《异乡异闻》中对东北极端恶劣的自然气候的描写可谓笔锋冷峻，他用东北人硬朗的语言风格将寒彻骨的自然信息传递给读者。东北山高林深，是大型野生动物栖息之地，豺狼、虎、豹、熊时常出没威胁人的生命，人们开始崇尚那些能够战胜野兽的勇武之人，于是产生了英雄、侠士情结，“侠”成为东北人的集体无意识。又因关东又称关外，是国家政权、法律制度疏于控制的边缘地带，草寇土匪猖獗，武力就是法律，侠义就是政权，因此铁骨铮铮的侠士是东北人推崇的英雄好汉，他们确保了一方土地的安居与乐业。东北人对侠士的景仰要远超中原人对儒士的尊重，行侠仗义、劫富济贫是东北侠士的主要特征，努尔哈赤、张作霖、张学良、杨靖宇、赵尚志，以及众多抗日勇士均是一条条东北好汉。从宗教层面来看，东北地区信仰萨满教，而萨满教义张扬野性的、无拘无束的生命力，宣扬除魔降妖，在一定程度上鼓舞了东北人原始性的生命爆发力。

《老棒子酒馆》中的陈三脚，三脚踢死一头狼，徒手将三四百斤的熊从爬犁上薅下来，又忍着伤口的剧痛只身奔向小苏沟。人们对英雄是景仰的，但又是敬而远之的，他们将英雄看做是一尊佛，只能膜拜不可亲近。大家谁也不清楚陈三脚多大年纪，是否有家，是否有爱的女人，是达斡尔人还是汉人。陈三脚是英雄，更是侠士，他一身的勇武最终因路见不平、拔刀相助一名寡妇而终结。为了张寡妇，他拔刀与王凤雄等展开了一场恶战，他杀死恶人后，仍然负重伤将三四百斤的熊带到老棒子酒馆，让老棒子将熊换成白面，连带着一袋钱送给张寡妇。而陈三脚自己带着重伤悄然离世，将英雄侠士形象永远留在人们心中。《三块瓦的小庙》中张发海在家中遭遇刘友的偷盗，当他得知刘友是为了给老婆打一副金镯子铤而走险时，不但没有一刀杀了刘友，反而替他包扎了伤口让他滚回去。张发海又念刘友回家有十几里的山路，于是赶上去把刘友背回家去。《峡谷》中的鄂伦春汉子申肯年过半百却孤身一人，他渴望爱情与亲情，他要做的是一个男人、一个英雄，他不肯伤害弱小、孤独、残疾的动物，因为那是狗屎、王八蛋才做的事情。当两个莽撞少年要去猎杀一头即将分娩的母熊时，他徒手夺去了两个少年的枪和刀，继而将他们打翻在地，以捍卫一个即将诞生的新生命。可是正当一切归于平静时，那只母熊却怀着一种敌意开始进攻企图侵犯它的人。申肯对着两个少年大喊：你们快跑！而他自己只凭一把尖刀与庞大的黑熊展开殊死搏斗，最终他一刀刺死了黑熊，黑熊又与他一同滚下了悬崖，摔死了。申肯死了，但是他的灵魂却交给了大山，他的侠义精神也埋葬在了大山里。

关东地区幅员辽阔，地跨黑龙江、吉林、辽宁、内蒙古四省区，毗连朝鲜、俄罗斯。关东地区民族众多，有汉族、满族、回族、蒙古族、朝鲜族、鄂温克族、鄂伦春族、达斡尔族等，复杂的地理历史铸就了东北多元的文化特征。在“寻根文学”中，郑万隆与乌热尔图分别记录了东北鄂伦春族与鄂温克族的民族特征、生活习惯与价值信仰等。鄂伦春族作为原始部族为人类创造了灿烂的文明，他们住的房子叫“仙人柱”或者“斜仁柱”“歇人柱”，是用树枝搭建的伞状骨架，天暖时上面盖桦树皮，寒冷时上面盖狍子皮。鄂伦春族是游牧民族，因此“斜仁柱”随走随建，是鄂伦春人移动的家。他们主要的生产、生活方式以狩猎为主，捕鱼、采集为辅，其兽皮技艺、桦皮技艺等堪称绝技。郑万隆的《峡谷》讲述了鄂伦春族两个孩子、一个大人关于熊的故事，文中真实记录了鄂伦春人的生活形态以及价值观。鄂伦春人有自己的民族语言，自己的宗教信仰，自己的民族图腾。《黄烟》更是展现鄂伦春民族原始生存状态的小说，它记录下较多的鄂伦春原始语言：“阿达玛拉”意为桦皮箱、“穆昆达”为氏族首领……鄂温克族又称“使鹿部”，是我国唯一豢养驯鹿的民族，他们同鄂伦春族一样也生活在大兴安岭深处，被誉为“森林之舟”。乌热尔图便是鄂温克族作家，祖先的历史故事以及他亲身经历的民族生活和民族变迁为他提供了丰富的创作资源，同时，乌热尔图也以强烈的民族责任意识为即将消失民族特征的鄂温克族做一个文献记载。他的“寻根”代表作有《琥珀色的篝火》《七岔犄角的公鹿》等，如同一面古镜照耀出原始鄂温克人的生存状态以及价值观，为民族文化多元性增添了一抹色彩。驯鹿既是鄂温克人的财产，又是他们的朋友，也是乌热尔图每一篇“寻根小说”的成员。鄂温克族有自己的语言，但是没有文字，乌热尔图只能用汉语记录下鄂温克人的生活，以及鄂温克人与驯鹿的关系。鄂温克的民族艺术中，桦皮艺术堪称一绝，乌热尔图的小说中，桦树充盈着鄂温克人的世界，他们在桦树林中生活，他们将桦皮制成容器、餐具、酒具，还能制成桦皮帽子、桦树鞋，鄂温克人居住的“撮罗子”是由树枝搭建成圆锥形框架，外面盖的是桦树皮。如今的鄂伦春、鄂温克人已经走出了深山，过上了现代城市生活，他们的民族痕迹越来越少，我们只能凭借博物馆和书籍才能了解他们原始的生存状态。

20世纪中叶，东北先后沦为俄国与日本的殖民地，俄日两种外来文化也逐渐渗透到东北土著文化之中，特别是俄国（俄罗斯）文化。郑万隆的家乡在黑龙江省中俄边境处，异族文化随处影响着该地区，19世纪末20世纪初俄国在中国东北境内修筑中东铁路，期间围绕着铁路沿线修筑了很多俄式建筑，包括教堂、地窨子、木刻楞等，如今这些俄式建筑在东北满洲里、海拉尔、齐齐哈尔、哈尔滨等仍然零星分布。郑万隆文本中的俄文化符号也随处可见，《异乡异闻》之《老马》中小小一家就住在二层高的俄式“木刻楞”，门是橡木做的，台阶很高，每间房子里都有灯；《空山》中少女乌日娜与爷爷在丛林中居住的房子也是“木刻楞”。俄国文化渗透到东北的方方面面，小小的爸爸还从俄国人手里买了一匹马。《三块瓦的小庙》里百姓的生活中还有俄式大铜壶，嘴里叼着“木式斗克”（俄语烟斗）。外来文化的流入丰富了关东传统文化，多种文化的融合又产生了新的文化形式，但它仍然是区别于关内其他文化形态的地域文化板块，处处散发着独特的文化魅力。

关东人的主要宗教信仰为满族萨满教，相信万物有灵。郑万隆中篇小说《我的光》中，猎人库巴图是萨满教的忠实信徒，他守护着山林，相信山里的一切，认为甚至是石头也有灵性。一个带着利益之心的纪教授深入丛林本为了开发自然资源，不料却被库巴图的宗教情结感染，也开始相信万物有灵，并将自己的灵魂与自然中的生命融为一体。因此，在纪教授因拍照不慎跌入山谷时，身上竟然一点伤都没有，纪教授的表情既不痛苦也不惊恐，反而是平静安详，眼睛里还伴着喜悦。大山回馈了纪教授的真诚，保护了他身体的完整；纪教授也不畏惧死亡，而是将死看做是回归自然。《峡谷》中申肯也是萨满教的忠实信徒，他爱护山林中的一切生灵。申肯怜惜山林中的动物，他不打受伤的、弱小的鹿，即使打鹿也要让公母死在一起，以免剩下一个痛苦与孤单。对萨满教的信仰在实际行动中表现为祖先崇拜、神灵崇拜、图腾崇拜与自然崇拜。萨满教中不同民族崇拜的动物图腾各异，鄂温克人与鄂伦春人的共同图腾为熊。他们认为熊和人是同一个祖宗，熊原本是一个妇女，因在山里走失最终变成了熊，在山中长期居住。鄂伦春人与鄂温克人将熊看做自己的亲属，《峡谷》中申肯就称熊为舅舅。鄂伦春人与鄂温克人崇拜熊，在熊崇拜的全盛时期是不猎熊的，因此申肯怀着对熊的无限崇敬极力阻止两个鲁莽少年对熊的伤害，他中肯地说，熊是山上的精灵。后来，随着这种信仰的淡化，人们也开始猎熊，只是在猎熊的过程中，以及猎熊之后都对熊怀有几分敬畏，并举行隆重的仪式。乌热尔图在《棕色的熊——童年故事》中详细地描写了鄂温克人猎到熊后的隆重仪式：首先割下熊头，猎人下跪祈求熊的原谅，并保佑他们多打猎物。接着把熊驮回住地，由最有地位的长老主持食熊仪式，大家围坐在一起将猎刀与熊肉摆放在桌子上。长老先用熊肉与熊油祭祀火神，然后带领大家一起学乌鸦叫，发出“嘎嘎嘎”的喊声，以表示是乌鸦在吃熊肉，而不是人类。在席上，猎刀不能直称“猎刀”，而说成是“什么也切不断的钝刀”。他们不说熊是被打死的，而称熊自己睡着了，以免受到熊的报复。萨满教中“人—熊”的复杂关系是关东地区原始生产力水平低下的产物，也是关东丛林狩猎的精神存在。此外，郑万隆、乌热尔图在小说中还记录了萨满教中的火崇拜、山神崇拜等民族心理与祭祀场景。

“寻根文学”对中华亚文化之关东劲风的追索张扬了关东

侠文化，追溯了少数民族原始生活状态，呈现了关东萨满文化的表现形式，它充满了原始气息、充满了生命力量。“寻根”作家在冰天雪地里、丛林野岭中觅得东北地域文化原型，丰富与补充了中原文化，为大中华文化增添了色彩。

吴俊指出：“寻根文学”将“业已失落了的文化，特指游离于现有文明社会以外的文化遗存。……视为文学之根，即‘寻根文学’的文化”① 。或者说“寻根文学”在“寻根”之路上更加热衷于对原始的、非主流文化的挖掘与礼赞，体现了“寻根”作家在全球一体化的大趋势之下对已经逝去的，或者即将逝去的特色文化、个性文化的无限留恋。当然，这绝对不是单纯的恋旧情结，而是对文化多元性的珍视，楚湘文化的神秘、吴越文化的浪漫、秦晋文化的坚韧、齐鲁文化的诡谲、关东文化的侠义……无不是广袤中华多元而多彩文化的一部分。这些独立的文化板块、丰硕的文化果实使得中华各区域人们获得独特的心灵表达方式，也增强了中华民族文化的个性，以便于在同西方现代文明的对话中更具有交锋力量。从进化论的角度看，在现代化的洪流中，这些非主流文化的消失是有其必然性的，但至少因为“寻根文学”的存在它们可以鲜活地存在于人们的记忆中。从这个角度看，“寻根文学”的文化意义远远胜于文学意义。随着时间的推移，

---

① 吴俊．关于“寻根文学”的再思考．文艺研究，2005（6）：7～14

文本中的“亚文化”与我们渐行渐远，读者阅读“寻根文学”时会愈加产生一种“陌生化”的距离感，“寻根文学”的文化价值则愈加明显。

“寻根文学”对中华文化之“根”的追索是全方位的，首先它是对中华国民性的自我“诊察”，“知青”作家们继承了“五四”启蒙主义思想，剖析了国民性中愚昧麻木、自私冷漠、自我欺骗等劣根性。比“五四”进步的是，“寻根”作家并没有彻底否定国民性，而是在文本中书写了中华国民性之熠熠生辉之处，如自强不息的进取精神，厚德载物的博大胸襟。其次，“寻根文学”主要从儒道两种文化着手，对中华主流文化之“根”进行辩证思考，既批评了儒家文化的虚伪性、功利性、对人的压抑性，同时也对道家文化的纯粹性、实践性提出了质疑。但是这种否定也不是绝对的，作家以人物的命运与社会现实证明了儒家文化存在的合理性与必要性。最后，“寻根文学”将追索的目标投向了各具特色的地域亚文化，这些文化形态各具原始性、边缘性、地域性，他们或者已经淹没在人类前行的足迹中，或者即将在现代化的洪流中消失，但是它们曾经放射的光亮为中华文化史留下了光辉的一页。如果说邓友梅、陆文夫代表的“文化小说”只是表现对传统的回归，那么“寻根文学”则更加注重对民族文化心理特征，以及民族集体无意识的挖掘。“寻根文学”表面上再现的是民族地方语言、民间风俗、民族习惯等各个地域的文化形态，本质上，“寻根文学”要透过主流文化以及亚文化的外在形态，挖掘民族文化的内核，以及潜藏其中的民族心理特征与精神特质。对儒家文化的辩证分析，以及对非规范文化的大胆展示，令国民对传统主流文化有着更为清醒、客观的认识，并能够正视与尊重曾经难登大雅之堂的民族亚文化与地域亚文化，从而增强了各个民族与地区对各自所属的亚文化，以及传统主流文化的文化自觉意识，以提高对民族主流文化与亚文化的传承意识。

第五章

“寻根文学”对中国问题之“根”的追问

泛泛而谈，中国问题是个宏大话题，并且具有鲜明的时代特征，在不同历史时期表现出不同的现象与问题。刘小枫指出，“何谓‘中国问题’？简扼地说，它指晚清士大夫们看到的中国所遇‘三千年未有之大变局’：中国的社会制度和人心秩序的确当需要重新论证”①。这个变局便是西方现代文明开始渐入中国，古老的乡土中国将向何处去？到了20世纪80年代，历经百年，这个问题不但没有解决，反而愈加突出。本书立足于20世纪80年代，主要揭示缠绕中国整个20世纪的问题之“根”，那便是传统农业文明与现代文明的根本冲突，在此基础上积极探索引领乡土中国发展的合理路径。

一、乡土中国的本体困境

20世纪中国问题大体包括三个层面：在经济层面，主要

① 刘小枫.“中国问题”与社会理论的牵缠. 花城，1996（3）：145～146

针对如何实现民族国家的富强，提升其国际竞争力；在价值观层面，主要涉及如何协调中西两种文化、两种价值观；在民族独立层面，如何保持中华民族的独立品格，而不被全球一体化之风吞没。中国问题的出现是伴随着人类现代化进程而同步发生的，中国是传承数千年的农业文明大国，乡土是中国人的生存之“根”，也是中国文明之“根”，“乡土中国”成为整个中国的一个代名词。从中国问题的三个层次看，乡土中国的核心问题归根结底为如何引领农业文明主导的传统中国走向现代化之路，并且保持中华民族的独立品格。在这条路上，乡土中国面临着诸多困难，一方面是源自乡土中国的本体困境，另一方面是源自西方现代文明的冲击。在中国本体中，传统乡土中国的痼疾继续在现实中发酵，导致了旧中国的贫穷与落后；新中国成立初期一系列农村政策虽然在一定程度上提升了农业生产力，加快了现代化的进程，但是也铸成了困扰中国至今的“三农”问题。

（一）乡土中国的痼疾在现实中国的发酵

农耕文明在中国横亘了几千年，很多顽疾牢固地生长在乡土大地之上，如费孝通在《乡土中国》中总结的传统中国农村的社会结构：序差格局、血缘与地缘观念、长老统治、无为政治、名实分离等，这些儒家文化与农业文明彼此渗透融合的社会特征很长时间内在古老中国起到了稳定中国社会结构的作用，并且在历次社会变革中也逐渐发生了某些变化，但是其本质始终没有动摇。到了20世纪，中国不可避免地卷入了现代化的洪浪中，传统农耕文明与现代工业文明的激烈碰撞震荡着原本不平静的乡土中国，乡土中国的有些痼疾愈来愈成为羁绊中国现代化进程的枷锁。“寻根”作家作为历史的见证者，通过个人经历，清晰地记录了乡土中国的贫瘠与落后。德国乡土作家措特勒曾提出“呼吸故乡”与“头脑故乡”这两个概念。丁帆认为，“呼吸故乡”是指地理位置的生存故乡，而“头脑故乡”是指留存于精神世界里的“梦幻故乡”。换言之，“呼吸故乡”是指形而下的客观故乡，而“头脑故乡”是指形而上的主观故乡。“寻根文学”对乡土中国的重塑并不是纯粹的浪漫想象与主观评判，它同样没有抛弃现实主义传统，没有回避中国社会现实问题，它所描写的更多的是立足现实中国的“呼吸故乡”。“他们的现实主义显然具有鲜明的时代性色彩，是一种不墨守成规的开放的现实主义。”①这种现实主义摒弃了宏大政治历史叙事，扎根于中国泥土之中，用一种更加客观、更加真诚、更加深刻的眼光审视现实中国。“寻根”作家们都曾有过乡土生活经历，王安忆、阿城、韩少功等曾经作为“知青”上山下乡，目睹了乡土中国的生存现状与伦理秩序；莫言、贾平凹等是土生土长的农家

---

① 邓楠．论寻根文学建构民族文学特色的实现方式．理论与创作，2006(4)：33～35

子弟，他们从自身的成长经历切身感受到了乡土大地上的生死疲劳。不论在乡土生活时间的长与短，在“寻根”作家的情感中，曾经生活过的乡土就是他们的“故乡”。尽管“寻根文学”中的“头脑故乡”或者如莫言认为的生机勃勃，或者如韩少功视野中的野蛮原始，或者如乌热尔图笔下的热忱质朴，或者如王安忆印象中的愚昧落后，但是其“呼吸故乡”却都毫无例外的贫瘠、落后、闭塞，这成为中国问题核心之中的核心。韩少功的《爸爸爸》以生产力低下的鸡头寨与鸡尾寨隐喻民族生存的物质环境，老百姓食不果腹，时常发生为争夺食物而战的“打冤”事件，最终鸡头寨被迫整族迁徙，另辟新的生存空间。郑义的《老井》《远村》中那些悲剧的爱情、那些畸形的婚俗无不是贫困所致，《老井》里的孙旺泉因为家境贫寒而被迫给寡妇做了倒插门女婿，以便换来彩礼钱给弟弟娶媳妇，而背叛了自己，辜负了热恋的情人赵巧英。《远村》里的叶叶“换亲”、杨万牛“拉边套”等畸形婚配都是经济落后导致的。莫言的《透明的红萝卜》更体现了贫困对人性的压抑，小黑孩的无语一方面来自家庭的无爱，另一方面源自生活的贫穷。现实是无望的，黑孩食无着落、衣不蔽体，他只能将希望寄托于幻想。当他对菊子姑娘的一点点幻想也破灭时，他做出了荒唐的举动，最终导致菊子姑娘双目扎进了石子，造成悲剧的最原始根源就在于乡土中国经济的落后。阿城的《棋王》、贾平凹的“商州系列”、王安忆的《小鲍庄》等小说皆对中国民众贫困的生活现状有着深刻的描写。

那么，在文学表象的背后造成中国苦难的源头是什么呢？从社会结构来看，就是农业社会对血缘性的重视，以及由血缘性决定的家族制与安土重迁等特征导致了中国的封闭与保守。农业生产的主要生产资料为土地，土地从空间上看具有固定性，一个氏族经过几代人的努力才开拓出一块能够耕种的土地，他们是不会轻易离开的，因此，这块固定的土地就成为祖祖辈辈繁衍生息的空间。由血缘传承的子子孙孙围绕着这块土地生产、生活，最终扩大成拥有同一血脉的大宗族，并形成村落共同体。这个大家族是以父子血亲为主轴，妇女只是充当繁衍血脉的角色，血缘规定了亲属之间的权利与义务，任何个人都无从自主选择，家族的事业就是个人的事业。家族既是血缘，又是利益共同体，每个成员都有义务为家族贡献力量，血缘成为维系乡土中国结构稳定的纽带。这种农村社会结构使中国人背负着强烈的家族意识，安土重迁、故土难离，似乎离开家族就是对宗族的背叛，并且离开家族就是孤军奋战，是难以生存的。这种观念阻碍了乡土中国前行的脚步，遮蔽了乡土中国发展的视野，局限了乡土中国子孙后代发展的空间，从而成为阻碍传统中国生产力变革的重要障碍。

郑义的《老井》中，打井是整个孙氏家族的世代事业，从自披刀挂铡的万水老汉，到科学打井的旺泉子，还有主导一场场打井、祈雨活动的孙氏家族祖先们，他们承担的不是个人家庭兴旺之责，而是整个老井村生存发展之重任。旺泉子作为这个血缘宗族中的男性成员，他的灵魂与肉体早已熔铸在这片黄土以及血脉宗族之中，尽管他受到过现代文明的教化，尽管他的灵魂伴侣巧英在不停地召唤他，但是强烈的家族使命使他安土重迁，难以挣脱土地的苑囿，最终孙旺泉悲壮地选择了放弃赵巧英，一心扑在为老井村打井的宏伟事业中。如果用“五四”时期的价值观念来评判旺泉的人生选择，我们可以说正是乡土中国对家族、对故土的过分强调阻碍了人的个性发展，使人成为家族中的人，而不是独立个体的人，旺泉子正是以此为信念，固守在太行山黄土文明之中，成为家族主义的“殉情者”。如果连念过高中的孙旺泉都没有勇气出走，那些祖辈生长在故土之上，从未走向外面世界的其他子孙就更加没有信心与勇气离开故乡，改变个人的命运、改变家乡的现状。村书记的儿子亮公子家境殷实，因地区干旱无人愿嫁，他宁愿在老井村干些偷鸡摸狗的事也绝没有勇气离开家族的荫蔽，到外面的世界闯一番天地。韩少功的《爸爸爸》里，丙崽虽然只是个弱智的侏儒，没有独立的行为能力，但是作为宗族中的一员，他仍然同其他成员一起参加各种宗族活动，祭祀、打冤、吃肉、喝下集体自杀的毒药。在这个以土地为核心的家族中，谁也不能例外，任何对宗族的叛离都没有得到圆满的结局：丙崽的爸爸德龙一个人跑到外面的世界生死渺茫，可能客死他乡；“仁拐子”企图为死寂的鸡头寨带来一丝光亮，但很快就被吹灭了。当鸡头寨的生存利益与鸡尾寨发生冲突时，没有一个宗族愿意主动迁离生存故地，另外开辟一块生存空间，因此每个集团成员都为了本族的利益与对方展开殊死械斗，最终鸡头寨战败而被迫进行整个宗族的大迁徙。韩少功将鸡头寨氏族大迁徙写得如此悲壮、隆重也是基于乡土中国安土重迁的心理特征。乡土民众习惯了稳定的氏族农业生活，不到万不得已是不可能离开故乡的，除非遭遇天灾人祸，通常战乱与饥荒是引发氏族迁徙的重要原因。在乡土中国的观念里，迁徙是被动的、无奈的，而不是主动开拓的，因此宗族大迁徙往往被涂上浓重的悲剧色彩。鸡头寨在宗族大迁徙之前，老弱病残纷纷喝下毒药以“殉古”，青壮年则悲壮地唱着古歌叩拜祖先。郑义的《老井》与贾平凹的“商州三录”讲述的一个个家族迁徙的故事都具有浓厚的悲剧性。王安忆的《小鲍庄》以鲍姓宗族为主要写作对象，上至“秉”字辈的鲍五爷，下至“仁”字辈的捞渣，他们在祖先开垦的这块洼地里艰难生存着，土地是他们唯一的生产资料，农业生产是他们唯一的生存之道。捞渣的哥哥文化子一心向学，不料固执的父亲鲍彦山却为了让家里多一个劳动力极力阻止孩子上学，他认为劳动力就是钱、劳动力就是粮食，尤其是对土地是唯一生产资料的农民来说。

“地分到户了。不论文化子怎么哭怎么闹，他大都不让他念书了。”① 鲍彦山的行为毁掉的不光是文化子的前程，更毁灭了小鲍庄未来的发展希望。由于血缘关系形成的社会关系是缺少变动的，因此以土地、血缘为人际核心的家族制、宗法制束缚了个体的自由发展，导致了中国人安土重迁、视域狭窄，严重束缚了乡土中国对外来事物的接纳。

与乡土中国“血缘性”相对应的是“地缘性”，即没有血缘关系的人群结成一个群体，以共同的土地作为连接人际的纽带。中国几千年传承下来的农业生产模式，以及居民生存结构均是以血缘为核心，整体呈现小集团的封闭状态，对外来者持有排斥情绪。在中国，人们重视“血缘性”，而轻视“地缘性”，导致了乡土中国抱残守缺，“很多离开老家漂流到别地方去的并不能像种子落入土中一般长成新村落。他们只能在其他已经形成的社区中设法插过去。”② 王安忆的《小鲍庄》刻画的外乡人拾来离开生母，挣脱了血缘的纽带，挑着货郎担子游走在街巷村落间，虽然在小鲍庄他找到了真爱，但他却无法在这个宗族中立足。作为一个倒插门女婿，拾来本来有合法的法律身份，他可以正大光明地生活在自己的幸福婚姻生活中，但是他却不曾有过合法的宗族身份。每次出

---

① 王安忆．小鲍庄．上海：上海文艺出版社，2002
② 费孝通．乡土中国．北京：三联书店，1985

现在鲍家的田地里，拾来总是要遭到一顿暴打或者威胁，因为干干净净的鲍姓里不允许夹进一个异姓。鲍姓家族并没有因为拾来与他们共同生活在一片地域里而结下良好的地缘，而是以无血缘关系为由无情地拒绝了这个外来汉。地缘性的淡漠使中华民众在异地打拼之时常有漂泊之感，“异乡人”“外来客”是他们抹不去的身份标签，在异乡扎根的艰难，增加了两个地区人与人的情感隔膜，缩小了乡土中国经济、文化交流的渠道，从长远来看，必然导致经济、文化发展相对迟缓。

贾平凹在《商州又录》中有两个发人深省的片段，当一个男人经历了女人昼夜的难产后面对得之不易的儿子时，他没有喜悦，而是淡然地说：“又是一个山里人”①。当山里的女人望着在五个山头上耕种的男人时，她将五个山头比作一个手掌，它从未看到掌外的世界。“女人想：这日子真有趣，外面的人在地里转圆圈，屋里的人在炕上摇圆圈。……一年四季，四个季节完了，又是一年。”② 与其说这是山里人的宿命，不如说这是体验过乡土生活的贾平凹对乡土中国落后、封闭、停滞的生产、生活节奏的一种客观写实，更是一种梦醒前的自觉。在现代化的声浪中，古老的农耕文明日出而作、日落而息的农业生活方式显然跟不上时代的节奏。

---

① 贾平凹. 商州三录. 西安：陕西旅游出版社，2001
② 贾平凹. 商州三录. 西安：陕西旅游出版社，2001

（二）新中国成立初期系列农村政策成为“三农”问题的源头

造成乡土中国困境的除了农业文明的痼疾，还有新中国在摸索发展之路的过程中曾经走过的弯路。新中国成立初期，国家为了解决现代化问题，以及农业发展问题，从国情出发，实施了诸多农村政策，如农业合作化运动、粮食统购统销等，在当时曾起到过积极作用，但却衍生了后来的“三农”问题，亦成为中国20世纪80年代以后现代化发展不得不面对的难题。

首先，合作化运动与统购统销政策使农民陷入新的饥饿之中。新中国成立初期，国家为了完成社会主义改造，率先在农业方面发起农业合作化运动，旨在将中国小农经济为主的经济形态变更为社会主义集体经济。1949—1956年底，中国用了短短7年的时间迅速完成了农业社会主义改造，全国农民几乎全部加入各个级别的农业生产合作社。“人民公社”“合作社”“合作化”这一系列历史性的名词一直在中国延续到70年代末80年代初期“家庭联产承包责任制”的诞生。固然，农业合作化运动有过积极的作用，它在建社的成熟期调动了农民生产的积极性，凝聚了集体力量，打破了小农经济自给自足的形态，有利于规模化生产等。但是评价任何一个历史现象都要从宏观的、全面的、历史的角度进行辩证分析。同样，农村合作化运动也存在诸多弊病：首先，检验其成败的关键标准为是否提高了生产力水平，事实证明，1956年高级社全面铺开后，中国粮食增产幅度不但没有增加，反而呈现递减趋势，1959—1961年甚至连年减产，邓小平在其文选中直陈了事实：1958—1978年，中国实际上处于停滞与徘徊阶段，国家经济、人民生活水平并没有得到多大的提高和改善，大多数农民仍然处在贫困之中，衣食住行都很困难。① “寻根文学”中王安忆的《小鲍庄》、莫言的《透明的红萝卜》、郑义的《老井》《远村》等所描写的都是新中国成立后农村百姓真实的生存状态，他们无一不是穷困的。其次，从农民的心理状态分析，最初农民对入社内心充满未知与惶恐，国家在改造过程中又急功近利，违背了“自愿”的原则，挫伤了农民的感情；在合作社稳定后，由于“干多干少一个样”“干好干坏一个样”，农民纷纷产生消极怠工的情绪，“出工不出力”成为普遍现象。合作社运动赋予了村干部更多的权力，因此也滋长了农村官僚主义作风。莫言的《透明的红萝卜》是对新中国成立至改革开放前中国农业生产现状的客观而直接的描述：人民公社制度下，社员的精神状态已经懈怠松散，加宽滞洪闸的工作只能通过强制力来执行，无论劳动者还是领导者，都在用消极的态度应对劳动任务。小说中基层生产队长和公社干部刘副主任极具封建家长制作风和官僚主义姿态，他可以随意侮辱、打骂农民，使原本处于饥饿还需要进

① 邓小平. 邓小平文选（第3卷）. 北京：人民出版社，1993：237～238

行强体力劳动的农民更加没有安全感，更加没有了劳动的积极性。事实证明，农业的社会主义改造没有从根本上改变中国原始生产方式，没有提高生产力，而只是从形式上改变了生产关系，不但没有推动中国的现代化发展，反而挫伤了农民的积极性，阻碍了生产力的发展。

几乎与农业生产合作化运动同时进行的是国家实施的粮食“统购统销”政策，这是对中国农业有限的能量更加严重的一次消耗。新中国成立初期，中国城市人口激增，从农村收购的粮食明显入不敷出，1952—1953 年度粮食赤字 40 亿斤，此时国家也停止了一切城市粮食进口，使得城市粮食短缺问题更是雪上加霜。为了做好粮食供需平衡，保证城市工业化建设，国家 1952 年成立粮食部，并于 1953 年通过了“统购统销”政策，即农民将粮食全部卖给国家，国家再将收购来的粮食供应给全社会，农民食用的数量与品种也由国家批准，城市人口凭粮本供粮，粮食不得买卖。粮食统购统销之后，国家收购的粮食占粮食总产值的比重增加了，城镇人口虽然仍不能填饱肚子，但至少国家保障了对他们的供应。相比之下，由于国家征收的粮食比重过大，甚至把农民的口粮、种子、饲料都收走了，导致了弯腰种庄稼的贫苦农民反而没有了基本的粮食保障，吃了上顿没下顿。国家收了农民超过余粮部分的“过头粮”，又以“返销”的形式返给农民，而返回来的粮食还是少于“过头粮”，这“一收”“一返”不但造成了运输过程中的浪费，而且使农民陷入了更加饥饿的困境之中。甚至有些地区，有些年份粮食总产量远不及要求收购的数量，农民劳作一年，又饿着肚子把粮食上交，交不上还要受到各种手段的逼迫，导致了各地恶性事件频发。固然，粮食统购统销保证了城市工业化建设的基本物资需求，保证了城市工人、教员、工程师等各行各业人士的基本口粮，从国家大局角度推动了国家的现代化进程，但是却深深伤害了农民的利益，并且这种伤痛一直延续至今。

其次，中国户籍制度形成的城乡二元社会结构使农村成为城市的牺牲品。现代文明的主要标志为工业的发达，因此新中国成立初期，政府的工作重心为大力推进工业化进程，并且侧重发展重工业。此时的中国一穷二白，投入生产的资金严重不足，因此，国家一方面设法扩大供给，另一方面缩小投入成本，包括减少原材料支出，减少劳动力成本。扩大供给依靠的只能是农业生产，缩小投入意味着只保障少数城市人口享受国家各项福利待遇。新中国成立初期的农业生产合作社运动使得国家以集体的形式对农民进行剥夺，而粮食统购统销更使农民的利益被盘剥殆尽。为了防止农民在城乡对比的驱动下进城务工增加城市负担，同时也为了使更多的人进行农业生产，以满足城市工业建设资本积累之需，国家于 1958 年颁布了《中华人民共和国户口登记条例》，建立了户籍管理制度。该制度在城乡之间设立了森严的壁垒：农村人口不能自由流动，不能自由变更职业；只有城市人口可以享受医疗、住房、教育等各项补贴。自1958年始，中国城乡户籍制度长期执行，形成了中国延续至今的城乡二元社会结构。在这一社会结构中，国家的资源配置严重倾斜，城市获得了国家几乎全部的社会保障，而农村连生老病死都需要自行解决，城市与农村的发展极不平衡。到了改革开放以后，城乡二元结构的矛盾更加激烈，城乡差距扩大趋势愈演愈烈。尤其是进入80年代以来，中国进行大规模现代化建设，城市发展异军突起，工业建设轰轰烈烈；农业发展方面，合作化运动逐渐退出历史舞台，代之以"家庭联产承包责任制"。表面看来，中国城乡同步发展，同时进步，但是城市化的发展仍然是建立在农村为其提供粮食、劳动力、土地等生产资料的基础上。而且，当时农业发展的现代化程度不足以推动中国古老的农耕文明发生根本性的变革，相反，农民的生存境遇愈来愈边缘化，农耕用地越来越少，城乡收入以及各项保障差距越来越大。城乡二元结构的矛盾性愈来愈突出，城市在国家各项政策的扶持下逐步走向现代化，无论是思想观念，还是物质丰富程度，以及福利保障、城市建设等都朝着现代文明奔赴，城市成为"现代"的代名词。与之形成鲜明对比的是，农村沦为被人遗忘的角落，农民既被观念、又被制度继续封锁在依旧贫瘠的乡村，农业生产依旧延续着传统的生产方式，生产力水平提高程度有限，乡土成为"传统"的代名词。因此，中国城乡二元结构加剧了中国发展过程中现代与传统、城市与乡土的对立冲突。在“寻根”作品中，最能展现城乡二元结构下现代与传统对立的作品是郑义的《老井》，赵巧英这一角色具有特殊的时代特征，她兼具乡土与城市两种血脉，她掀开了城市的一角，她以农民的身份走向了城市，又为农村带来城市的气息，她打通了一条落后农村通向现代城市的小路，她的个人思想冲突恰恰是80年代中国城乡矛盾的现实缩影。贾平凹的“商州系列”中那一趟趟长途客车沟通着城市与乡土，车上衣着整洁的城市旅客在各个小站中遭遇着纯朴而贫苦的乡民，市民眼里的乡民，乡民眼中的市民彼此传递着惊诧与唏嘘，这惊诧与唏嘘的背后藏匿的是城乡二元结构下对彼此生存境况的诧异与陌生。

20世纪的中国问题是多元的，其根本性问题为传统文明与现代文明的矛盾冲突，在现代化这条路上，一方面是源自传统农业社会固有的封闭性导致了中国发展动力不足，另一方面新中国在摸索现代化之道路时不可避免地出现了诸多失策，严重伤害了农民的利益，使得中国的文明冲突问题不但没有解决，反而面临新的困境。中国乡土自来就是贫苦的代名词，而新中国成立初期的系列农村政策并没有救农民于水火之中，而将农民推向了社会的边缘，继续充当着被剥夺的对象，沦为了国家现代化建设的牺牲品。从新中国成立到80年代初，农民依旧饥肠辘辘，农村依然千疮百孔，农业仍然徘徊不前……“三农”问题突出地摆在了中国现实面前，成为新中国成立后中国的问题之一。这是中国现代化发展中的必由之路，还是发展中的弯路、错路呢？仁者见仁、智者见智，自有历史来分说，但至少可以肯定的是，中国城市现代化的发展是以牺牲农村为代价的。甚至进入21世纪，中国农村经济仍然陷在泥潭之中，农业、农村、农民代表的“三农”问题依然是中国人头上的一座大山。作为一个农业大国，“三农”问题不解决，中国的现代化的步伐势必受到强大的阻碍。“寻根文学”的主要写作场域为乡土，它揭开了乡村的疾痛，为农民发出了疗伤的呼吁。

二、乡土中国的现代性焦虑

20世纪乡土中国的问题，除了源自本体的发展困境，还有来自现代文明的外部冲击。进入20世纪以来，现代化进程如暴风骤雨般席卷全球，传统农业文明与现代工业文明的冲突成为全球大多数国家不可回避的社会问题。从社会发展规律看，现代文明是人类社会发展的必然趋势，但对传统农业文明来说，现代文明毕竟是强行闯入的外来者，它打破了传统社会的固有秩序与伦理。人类对这两种文明的认识与态度随着现代化进程的发展而不断变化。在西方，进入20世纪后，现代文明已经发展到成熟阶段，一系列现代“文明病”如瘟疫一般在西方社会爆发，人们开始反思与质疑现代性的意义与价值。同样，20世纪后半叶，乡土中国在发展过程中也遭遇了传统农耕文明与现代工业文明的激烈冲突。乡土中国延续着传统农业文明已有几千年，它具有顽强的生命力、坚实的稳定性，但是面对着现代文明的猛烈攻势，它觉察到了根基的震荡，因此不自觉地产生了一种源自现代性的焦虑。“寻根文学”凭借着作家对城乡两种文明的敏感，呈现了乡土中国在各个层面的现代性焦虑，包括现代性对原始生产力的冲击、现代性对和谐生态的破坏、现代性对人性的腐蚀，等等。这种焦虑情绪既体现了一代知识青年对现代文明的畏惧、反思，也体现了他们对国家前途命运的关注与思考。

(一) 现代文明对“乡土中国”原始生产关系的冲击

现代化常被用来描述现代发生的社会和文化变迁的现象。根据马格纳雷拉的定义，现代化是发展中的社会为了获得发达的工业社会所具有的一些特点，而经历的文化与社会变迁的，包容一切的全球性过程。古老中国对现代化的呼唤已有百年的历史，新中国成立后，尤其是20世纪80年代初期“四个现代化”更是中国自上而下的发展目标。在知名批评家蔡翔看来：中国80年代社会转型的驱动力在于对现代化的“激进想象”，它已然成为新中国人民的集体无意识。① 然而激情

① 吴越．蔡翔：什么在影响我们对八十年代的记忆?．当代文学研究资料与信息．(论文集)，2011

过后，人们既看到了现代化推进古老中国前进的一面，同时也感喟现代文明对传统农耕文明的破坏。现代文明对乡土中国的“侵袭”是中国近代以来文学创作的重要主题，“寻根文学”诞生的1980年前后正是中国彻底摆脱了“文革”极“左”路线的影响，开始大踏步地向现代化迈进的时期，因此，现代文明对乡土中国的冲击自然也是“寻根文学”不可回避的话题。到了80年代，现代文明开始无孔不入地渗透进乡土中国的传统生产、生活方式和价值观念等，其中对中国传统生产力、生产方式的冲击是最为剧烈且显见的。从情感方面，80年代中期的“寻根文学”并没有如“改革文学”一般对城市、对现代化怀有无限的期盼与渴望，相反，它对即将逝去的原始生产方式、传统生活方式怀有深情的留恋，好似一个即将乔迁新居的老人对生于斯、长于斯的故居的依恋。祖祖辈辈的土地被工业建设开发，维持几代人生活的传统手艺渐渐失去了市场和效用，旧有的审美观与价值观遭到了贬斥，失落、彷徨、苦闷……无休止的矛盾纠结于老一代国人的心中。因此，“寻根文学”并没用描写现代化进程中热烈的、激昂的、奋进的生产场景，相反，它用悲凉的曲调谱写了民族原始生产力遭遇现代文明冲击而发出的无奈的“挽歌”，塑造了一个个鲜活的“最后一个”形象。

李杭育对现代文明的来袭饱含着浓烈的“世纪末情结”，“世纪末情结”源于基督教的终结之感，知名华裔批评家李欧梵认为：一方面，“世界末”代表着过去的历史不可挽回地自然逝去；另一方面，“情结”代表着恋旧的人面对必然消失的历史产生一种无奈与苍凉之感。“这种感觉实际上是反现代性的，但又与现代性化为一体，是一体的两面。”① “寻根文学”徘徊于传统与现代性之间，在小说中充满着悲凉的“世纪末情结”，最有代表性的是李杭育。李杭育的“葛川江系列”小说以塑造现代化进程中“最后一个”传统人物形象见长，《沙灶遗风》和《最后一个渔佬儿》是典型的代表。数千年来，主导中国社会的经济形态是自给自足的小农经济，其主要特点为：生产工具简单，生产技术低下；以家庭为生产单位，缺少规模生产；产品以自给自足为主，鲜有商品交易；排斥分工协作，很难扩大再生产。虽然小农经济生产力低下不利于社会发展，但是它在国人的生活中已经形成了固定的模式，并且在这牢固的生产关系中，每个人都固守着各自的小天地。画屋师曾是葛川江流域最体面、最受人景仰的行当，渔佬儿也是葛川江流域最普遍的生存职业，画屋师靠手艺吃饭，渔佬儿靠天、靠技术吃饭，他们在传统乡村社会虽说不上大富大贵，但至少衣食无忧，悠然自得。但是眼见着现代文明以强劲的势头“不请自来”——新式的洋楼代替了传统的屋，

① 李欧梵．当代中国文化的现代性与后现代性．文学评论，1999（5）：129～139

通明的灯火代替了昏暗的油灯，乡下人也学着城里人经营起了买卖，或者到工厂里打工去了。曾经用来捕鱼的船或者腐烂，或者散架，或者长满了青苔与寄生物，或者……它们被时代弃置于荒滩之上，日渐消亡，捕鱼船的废弃恰恰是落后的生产方式在先进的生产力面前的溃败。眼下，画屋师这一行虽然还有些市场，但是年轻一代的沙灶人已经不兴造“屋”，而是相互攀比着盖各式洋房，画屋师面临着无“屋”可画的尴尬境地。现今的渔业生产也讲究现代化与科学化，像渔佬儿福奎一样在江中下滚钓打鱼已经与时代严重脱节。画屋师爹耀鑫和渔佬儿福奎成为葛川江流域最后一批固守着传统生存方式的代表，他们的固守是无奈的，年轻已不再，接受新理念、学习新手艺对他们来说已经是不可能的，他们成为时代的“弃儿”。另一方面，他们的固守又是自愿的，他们不为现代发达所动，不为物质利益所诱惑，他们用一生维护祖先的遗产。画屋老爹挚爱着他的老手艺，他把画屋看成和自己的命一样重要，他用他的尊严捍卫着这古老的行当；渔佬儿福奎“情愿死在船上，死在这条像个娇媚的小荡妇似的迷住了他的大江里”①，也决不上岸，决不到什么工厂打工。在强大的现代文明面前，这种固守显然是悲壮的，无奈的，他们作为代表原始生产力的“最后一个”只能目睹着一生的

① 李杭育．最后一个渔佬儿．当代，1983（5）：176～182

事业退出历史的舞台。贾平凹《商州再录》之《木碗世家》中，黄老汉摒弃了祖上种大烟的缺德营生，靠旋制木碗安身立命、娶妻生子。尽管随着技术的进步，旋制木碗的效率越来越高，但是木碗的销售却是无路的，搪瓷、铁皮、塑料已经占满了市场，除了深山老人和个人收藏所用，木碗遭遇的只能是一片孤寂。

现代文明对原始生产力的冲击不但淹没了画屋师、渔佬儿、木碗匠这些行当，还有原始的耕种方式、狩猎形式，还有《最后一个渔佬儿》中胡老大的手工制钓钩、《透明的红萝卜》中老铁匠的古老的打铁技术、葛川江小调、陕西的秦腔……形形色色、林林总总的古老而悠久的传统生存方式、传统手工艺、传统文化艺术。物质与非物质遗产都在现代化建设中渐渐消失了。这些原始生产力、生产方式的退场从人类发展的总趋势来看是必然的，是乡土中国发展的表现，但是对那些只掌握原始生产方式的古老国民来说，这是一种悲剧式的冲击，它截断了众多国民的生存之路，迫使他们在现代化之路上重新寻找属于自己的方向，这对他们来说是异常艰难的，甚至是难以实现的，这加剧了国民对自己未来生计的焦虑。“寻根”作家借助文本表达了对代表传统生产力的“最后一个”们的深切同情，他们曾经精彩的人生在现代生产力的冲击下黯然失色。当代表落后生产力的“最后一个”们认识到个人时代即将终结时，那种世纪末的没落感陡然增加了人物形象的厚重，也为古老的传统文化蒙上了一层悲壮色彩。

（二）现代文明对“乡土中国”自然生态结构的破坏

“寻根文学”对现代文明冷静而理性的对待还体现在它察觉到了现代化在人类中的膨胀是以对大自然的扩张为代价的。现代文明就其本性来讲不是“文明”的，而是血腥与罪恶的，它是人欲望的膨胀，它不但在人类之间弱肉强食，而且它贪婪地入侵了动植物的生存领地，破坏了原始生态的内部平衡，恶化了人与自然原本和谐的关系，中国在现代化这条路上也难辞其咎。现代化进程在生产力发展方面表现为农业现代化与工业现代化，相对欧美国家而言，中国的现代化发展是迟来的，经历了战争、“大跃进”“文革”等一系列破坏生产的政治运动，中国人对姗姗来迟的现代化发展既表现出急切的期盼，又表现出不安的焦虑。急切的期盼使中国的现代化进程急功近利，缺少可持续发展的科学眼光，大量的围湖造田、乱砍滥伐、拓荒开林、暴殄天物、填海建房，严重威胁了自然界其他生物的生存权利，破坏了人自身的生存环境。郑义笔下的老井村为什么“水贵如油”，据文中记载，老井村先前也曾河里有鱼虾、山上长人参、林里跑野猪，水并不是稀缺之物。后来人们毁林种地、放牧，地表水才逐渐消失，使整个黄土高原、整个太行山成为典型的旱区，也使老井人代代为打井、为出水流汗、牺牲。与其说老井人在与自然抗争，莫若说老井人在自食苦果，在替祖先赎罪。干涸的太行山已经牺牲了十代人的幸福，即使人们亡羊补牢，还需要至少三五十年的光阴才能恢复大山的绿色，这是人类不尊重自然规律，恣意破坏生态必然遭受到的惩罚。乌热尔图最能触动人类灵魂的“寻根”之作《老人和鹿》读起来发人深省：森林中的老猎人将林中的山山水水、花鸟鱼兽当成是自己的朋友、亲人、恋人，他与它们生死相依，晚年他被“现代化”到了村里生活，被迫离开了深山老林，但是他的灵魂已归宿大山，每年九月他都要上山三天回味一下原始生活，与他的老朋友——野鹿约会。当触摸到大树时，他是欣慰的，因为它还没有被伐倒；当掬到河水时，他是兴奋的，因为它还是那么清澈。“这里听不见让人心烦的机械作业的轰鸣声，鸟儿似乎也懂得珍惜安宁，都知趣地闭上了嘴。”①老人享受着山林中尚存的一切，因为这里的生命是平等的、和谐的，没有机械化的冷漠与无情，但是他期待的老朋友——一只老鹿今年却再也没有出现，它已经被贪婪的现代人类用铁丝套死了……林中那婉转的鹿鸣彻底消失了。鹿死了，如同老人的精神支柱被无情地连根拔起。“老人栽倒在地上。刻满皱纹的脸紧贴着地面，伸直了的双臂，好像搂抱着大地。”②这位老人以“殉鹿”的方式结束了自己的生命，他“殉”的不仅仅是一个善良、温顺的动物，更是大自然母亲。大地生灵的伤痛深深刺

---

①② 乌热尔图．老人和鹿．上海文学，1981（8）：64～73

痛了鄂温克老人的内心，他宁愿随之而去，将自己的生命留在大山里，与河流做伴，与清风伴舞，也绝不活着面对已经不属于他的社会。较之今天人类的无情与贪婪，面对光秃秃的山峦，面对野兽灭迹的荒林，我们不得不感喟传统“天人合一”精神的可贵，它的意义甚至远远超过了当代的“可持续发展”的理念。“万物有灵”这一信仰有效地促进了人与自然的和谐相处，保证了生态的平衡与持久发展。野鹿的被杀正是山下人逼近山林，开始对原始森林展开现代化扩张的开始，不久那清澈的河水、那清脆的鸟鸣即将消失在轰鸣的机器声中。可以说，人类的现代化进程是凌驾在破坏自然生态平衡的基础之上的，是以无数生灵血肉与生命的消失为沉重代价的。

阿城的《树王》塑造了两位对立人物形象，一位是“知青”李立，他是“文革”时期夸大人的主观能动性、认同“人定胜天”的思想代表者，他的出场是独特的：好读书，又带着满满的一箱子政治书籍；他的豪言壮语便是：“伟大。改造中国，伟大。”① 他将村民们对百年老树的护佑看做是封建迷信，立志砍掉老树，破除迷信思想，征服自然。“有一种观点认为，‘文革’也是现代性的一种极端表现，本身也代表了一种极端的前进的时间观念。”② 固然，李立所代表的思想是中

---

① 阿城．树王．中国作家，1985（1）：85～102

② 李欧梵、季进．现代性的中国面孔．北京：人民日报出版社，2011：81

国极左政治思潮的畸形产物，同时也是西方现代文明的启蒙主义思想中过分强调“理性”的表现。与李立相对立的人物是立过大功，但由于耿直又遭受处分的树王肖疙瘩。肖疙瘩与树是融为一体的，他的敦实、有力、木讷、坚毅恰恰是大树的品格。树是他的孩子，也是他的生命。当一群“知青”为了完成垦殖大业要把老树精砍倒时，他用臂膀护佑着老树，用生命阻拦着前来砍树的众人。李立与肖疙瘩有一段激烈的冲突：

> 肖疙瘩仍垂着眼睛：“可这棵树要留下来，一个世界都砍光了，也要留下一棵，有个证明。”
>
> 李立问：“证明什么？”
>
> 肖疙瘩说：“证明老天爷干过的事。”李立哈哈笑了：“人定胜天。老天爷开过田吗？没有，人开出来了，养活自己。老天爷炼过铁吗？没有，人炼出来了，造成工具，改造自然，当然包括你的老天爷。”①

这段冲突不止于言语，而是两种完全不同的思想观、价值观的对峙。肖疙瘩信奉传统文明的“天人合一”，而李立坚持现代文明的“人定胜天”。不可否认的是，“文革”是整个

① 阿城．树王．中国作家，1985（1）：85～102

民族的疯狂与非理性，但是它在一定程度上也假借了“理性主义”的旗帜，主张“破旧立新”、藐视自然规律改造自然。苏州大学的季进在与海外学者李欧梵的对话中总结了中国的现代性，其“理想模式可能开始于20年代，到了50年代以后成为大陆现代性的主体想象，‘文革’则是这种乌托邦想象的极端表现”①。毛泽东受现代文明的启发，提出的“人定胜天”哲学思想便是这种极端乌托邦的表现，这显然违背了自然规律，造成了对生态的严重破坏，在文中体现为“知青”们响应上级的号召，砍伐掉生长了近百年的原始“野树”，放火焚烧了动植物繁盛的原始森林，再种上所谓“有用”的树苗。在这场熊熊的大火中，数万棵大树毁于一旦，无尽的野生动物在竭力逃窜之后最终不得不惨死于火海之中，整个宇宙似乎毁灭了一般。与树精、与森林一同消失的还有树王肖疙瘩曾经无比顽强的生命。应该说肖疙瘩是大自然的殉葬者，他的死是对理性包裹下的“非理性”的抗争，树王肖疙瘩用生命警醒着人们中国的发展不应该以毁坏自然为代价。

固然现代科技提高了生产效率，但是对科技的滥用既破坏了人与自然现有的生存空间，也威胁了生态存在的未来质量。郑义的《老井》创作于20世纪80年代，正是现代化生产方式如火如荼地引入中国之时，国人开始对现代科技产生崇

---

① 李欧梵、季进．现代性的中国面孔．北京：人民日报出版社，2011：82

拜和迷恋之情。文中赵巧英离开乡土一段时间后，从城里学来了科学种田法：在庄稼地里撒锄草剂，为棉花喷洒缩节安，还在地里施化肥……种起庄稼来省时省力又高产，成为掌握先进技术的代表人物，作家用一种赞美的语气表达了乡土大众对先进技术的渴望。固然现代技术在中国农业现代化的进程中发挥了重要作用，提高了农业的产量，丰富了农作物的品种，解决了中国人的温饱问题，但是滥用化肥、农药严重破坏了土壤质量，降低了果蔬作物的食用安全性。到了21世纪的今天，中国人愈来愈感受到不尊重植物生长规律，一味追求产量、追求果实感官效应的负面影响：我们原生态的土地因为过度施化肥、频繁种植早已失去了肥沃性，产生了“化肥依赖症”，大量的化学成分被植物吸收，最终被端上了餐桌；我们的果蔬大量使用农药、激素等非自然成分，导致食品质量严重下降，甚至威胁了国民的生命健康。不得不说昨天的成功恰恰埋下了今天民族发展的隐患，甚至可能成为民族自毁的罪魁祸首，这令今天的国人时刻活在现代化带来的焦虑之中。现代化进程不但破坏了陆地生态，包括土地、森林等，还有对水域生态的破坏也有过之而无不及。随着工业的发展，原本清丽的江水受到严重污染，幸存的鱼寥寥无几。李杭育的《最后一个渔佬儿》从渔佬儿视角讲述了现代化机械捕鱼与环境污染令葛川江里的鱼越来越少，渔佬们不但不能靠捕鱼过上富足生活，就连温饱都难以维持，钓上来的鱼又少又小，这些都是人类无节制使用现代手段对生态可持续发展的破坏。如今，人类享受到了现代化物质与信息，旅游观光了各类人文景观，唯独丧失了亲近自然、亲近多种生灵的机会。大自然的“退场”、生灵的惨遭荼毒，令人类呼吸的空气里充满了现代的“污秽”，这一切都归咎于现代化过程中的盲目与无知。

（三）现代文明对“乡土中国”人心的蚕食和扭曲

德国古典社会学家马克斯·韦伯从文化学角度阐述了西方现代性：“我们这个时代，因为它所独有的理性化和理智化，最主要的是因为世界已被除魅，它的命运便是，那些终极的、最高贵的价值，已从公共生活中销声匿迹。”① 也就是说，韦伯对现代性的文化是失望与否定的，他主要针对现代性导致人无节制地追求物质享受，而使人的价值观、人生观走向堕落而阐发议论。现代工业文明是以科技、理性为标志的，而不是以道德和信仰为目标，因此对实实在在的物质追求成为人的首要目标，为了这个目标可以无视人性，可以蔑视道德。在中国社会，一方面，现代文明渐趋改变了中国的乡土性，使国人失去了“乡土之根”。另一方面，在现代文明的烛照下，人们对“物质”“利益”趋之若鹜，精神信仰严重

---

①［德］马克斯·韦伯. 学术与政治. 北京：生活·读书·新知三联书店，1998

缺失，使人在精神上也处于“无根”的漂泊状态。现代工业文明对人心的蚕食既异化了人性，也为人类的精神世界注入了毒素。“寻根文学”对现代工业文明精神贫乏特征的觉察是敏锐的，它通过浪漫主义、现实主义等手段，描写现代文明侵袭下国民人性的变异以及价值观的堕落。莫言的《红高粱家族》、韩少功的《女女女》与《归去来》、乌热尔图的《琥珀色的篝火》等均直陈现代文明对原始人性的腐蚀。

莫言小说的突出特征是对农民立场的坚守，而这种农民立场是通过一种“对抗”来实现的，包括“对城市文明、对权力，总之是与现有的不合理性对抗”①。《红高粱家族》中莫言通篇用一种高昂、热烈的基调张扬着乡土原始文明的野性、粗犷、刚毅、果敢，但是作品的最后运用浪漫主义手法创设了另类的人鬼对话，对现代城市文明进行了无情的嘲讽与批判。因为莫言的农民立场是异常坚定的，因此他用了极丑的语言来刻画现代性元素：我“逃离”家乡十多年，带着“机智”社会“传染”给我的“虚情假意”，带着被“肮脏”的都市生活的“臭水”浸泡得散发着“恶臭”的肉体，又一次站在了象征原始文明的二奶奶坟头，用原始农业文明的铜镜烛照着“我”被城市现代文明矫饰过的家兔般的虚伪灵魂。与

① 陈婧祾．理论与实践：文学如何呈现历史？——王安忆、张旭东对话．文艺研究，2005（2）：83～91

故乡人“古老的醉眼”相比，城市人的眼睛“像山楂果一样鲜红欲滴”，充满无尽的欲望，并带有“点点的黑斑”。城市的强大同化力也将“我”这个铁骨铮铮的“土匪种子”浸泡成了伶俐的家兔，我甚至惧怕和祖先共生存的“铺天盖地的苍蝇”“乌云一样的蚊虫”“无腿的爬蛇”，农业文明所赋予我的“酒神精神”已荡然无存，新一代的红高粱子孙已经变成了“可怜的、孱弱的、猜忌的、偏执的、被毒酒迷幻了灵魂的孩子”。① 可以想见，如果更强大、更凶残的敌人威胁整个民族的时候，我们是否还有祖先那种“最英雄好汉最王八蛋”的反抗力量。小说中还运用了一个意象——高粱的品种变化隐喻民族品质的变异，原始文明培育的纯种红高粱挺拔顽强、郁郁葱葱、富有血一样的革命激情；现代文明渗透下，纯种的红高粱已经变成了杂种高粱，它低矮、粉白、穗子如狗尾巴一样长，它污染着曾经纯洁的高密空气。莫言借两种高粱的对比隐喻中华民族“种”的退化，他痛恨现代人身上的软弱、谄媚气质，但是却无法将这种气质从自己身上去除，这也恰恰隐喻了尽管现代文明存在着种种弊端与缺陷，任何人、任何群体都无法彻底拒绝它的侵袭，现代化如空气一般弥漫在时空的隧道中。不可否认，莫言只是用一种抒情、议论性的言语表达了对现代文明的鄙视与嘲弄，在文本中并没有具

① 莫言．红高粱家族．北京：当代世界出版社，2004：373

体地塑造某个人物，也没有展开情节上的勾勒。韩少功与乌热尔图等作家则在“寻根”文本中塑造了一系列人物形象来凸显现代文明对人性的“污染”。

鄂温克作家乌热尔图提出的原始人性与现代人性的巨大差距问题更令我们对现代性产生怀疑。《琥珀色的篝火》中原始森林里的鄂温克猎人尼库出于鄂温克原始人性的善良与仗义，扔下病重的妻子只身到深山中援救迷路的城里人。他为已经冻僵了的城里人点篝火、搭帐篷，然后把身上所有的食物都留给他们，而自己却晕倒了。可是尼库醒来时，那群城里人早把食物吃得精光，他不得不忍着饥饿自己再去打猎。当尼库饱餐之后想要回到病重的妻子身边时，自私的城里人因惧怕再次迷路而恳求尼库为他们带路，而尼库与生俱来的原始人性之淳朴与善良使其再次忍痛，置病妻、幼子而不顾，为城里人烤肉、带路……此时尼库的妻子已经奄奄一息，晕死过去！与之相反，尼库去城里时，孩子们朝他撇石头，不少人像看牛马一般盯着他。招待所里的服务员歪扭着鼻子、捂着嘴对他。即使曾遭遇过如此的慢待与侮辱，尼库仍然不计前嫌，舍妻救人。原始人性的豁达与伟大令现代文明观照下的现代人性显得更加懦弱、自私与肮脏。在强大的大自然面前，城里人束手无策，连起码的生存能力都不具备，不会取暖、不会猎食、不辨方向，只会一味地向森林猎人索取帮助，却从来不考虑森林猎人需要什么，更丝毫体察不了猎人内心对家人的牵挂与焦虑。小说的最后，尼库跟着无助的儿子奔向生命垂危的妻子，三个城里人在背后呼唤了一声“大叔”，“大概是在林子里的缘故，他们的声音变了，变得清脆，像孩子充满渴望的、纯真的童音。森林沉默了，倾听着他们的呼唤”①。这个耐人寻味的结尾令我们感喟现代文明抚育下人的脆弱与幼稚、低能，以及人性的自私，森林如一位经历沧桑的老人一般沉默地注视着这些异质文化子孙，目光里充满了失望与无奈。

尽管韩少功在《爸爸爸》中对乡土中国的愚昧与落后做了无情的揭露与批判，他如“五四”启蒙者一般呼唤着现代文明拯救昏睡中的华夏大地，但是一旦置身于现代文明之中，却陡然发现现代文明浸润的城市生活是混乱、无聊、游戏、无节制的，城里人也被指责为“无情义”的。《女女女》对现代文明的指责是最为激烈的，小说中“我”象征着现代社会精神、人格分裂的人类。“我”具有现代社会人的特征：理性、文明，“我”照顾年老的幺姑是对幺姑养育“我”、照顾“我”的报答。但“我”内心深处却极恨幺姑的刁钻、不可理喻，我徘徊在“感恩”与“憎恨”之间，以致形成人格的分裂。幺姑的刁钻、多疑、变态挑战着“我”的理性底线，“我”竟有了见不得阳光的念头，觉得幺姑还是死了的好。“我”想

---

① 乌热尔图．琥珀色的篝火．民族文学，1983（10）：4～11

尽办法摆脱幺姑，并为自己想出种种“善良”的开脱：“我”把幺姑送回乡下幺姑的结拜姐妹珍姑那里，并找出诸多理由来证明自己的高尚。种种“善”的背后隐藏着“逃避”“亵渎”等一切“伪”和“恶”，象征着现代文明裹挟下的并非人的高尚境界，其华丽外衣内藏匿的却是“伪善”与“假高尚”。这种理性的外套令现代人出现无痕的精神分裂，他们表面敢于担当，实则趋利避害，一切见不得人的邪念又时时撕扯着他们的神经，最终引发了精神的“大地震”。现代文明发展到20世纪中叶，在西方形成了一股反思现代性的思潮，渐趋形成后现代主义思潮，其显著特征就是反中心、反权威、反一切既定规则。尽管这股思潮在一定程度上约束了现代化的畸形发展，但是它使人陷入了虚无主义与享乐主义之中，将人的内心导入了空虚与困惑。《女女女》中老黑与她的名字一样，是后现代主义砸碎一切传统与权威，去除一切中心的象征。与她的养母幺姑“克己”的性格截然相反，老黑是不折不扣的“纵欲主义者”，她趋从本能，无所顾忌，为所欲为，她反权威、反理性。她从不在乎什么领导不领导，可以随意不上班，甚至连假条都不打。后现代主义是一种富裕土壤下的衍生物，它不考虑历史，只重现实。没有过去也没有将来。老黑的亲生父母不知去向，她自己肚子里的孩子也能甩甩下巴就随意地“拿掉了”，面对将死的养母幺姑，她无情地说：“幺姑吗？——must die!”当“我”作为现代理性主义者的象征还在为生命之根冥思苦想的时候，老黑却表现出后现代主义对根、对生命的漠视和嘲讽。老黑就从不想这些问题，所以她衣袋里总有那么多古古怪怪的零食，可以很得意地把下巴一挺，说："拿掉了。"后现代主义思潮反映在人的行为上就是把放纵与享乐始终放在第一位，这在老黑身上暴露无遗。老黑玩得潇洒，玩得纵情，她是去道德、去文明、去教化、去理性的化身，是垮掉的一代的象征，精神上的虚无主义，价值观的缺失使她的神经过早地衰弱，丧失了生的活力与希望，人生遁入了颓废状态。

与之相反，幺姑病重后是珍婆姑姑，这原本只是幺姑几十年前结拜的干姐妹将她收留。为了满足古怪的幺姑，珍姑全家不辞辛劳、想方设法为她弄来野兔和黄鳝，儿子们收工后还要抬着老姨子出门散心。为了幺姑，珍姑没有了唠嗑的自由，每天为幺姑翻身、擦身，洗满满一盆的屎尿衣裤。儿子们想把幺姑送回城里，珍姑甚至将农药揣在怀里，决绝地说："走也则是，吾横直也不想活了。要送就远些送，索性送我们到阴府去。"① 与幺姑不同的是，珍姑的善是彻底的、无功利的、原始的、未经现代文明教化的，甚至含有虔诚的宗教情结，她送"走"的不仅仅是幺姑自己，还有其他干姐妹，她无怨无悔地将姐妹情缘当做博爱与责任的理由，甚至为了

---

① 韩少功．爸爸爸．长春：时代文艺出版社，2001

这种“义气”不惜委屈自己、伤害丈夫和儿子。珍姑是地道的乡下女人，她的厚德是去现代文明影响的，她用她的行为反衬出现代文明的猥琐。现代文明对人性的侵袭与腐蚀是现代文明对乡土中国最令人扼腕的负面冲击。人心坏了，“文明”还称得上“文明”吗？现代文明的虚伪、冷漠令人与人之间的温情与信任日渐削弱，人心变得自私、浮躁。由于80年代中国的现代化才刚刚起步，现代文明对人性的异化也尚处于浅显阶段，因此“寻根文学”关于该问题的揭露还远不如西方文学深刻，但即便是如此粗浅的表达也足以使现代文明之弊初露端倪。

由于20世纪全球化已然成局，现代文明可以无数次复制到各个国家，现代文明之缺陷也如病毒般肆虐地蔓延至其所到之处。中国的现代文明最初是通过战争擅自“闯入”的，其次才是被有识之士“请进来”的，因此它对乡土中国的改变带有几分侵略的色彩。无论是现代文明对原始生产力的冲击，还是对自然生态的破坏，还是对淳朴人性的蚕食都是现代文明普遍存在的问题，但是对西方国家来说，他们更多的是主动接受，相对而言，中国则表现为被动的接纳，因此中国的现代性焦虑主观性更强烈。乌热尔图作为一个少数民族作家，将这种现代性焦虑书写到了极致，深山老林的原始部落文明与现代文明差距巨大，他们对现代性更加充满恐惧，甚至用生命来抗拒现代文明。鄂温克妇女在病重之时恳请丈夫："在山上……我死了也不觉得难受……我真要死的话，早晚也得埋在山上。"① "寻根文学"敏锐地捕捉到现代文明对乡土中国各个层面的冲击，体现了一代知识青年对现代文明的理性认识与文化警醒，也引发了"寻根"作家对乡土中国前途命运的思考。

三、"寻根文学"对乡土中国前途的思索

20世纪80年代中国传统的价值观在现代文明的冲击下渐趋瓦解，新的价值观又尚未形成。在现实层面，经历了"文革"之后，中华民族百废待兴，乡土中国的前途一片迷茫，国人不得不沉心静思：中华民族将向何处去？是固守传统农业文明，还是主动迎合现代文明的来袭？这两种文明除了对峙，是否存在着对话的可能？"寻根文学"对这一问题的思考主要通过两种类型的人物形象，以及他们的选择加以阐释：第一类为乡土保守派对现代文明的否定，他们甚至以仇恨的心态拒绝一切现代符号；第二类为乡土新生力量，他们努力挣脱城乡二元结构的束缚，拥抱现代文明，他们或者固守在乡土，以现代思维建设乡村，或者以"出走"的形式别离土地，闯入城市。这几类人的思想动态与行为选择正是中国转型时期处于农业文明/现代文明，乡土/城市矛盾中的国民缩

① 乌热尔图．琥珀色的篝火．民族文学，1983（10）：4～11

影。然而绝对的保守意味着没路，完全的接纳又变得难以承受之重，因此中国在80年代，乃至日后发展的最佳途径是在农业文明与现代文明之间寻求最佳融合点，以托起乡土中国进步的杠铃。

（一）乡土保守势力对现代文明的拒斥

现代化建设是艰难的，对于一个泱泱农业大国来说，其现代化建设的进程势必更加漫长。在这条原本陌生的道路上，乡土中国拖拽着沉重的传统脚镣，既要摸索未来文明发展之路，又要同传统的愚昧做斗争。狭小而封闭的乡村世界使落后观念在新事物、新方法、新价值面前愈加显得固执与顽劣，它如同沉疴与痼疾一般附着在古老的乡土中，令城市现代文明望而却步。费孝通在《乡土中国》中总结了乡土中国社会的基本特征与结构，开篇第一句便是，“从基层上看去，中国社会是乡土性的”①。如前文所述，乡下人离不开土，土地的固定性使中国社会结构呈现血缘性特征，因此乡土中国的人民通常生活在以家族为集团的村落里，封闭在相对狭小与固定的土地之上，这种稳定性与封闭性导致了乡土中国的子民们不开化、不愿意接受异质事物。

郑义的《老井》中巧英敢于向农村传统审美宣战，衣着打扮散发着城市时尚的气息，在封闭的老井村率先穿上露脚

---

① 费孝通．乡土中国．北京：三联书店，1985

凉鞋、半跟皮鞋，但这种时尚在古老的乡间最初是不被接受的，因此巧英处处受到嘲讽和排斥。村妇联主任嘲讽道："瞧你这半高跟鞋、包屁股裤儿，这唤不出个样法儿的衣裳！……甭瞅人家城里人。……是农民，就得有个农民的样样！"①巧英俨然一名独战的斗士，称："农民……农民就得破衣烂衫，就得土？……城里人能穿，农民咋不能穿！"先锋永远是孤独的，不被理解的，公社书记的帮腔更是一语中的："穿甚的衣裳，梳甚的头，这些都不打紧。打紧的，是这衣裳打扮后头的思想。"②在落后的乡村世界，即使在这些相对具有较高觉悟的村领导看来，巧英向往城市、追赶时髦不但不是进步，反而是伤风败俗，给新农村抹黑，是对乡土的背叛。在普通农民看来，巧英更是对传统的大逆不道，他们戏谑巧英为狐狸精，处处对她进行嘲讽。这种对新生事物不分青红皂白的拒绝也加速了新一代青年对乡土的背离，巧英最终忍痛割舍了青梅竹马的伴侣，选择了她向往的但却是陌生的城市。在这片爱恨交织的土地上，巧英满身的疲惫，满心的伤痕，巍峨的太行山并没有用伟岸的身躯包容和接纳这个带着时代气息的女孩儿，相反，它以冰冷的山石无情地击碎了一个年轻人的美好梦想。在巧英为代表的现代城市新理念面前，乡土愈加显现出泥土的顽固性，它用沉重的枷锁羁绊着社会生产力

①、② 郑义．老井．当代，1985（2）：4～73

前进的脚步。

老井村人祖祖辈辈打井定位先请阴阳先生，但是旺泉的新式打井法不请阴阳先生，请的是科学和机械队。在一次事故中，书记的儿子孙旺才不幸遇难，巧英也为救旺泉而骨折、昏倒。于是乡间便将这种不祥归结为打井时没有请“神神”，把井打在了龙背上，这种谣言从精神源头上使打井工程严重受挫。而最终重新发动老井村人重新下井的还是“神”的力量：那是村中神婆子借神之口告诉大家有水，能打，龙王不怪罪。在村中的封建残余势力看来，现代科学是不着边际的外星事物，祖辈信仰的神才是属于他们的灵魂领袖。久旱未雨，打井见水又遥遥无期，神灵成为人们唯一的期望，以万水老汉和神婆子为代表的封建势力倡议由老百姓集资为龙王唱戏祈雨，以挽救大旱中的太行生灵；与之相反，正在修筑横跨青龙河公路桥的工人们却极怕老井村人祈来雨而耽误了工期，于是到赤龙洞里为龙王送去了大量的牲礼，不过他们祈求的不是雨，而是旱。无论打井还是修筑公路都是落后的乡村向城市现代化进军的信号，但是这条路上却横亘着陈旧而腐朽的封建思想，它如一缕剪不断、扯不清的蚕丝盘结在人们的头脑中，阻碍了乡村现代化的进程。

《爸爸爸》虽然不是以现实主义手法描写当代中国现实，但是他的寓言故事形式具有鲜明的借古讽今的意味，蕴含着传统与现代两种文明的交锋。小说中对中国乡土社会的描写更为落后与原始，仁宝常去的千家坪虽不是实体的现实城市，但是它象征着城市现代文明，从那里仁宝带回了皮鞋、松紧带、玻璃瓶子、报纸、照片等，仁宝自身也几乎同化为现代因素。但是在冥顽、腐朽的鸡头寨，仁宝显然是孤立无援的，他既得不到父亲的承认，也得不到村民的认可。这种孤立固然一方面源自仁宝自身的局限性，他对城市现代化的“信仰”只是一种投巧与虚张声势，他说出的现代概念俨然天书，让寨子里的人摸不着头脑。造成这种尴尬局面的另一方面则要归结于鸡头寨活化石般的顽固特性，仁宝带来的现代符号对鸡头寨人来说是无意义的，他们依旧沉溺于祭谷神、打冤这些古老而落后的生存方式，他们的不屑态度是对现代文明的绝大讽刺。仁宝在文中如跳梁小丑一般，他完全没有鲁迅笔下负载着民族发展重任的知识分子的凝重气质，他将点滴的现代城市文明碎片撒播在原始、野蛮的楚地湘土中，丝毫激不起半点波澜，这片贫瘠的土地仍然为争夺粮食而不断械斗，这个可悲的民族仍然为了生存而背井离乡，甚至弃老杀婴。《爸爸爸》中仁宝担任的现代启蒙角色是失败的，他以一己之微薄力量根本无法疗救以丙崽为象征的满身沉疴的传统中国。换言之，《爸爸爸》中的故事背景并不具备现代化发展的土壤和契机，保守、顽固势力过于强大，我们的民族还需要更多更有智慧、更有力量的“摆渡人”，才能将中华民族引渡到现代化的轨道上。

在《老井》中，有这样饱含寓意的一段话："大喇叭愈来愈失去效用。倒是这古老的铜锣，在村人心目中还有着崇高的信用。近两年，这土地、这牲畜、农具，都是在阵阵锣声中分下来的。因此这锣声总在村人心中勾起一种对生活的古老而新鲜的希冀。"① 文中大喇叭与铜锣分别代表着现代文明与传统文明，而老井村自然是乡土中国的典型代表。郑义的这段话谕示着在80年代的中国农村，在老百姓意识之中居于主导地位的仍然是传统文明，它们对古老铜锣的信任远远超过那会说话的大喇叭。他们渴望的是传统文明主导下既不打破原有秩序，同时也不断带来新希冀的传统生活方式，相比之下，现代文明显然是位"不速之客"。从观念上对现代文明的拒绝是现代文明迈进中国的最大障碍。现代化不但涉及生产力的变革，还包括制度变革以及思想观念变革等，只有从思想观念上对现代化抱以积极的态度，才能够从根本上推进现代化在中国本土的生根发芽，而新生事物诞生之时又必然受到旧事物、旧观念的阻挠，乡土中国在迈向现代化之路上要有十足的勇气和决心才能够冲破旧观念、旧势力的束缚，推进中国向理性的现代化迈进。

(二) 乡村新生力量对发展的渴望与行动

乡土是封闭的，但并不是密不透风，城市现代文明如一

---

① 郑义．老井．当代，1985（2）：4～73

股春风不同程度地吹进了遥远而偏僻的乡村，为他们带来了时代的气息。郑义的《老井》中县城里那穿梭于北京、太原与太行山之间的火车成为传递现代文明信息，唤醒古老乡村的时代号角。彩电、收音机、电饭煲、皮夹克、喇叭裤、高跟鞋、生日蛋糕、细粉丝、北京蜜饯……一系列现代文明符号通过一次次列车传递给了沉寂的乡村。但是乡土遭遇城市文明是尴尬的，它在拒绝与接纳中徘徊。如果说老一代生产者对城市现代文明更多持有无奈与抵斥，那么农村新一代青年则张开双臂迎接着现代工业文明的洗礼。这类群体虽然都以积极的态度接纳现代文明，但是却选择了不同的形式：一些激进青年以“出走”的形式背弃乡土，拥抱城市；一些保守青年以“留守”的形式改造乡土，发展农业。

“出走”是我们并不陌生的词，从异国娜拉的出走，到“五四”时期中国妇女的出走，再到 80 年代中国农村青年的出走，“出走”已经成为反抗社会、反抗宿命的一种方式。“出走”既是人追求超越的本性反应，也是社会问题的附属产物。在城乡二元结构下，农村繁重的体力劳动、恶劣的生活环境、贫穷的经济状况、底层的社会地位压抑着乡民们的人性，当这种压抑达到一定限度的时候，一种冲出牢笼，砸烂城乡封锁线的欲望就会喷涌而出。这些乡下人或者凭空想象着城市的模样，或者凭借着点滴的现代事物符号窥视着城市，或者勇敢地跨出农门，这些人固然身在乡土，但心早已飞向了城市。郑义的《老井》中赵巧英生在城里，长在农村，她与生俱来具有一种叛逆性，这种叛逆是对命运的抗争，也是对乡土的反抗，更是对时代的反抗。在乡间，巧英是具有先知先觉的时代智慧青年，她的言行举止传递着现代化的信号，志向与理想代表着社会发展的潮流，她最喜欢的事情就是驻足火车站，捕捉那穿梭在人流中的现代城市影像，并将她感受到的时代气息带给古老的老井村。她褪去了老式农民的破衣烂衫，率先穿起了城里的时装；她搞科学种田，在太行山脉率先使用除草剂和缩节安，轻而易举获得了大丰收，令面朝黄土背朝天的老式农民刮目相看；她大胆率直，在国家解除了粮食统购统销之后，一个人随意坐上去北京的列车，带回了特殊的作物种子——水果玉米，在干涸的太行山上种起了蹊跷商品。优良品种、农药、抗旱保湿覆盖膜……这些现代科学种田法给贫瘠的老井村带来了生的希望。但是，现代文明由巧英带入了乡村，也把巧英带离了乡村，"出走"是巧英的必然选择，因为她看不惯乡土的褴褛衣衫，受不了乡村的落后穷困。又因为巧英的思想与言行超越了乡土的认识水平，因此她受到了乡土的排挤，她被村人嘲讽为狐狸精。一方面是城市的诱惑，一方面是乡土的排挤，巧英在两种力量的助推下毅然选择了"出走"。如果不是对孙旺泉的一份恋情牵扯着，巧英无论如何是不会出走后再返乡的，她的返乡不是出于功成名就后的"怀乡"之情，而是要将留在乡土中唯一的一份牵挂带走，实现彻底的“拔根”。遗憾的是，虽然巧英的回归唤起了旺泉对她的温情，使他们的爱情得到了升华，但是孙旺泉对乡土的深情、对命运的屈服使得他们只能分道扬镳。巧英再次绝望地出走，此时她满怀“怨乡”，甚至是“恨乡”之情。临别时，旺泉子用手绢包一把黄土沉重地递给了巧英，巧英却将这片“深情”倒在了公路上，她说：“够土的啦，还要带土！”① 丁帆认为：“占我国绝大多数的农业人口，为其生存而挣扎在黄土地上，他们唯一的奢望就是逃离家园、逃离故乡，故乡在他们的眼里不是城市人富有浪漫情调和色彩的抒情诗，生存的困境使他们仇恨故乡，产生了对故乡的反叛情绪，一种仇恨的审视。”② 尽管巧英长在乡村，也曾为乡村的现代化作出努力，但是她同众多企图“跳农门”的青年一样厌倦了乡土的落后与闭塞，渴望飞到代表现代文明的城市，因此当巧英对爱彻底绝望之后，她义无反顾地逃离了乡土，不带走一粒尘土。巧英的“出走”是对乡土的叛离，更是对传统农耕文明的告别，她以强烈的反抗性、张扬的人格个性投入到现代文明的洪流之中，完成了时代青年对城市现代文明的拥抱，成为引领乡土中国前行的旗帜。

当现代文明之风吹进了乡土，以巧英为代表的乡村先锋

① 郑义．老井．当代，1985（2）：4～73
② 丁帆．乡土——寻找与逃离．文艺评论，1992（3）：35～39

青年义无反顾地选择了“出走”。但是在80年代，“出走”毕竟是少数，大多数青年选择了以“留守”的形式改造乡土，发展农业。经历过知识启蒙、感受过城市现代文明的孙旺泉高中毕业后返乡做了地道的农民，面对祖祖辈辈打下的旱窟窿，旺泉立誓要用现代技术为老井村打下一眼能够满足老井人生存需要的水井。孙旺泉摒弃了祖辈信奉神灵、依赖经验的愚昧而无果的打井法，而是参加培训班，学习现代打井技术，并运用自己所学的地理知识在旷野中寻找最佳井位，最终旺泉排除了封建传统势力的重重阻碍，用现代科学与技术为老井村打下了一眼清澈深邃的时代之井。与赵巧英相比，孙旺泉对现代文明的接纳更富有责任感与使命感，他身上肩负的不但是个人的理想，还有祖辈生存的老井村的现代化使命。他要用现代理念改变落后的老井村，他要用自己的双手和智慧将现代文明模式“搬”到老井村。旺泉的选择是沉重的，甚至是悲壮的，他牺牲了个人的幸福而将现代文明的希望带给了老井村人。在城市文明的诱惑下，如果用“叛逃”来形容巧英或许有些欠妥，但是用“坚守”来形容旺泉是再恰当不过了，这种坚守既有对血脉土地的热恋，又有对乡土美好未来的希望。连接这两种看似矛盾情感的纽带是现代青年用现代思维与手段将现代文明照进古老的乡村，使乡土中国与现代文明接轨，这是古老中国之赤子在接受现代启蒙教育后对乡土故地的反哺。如果把巧英比作老井村一颗带着现代文明之光的流星，那么旺泉则是一颗闪烁着现代文明的不灭恒星，他将用他的光芒照亮老井村。透过文本沉重的语言和人物撕心裂肺的情感挣扎，我们可以感受到作者郑义对时代产生的这两种类型的人物不是简单地否定一方、肯定另一方，他说“对这两个人物我是矛盾的，赵巧英勇敢追求新生活却又肤浅，孙旺泉深厚扎实却又与传统妥协，我无法从这矛盾中解脱出来，便在作品中老老实实地保留了这种矛盾”①。但无论叛逃还是妥协，作为富有现代文化素养的知识青年毕竟唤醒了沉睡中的中国大地，拖拽着这架古旧的器物艰难前行。

在乡土文学研究领域颇有成就的丁帆认为：“如果说 19 世纪与 20 世纪之交，强大古老的中国农耕文明帝国在现代性的压迫之下走向了全面衰落的文化语境中，那么在 20 世纪与 21 世纪之交，被现代性挤压了一个世纪的农业经济文化社会结构逐渐解体，而被一个日益迅速增长的资本经济帝国所取代。”② 在众多“寻根”作家中，贾平凹的现实主义是最为彻底的，贾平凹也最能捕捉现代化进程中资本经济在乡村悄然形成的过程。贾平凹《商州再录》之《木碗世家》，故事置于

---

① 郑义、施叔青．太行山的牧歌．上海文学，1989（4）：76～80

② 程光炜等．乡土文学创作与中国社会的历史转型——“乡土中国现代化转型与乡土文学创作学术研讨会”纪要．渤海大学学报，2010，32（1）：49～67

20世纪80年代改革开放初期，农民被鼓励从商从工，黄家儿子弃祖传手艺而不顾，也不盲目从众跟风，而是在新思维、新政策的引导下从养仔猪起家，到养半拉子猪，再到养母猪发家，当他将村里人引上了养猪之路后，自己却转变了致富的方向开始养羊卖奶。别人卖奶羼水，他卖奶现挤现卖，接着又卖荷兰鸡种、栽甜叶菊、买拖拉机搞长途运输、买公共汽车做班车。黄家儿子凭借自己的聪明与勤劳在世纪之交完成了个人的财富积累，但是他致富不忘乡亲们，用赚来的钱外加贷来的款为村里建起了四层楼的小学。黄家儿子的成功秘诀在于摒弃了传统农业文明的单一生产方式，把握了时代的脉搏，将现代经营理念与农业生产的固有特征紧密结合。他的创新思维既使个人迅速走上致富路，而且活跃了农村经济，为农村带来了新气象。不光农业生产现代化、商品化，渔业生产也步入科学化与现代化、商品化的生产模式。在李杭育的《最后一个渔佬儿》中，代表新生代力量的当属福奎的外甥大贵，当渔佬儿福奎还固守着传统下滚钓打鱼的方式时，大贵已经开始承包鱼塘，一年能赚近万元，还买了拖拉机，创建了渔民的现代化生产模式，同时完成了一个青年渔民的资本积累，有力地推动了整个渔业由自给自足的经济形态向市场经济过渡。

通往乡间的那一条条道路，既打通了城乡二元的空间界线，也打通城乡隔阂的心理界线。在这条通往现代的“心路”

上，无论是选择“出走”，还是选择“留守”，新一代青年多以开放的姿态迎接现代文明。出走后的衣锦还乡自然会唤起更多人的出走欲望，90 年代后大量的农民工涌入城市，这种集体式的出走与松动的城乡二元户籍制形成了互为因果的关系，有力地推动了中国城市现代化进程。但是在当时，将户籍变更为城市，彻底地从乡土中拔根是异常艰难的，因此多数出走者在城市打拼若干年后，还是选择归根于乡土，进而用城里学来的现代技术改变家乡。留守者固然依旧生活在乡村，但是他们的脚步与视野已经开始游移于城市与乡土，他们不断以现代手段与理念改变着传统的乡村，应该说他们才是中国农村现代化的中流砥柱。中国“三农”问题的解决一方面要依靠政府，一方面也离不开农民思想意识的提高。

（三）两种文明契合下的民族未来

乡土自始便是苦难的承载者，自现代性闯入中国，乡土便成了其最直接的策源地，“它成为中国知识分子思考中国现代性问题的出发点和基本场域。”① 在“寻根文学”中，无论是想象中的“头脑故乡”，还是现实之中的“生存故乡”，都在一定程度上反映了中国农耕文明与现代文明的矛盾与冲突，“寻根”作家企图透过文本思考这样一个问题：在现代化的进

① 禹建湘. 乡土想象：现代性与文学表意的焦虑. 长沙：湖南人民出版社，2008

程中，是否还有传统文明的话语空间，单纯的现代文明能否担负中华民族未来的发展重任，彻底拒绝现代文明能否导致中华民族故步自封，现代文明与传统文明这一矛盾对立体的最佳契合点在哪里，“寻根”作家力图通过理论倡导与文本创作对上述问题进行探讨。在理论方面，韩少功和李杭育提出将传统性与现代性相融合的思路。如韩少功认为“这里正在出现轰轰烈烈的改革和建设，在向西方‘拿来’一切我们可用的科学和技术等，正在走向现代化的生活方式。但阴阳相生，得失相成，新旧相因。……我们的责任是释放现代观念的热能，来重铸和镀亮这种自我。”① 二者的核心观念就是以西方现代文明的活力触发古老的传统文明。但在实际的创作实践中，显现出了现代文明与传统文明更为复杂的矛盾纠结，与之相比，“寻根派”倡导的理论显得过于单纯。韩少功的《爸爸爸》试图到远离现代文明的蛮荒楚地寻觅失落的民族之“根”，却不料以“丙崽”为代表的传统文明是愚昧与顽劣的，根本不能承担民族未来发展的重任。代表现代文明的仁宝，将支离破碎的现代文明因素点抹在身上，有革新的幻想，却没有革新的勇气与行动，也不能成为民族未来的主宰。贾平凹的《商州初录》更多地体现出原始文明的纯朴、野性在现代文明的冲击下产生的生存危机，他借用虚构出的“商州世

① 韩少功．文学的“根”．作家，1985（4）

界”为“镜像”，折射出传统原始文明与现代文明错综复杂的矛盾。《小鲍庄》表达的态度更为暧昧，作家企图质疑现代性而到传统中寻根，不料寻来的“仁义”之根却充满了虚伪，从而使纯粹的传统文化变得扑朔迷离。郑义的《老井》中，农耕文明落后、封闭、保守，但又充满了智慧与力量；现代文明讲求科学、理性，但又急功近利，破坏生态平衡。李杭育的小说中“两种本来尖锐对立的价值观念其实在小说里得到了调和，新与旧、历史与伦理握手媾和了”①。小说中没有对旧事物一味否定，也没有对新事物绝对赞美，只是忠实地描写了新旧文化交替时期，世人对旧事物的挽留，同时也肯定了现代文明到来的必要性。应该说，“寻根文学”对这两种文明的态度是暧昧的，首先，在农耕文明方面，尽管“寻根”作家笔下的“呼吸故乡”是千疮百孔、病入膏肓的，但是“寻根”文本中的“头脑故乡”即“思想故乡”又扮演着正面的文化典范，它们遵守着农业文明的自然规律、恪守着传统社会的伦理秩序，也保持着原始人性的真善美。其次，对于现代文明，“寻根文学”既展示了其先进的生产力、理性的文化特征，同时也洞悉了现代文明对人类原本和谐生态的破坏。在现代工业社会中，科学、理性、知识凌驾于自然之上，严重打破了传统人与人、人与自然的生态平衡。可以说，“寻根

① 王彬彬. 李杭育论. 文艺争鸣，1992 (2)：59～68

文学”用更为高远、更为客观的眼光审视着两种文明形态，能更加理性地透视两种文明冲突，避免了单纯“一边倒”的观念导向。“寻根文学”对两种文明冲突的描写摒弃了“改革文学”宏大的历史叙事视角，并没有直接描写轰轰烈烈的工业生产、国家现代化建设等宏伟工程，而是站在民间立场，以小人物的命运起伏为叙写对象，透过人物生存境遇的变化，以及灵魂的挣扎来揭示其背后蕴藏的时代信息，以及两种文明的对峙局面。在描写两种文明对抗的过程中，“寻根”作家同样不偏不倚，秉持着客观态度，真实地记录了现代文明对传统农耕文明的入侵，以及农耕文明对现代文明的抵御与接纳。

应该说，“寻根文学”认识到了两种文明是瑕瑜互现的，在两种文明的交汇阶段，无论传统农业文明还是现代工业文明都难以独立完成民族文化与经济的振兴，只有发挥两种文明的各自优势才能在现代化的太趋势下渐进式地改变中华民族过重的乡土气，实现向现代文明的平稳过渡。在“寻根文学”中，郑义的《老井》最能真实再现两种文明在乡土中国的对峙，并且郑义摒弃了任何主观情感，清醒地意识到固然现代文明更具有科学、高效的特点，但是传统文明并非一无是处，它的经验性与人情味也是推动社会发展的一种力量。老井村最终打下了一眼井水，改变了老井村世代缺水无井的局面，而这眼生命之井的挖掘成功并不是纯粹现代科技的功劳，而是以旺泉子的地质科学理论为主要依据，以万水老汉的打井经验为总舵。当万水老汉看到最新的打井深度时，他说："怕是不敢再往下打咧，再打就打透了！"旺泉子却以地质科学为依据，认为还没打到设计深度，必须得打过这个隔水层。而万水老汉却凭着自己一辈子的打井经验说："俺解不下你那些理论，俺会认石头，圪蹴在这看好几天了。万一这层隔水的石头打透了，下面再没水，上面这层水可就全顺着窟窿漏了啊！听俺的话，见好就收了，停钻，试试有没有。"① 经过停钻检验，果然水位稳定，老井村成功打下了第一眼水井。万水老汉在关键时候为旺泉子做出了正确的指导，实现了现代科技与传统经验的最佳融合，老井村的成功经验昭示着只有两者文明互相取长补短，充分发挥彼此的正能量才能够在过渡时期推动社会的发展进步。巧英、旺泉和黄家儿子等所代表的新一代农民改变了传统生产模式，在城市与农村的对话中，他们灵活运用了一套城市"话语"将城市现代因子植入散发着泥土气息的故乡，"科学""经济""商品"这些本不属于农民的词汇在具有时代敏锐性的青年农民的带动下迅速融入了乡民们的头脑中，活跃了农村经济，丰富了农民的思想。现代文明与农耕文明的矛盾是激烈的，但并不是不可调和的，它是以小农经济为主的乡土中国向现代迈进的必

---

① 郑义．老井．当代，1985（2）：4～73

经之路，而调和城乡矛盾的重任则落在了思想活络、与时俱进，又具有一定文化素养的青年一代身上。正是这群具有高觉悟的青年一代农民找到了平息矛盾的契合点，为沉寂的乡村带来了促进生产力发展的新力量，使在城市现代化的进程中中国农村不是渐行渐远，而是逐渐接纳现代理念，拓展生产模式，缩小城乡差距。

整个20世纪是传统文明与现代文明的博弈与交融的重要阶段，尽管各国、各地区两种文明的力量强弱各有不同，但是从人类发展的总体规律来看，现代化是任何国家和民族都难以抗拒的必然趋势。在纷繁的“寻根文学”中，涉及中国现实问题的作品最终营建的都是浓郁的现代化气息。王安忆的《小鲍庄》中捞渣死去了，但是它为整个小鲍庄带来了新的希望，鲍彦山家盖上了新屋、哥哥建设子到农机厂上班、村里通了新路、乡亲们建起了一排排瓦房……郑义的《远村》通篇萦绕着浓重的悲剧色彩，给人家“拉边套”的杨万牛劳苦、煎熬了大半辈子，在钟爱的女人叶叶与爱犬黑虎死后他原本沉重的生命更加没有了生气，但是现代性为杨庄带来了希望，曾经与杨万牛一同放羊的侄子杨番承包了一片荒山，既栽树又放羊，全村人急急闹的景象也给了杨万牛新的生命。贾平凹的《木碗世家》也以黄家儿子运用现代经营理念发家致富为结局。……即便是“寻根”作家对日益消亡的原始生产力充满了眷恋，对那些被迫失去生存领地的老一代国民表示深切的同情，还是感慨道："这一切又和被历史所淘汰的命运交织在一起。他们全部的尊严和价值似乎都坚守在这块'背时'的土地上了。他们是不服输的，但是在生活的洪流之中，在新与旧的变迁之中，他们又是输定了的角色。"① 从进化论角度看，落后生产力必然要被先进生产力取代，它不以人的情感与意志为转移，作为时代"最后一个"的代表，耀鑫与福奎象征着古老的中华传统文明在现代文明的冲击下无可奈何的没落，这是时代前进的必然历程，沉重而漫长的历史脚印在时代的车轮下渐行渐远。《沙灶遗风》中画屋老爹耀鑫虽然一辈子的心愿是能给自家造的屋画画，但是面对儿子、儿媳对现代洋楼的选择，老爹还是妥协了，他先是装病佯装不知道儿子造屋的行动，继而承认了造洋楼的确既便宜又时髦。耀鑫看清了时代的潮流，他最终放弃了收徒的机会，出资让徒弟学一门时髦手艺，他将悲剧的舞台留给了自己："画屋这行当到他这儿就算到头了，命里注定得由他来给它送终。这是个有愧于师祖的叫人丧气的角色"②。这个角色演出的既是悲剧也是喜剧，悲剧的是作为一种文化的表现形式，"屋"不复存在，"画屋"这门手艺也消隐于历史的舞台，喜剧的是古老的中国并不是一成不变的，它也在不断地进行"新陈代

① 程德培. 病树前头万木春—读李杭育的短篇近作. 上海文学，1984（9）
② 李杭育. 沙灶遗风. 北京文学，1983（5）

谢”，不断地推陈出新。现代性除了在生产力发展方面成为社会发展的必然趋势，而且人们也渐渐从思想层面接纳了现代文明，摒弃了传统文明中的落后思想。李杭育“葛川江系列”作品之《土地与神》中，传统茅寨人婚丧嫁娶讲究黄道吉日，造屋寻墓讲究风水座向，人死了还要做道场，他们对神仙、对佛有着无比的虔诚。如今的茅寨人对神灵是介于信仰与戏谑之间，为死人做道场竟然把严肃伤心的葬礼办成了一出闹剧；寨子新建“娘娘俱乐部”，在搬迁观音娘娘的过程中竟然为了保全门而砸了观音神圣的宝座。“娘娘俱乐部”里除了观音，还有与之完全不协调的电视机，观音与百子堂的泥娃娃都成为人们娱乐的对象，就连关木娘自己在家供拜的“哈勒尼（弥勒佛）”也是城里成批生产出的石膏佛像。一切都那么“不三不四”，但“不三不四”已经成为时代的趋势，恰如文中所说：“日子长了，观音菩萨也会不三不四的。只消转转脑袋，她就能看到楼上的电视。”①

固然，对现代文明是拒绝还是接纳是每个国人的个人情感选择，但是现代文明以及它所体现的现代性是历史发展的必然趋势，它不以个体的意志为转移。纵观“寻根文学”，作家所思考的诸多问题都紧紧围绕着中国现代化发展这一宏大主题：对传统文明的留恋与自省为乡土中国的前行之路提供

---

① 李杭育．土地与神．人民文学，1984（6）：105～126

了优良资源，对现代文明的焦虑与批判也促进了乡土中国向现代转换得更加理性与迅速。传统农耕文明与现代工业文明绝不是两条永不相交的平行线，更不如同性磁铁般绝对对立与排斥。中国20、21世纪恰恰处于两种文明的交集之处，如何发挥两种文明的优势，促进两种文明的交融，引导中国健康步入现代化阶段才应该是知识精英与国家思考的中心问题。

20世纪的中国问题归根结底为传统农业文明与现代文明的博弈，或者说是中国的现代化发展问题。传统的乡土中国是贫瘠而闭塞的，面对转型中的中国社会，知识精英们以及国家政治精英都发出了自己的声音，以不同的形式表达了对民族未来的思考和构建。从新中国成立到新时期以前，国家为了促进工业现代化的发展，开始对农业实行一系列政策，从农业合作化运动到粮食统购统销，再到城乡户籍二元制，固然从大局上促进了城市的现代化进程，但是却严重损害了农民的利益，伤害了农民的情感，使农业现代化发展远远滞后于城市，从体制层面激化了中国城市现代文明与乡土农业文明的矛盾对立。新时期以来，一股全新的自由解放潮流冲刷了“文革”的晦气，对现代性的追求成为对“文革”的最彻底的否定，也是对民族昨天的告别。到了80年代，现代文明开始强烈地冲击传统农业文明，但是中国农业文明已有几千年的历史，它如一棵年迈的老树盘根错节地深植于中国的黄土之中，面对现代化的洪流冲击，它不情愿，也不可能轻而易举地被撼动。相反，在冲击面前，传统农业文明如同《透明的红萝卜》中的老铁匠一般吼出了一曲凄凉而“悲壮”的挽歌，迸发出积蓄千年的力量。新旧两种文明在时代的转型中形成了尖锐对峙，他们的力量在进攻与妥协中此消彼长：以城市为代表的现代文明对乡土中国带来了前所未有的冲击；根深蒂固的农业经济、农业文明钳制着现代化的进程。另一方面，乡土中国中的顽固势力与新生力量分别表示对现代文明的拒绝与接纳。城乡代表的不同文化形态也在斗争中相互妥协，呈现了社会转型时期的理性状态。在这场文化太极赛中，只有你中有我，我中有你，强调文明的互融、借鉴才能够使中国以更博大的胸怀在全球化的潮流中建立有中国特色的现代国家。反之，过分强调文化对立、对抗只能使中国再次陷入封闭、孤立的历史漩涡。“寻根文学”无论在理论倡导还是在创作实践中，都展示了作家对传统与现代问题的矛盾复杂心态，体现了一代知识分子对中国问题之“根”的追问。

结　语

现代、现代性是两种不同的概念，现代只表示时间，而现代性是指西方工业革命带来全球诸方面的变革，包括经济、习惯、制度、观念等，是一种新的文明形式。纵观全球“寻根文学”，我们可以清晰地梳理出三个时间维度：传统、现代、未来，其看问题的视角为立足现代、回顾传统、展望未来。全球“寻根文学”就在这三个相互交织的维度中描写各国传统文明与西方现代文明的矛盾纠结，体味世纪末的现代性焦虑。整个20世纪，“寻根”成为全球共通的话题，它是人类在前行的过程中面对现代性带来的迷茫、疑惑、困顿而产生的文化自省，又叫“文化寻根”。这种自省饱蘸着浓郁的“世纪末情结”，既表现出对悄然退场的传统文明的留恋，又表现出对正在进行中的现代文明进行透彻的反思。在这场旷日持久的“寻根”运动中，每个国家、民族根据不同的历史与文化特征做出了不同方向、不同方式的“寻根”：有钟情于原始文化的“原始主义情结”、有重新寻找人类文化源头的“东方主义”、有追寻种族之“根”的“黑色风暴”、有寻找遗落文明形态的“凯尔特文化复兴”。“文化寻根”是思想文化领域的大地震，自然也是全球文学创作的重要主题。全球“寻根”主题文学成为“文化寻根”的重要载体，美国、英国、俄国，以及广大亚非拉国家和地区都有不凡的“寻根”主题文学创作业绩。本书不但追溯了全球“寻根”主题文学的时代背景与文化缘起，而且检索世界文学史，发掘各国文学中的“寻根”主题文学，分析其文本表现形态以及背后蕴含的丰富而深刻的多维价值。这种全球化的研究视域打破了国界与民族、种族界限，拓宽了“寻根”主题的文化视野，既有利于寻找中国“寻根文学”的世界根源，也有利于辨析中国“寻根文学”与全球“寻根文学”的异同，从而对中国“寻根文学”有更为深刻的认识。

无论是全球他国“寻根文学”，还是中国“寻根文学”，其创作源泉均是深入本国、本族文化的岩层，寻找业已失落的文化形态、挖掘边缘地域文化、推崇乡土民间文化、歌颂少数民族文化、追寻已经离散的种族之根。在现代化与全球化的趋势下，这些文化形态或者已经消隐，或者即将消失，全球“寻根”作家们立足现代时空，饱蘸惋惜之情，为古朴、多元、充满特色的文化形态谱写了一曲赞歌。不可否认，现代性拓展了人类的生存空间，充裕了人类的物质生活，也丰富了人类的精神世界，但是现代性在发展过程中离散了种族、腐蚀了人性、破坏了生态……相比之下，这些原始的、非主流的文化形态更加充满人性与生态性，它们也曾在人类文明史上发挥过光和热，在文化生命终结之时，“寻根文学”为它们涂上了一抹艳丽的色彩。在全球化大背景下，西方文化的霸权地位愈加彰显，它以强大的文化张力逐步掌控了全球文化市场，使全球各国、各地区、各民族的文化渐趋笼罩在西方文化的巨影之下，而日趋丧失了自己的文化品格，进而逐步减弱了各国国民的民族文化认同感。这种文化后殖民主义的悲剧结果便是，各民族与国家最终丢失了自己的文化之“根”，彻底沦为西方现代文明的傀儡，从可乐、咖啡、牛仔裤、肯德基遍布全球我们已经看出端倪。“寻根”主题文学对各国民族文化的重塑与内省充满了民族文化自觉意识，是“寻根”作家对过去的殖民主义，以及当下和未来的后殖民主义一种文化上的抗击，充满了浓重的民族情怀。这种民族情怀是对本民族文化的一种正视和珍视，它追求的是全球文化的多元性、多样性，而绝不是狭隘的民族主义。如果我们抛弃后殖民主义这个批评角度，从人类大文化视角重估全球“寻根文学”，则会发现它们记录了大量的人类非物质文化遗产，表现了人类文化的丰富性与多样性。著名评论家南帆曾指出，“不要将所有的文化差异叙述为文化对抗，哪怕在不同民族之间。”① 如果我们把文化从国家、民族、种族等空间属性中解脱出来，把全球“寻根文学”置于人类文明的“神庙”

① 南帆.“寻根文学”的理论后缀.文艺争鸣，2014（11）：15～19

之上，让它们不带有任何感情色彩地尽情展示各自文化的本质与特征，我们会豁然发现这好比人类文化的一场盛宴。从东方到西方，从原始到现代，从农业到工业，从草原到高山，从黑人到白人，从英语到拉丁语……遍布全球各个角落，它们不再属于某个民族、某个种族、某个国家，而是属于整个人类，是全人类的文化之“根”。无论是原始农业文明，还是业已消散的各类亚文化，或者如日中天的工业文明，它们都是人类曾经走过的足迹，可以说全球“寻根文学”展示了人类文明的昨天与今天，也对明天的文明形态展开思考。随着时代的发展，人类文化多样性日益消退，全球“寻根文学”则成为文化的留影机。

中国20世纪80年代的“寻根文学”同样诞生于全球“文化寻根”的大背景下，是时代发展在中国的烙印，同时，中国本土80年代思想解放的大潮也助推了中国文坛掀起一股“文学寻根”思潮。中国近代以来任何一次对中国传统文化的反思潮流均发生于外来文化的大规模侵入，“鸦片战争”唤醒了沉睡在封建文化中的大清臣民；带来“科学”与“民主”的“新文化运动”对传统文化形成了巨大的冲击，甚至出现了对传统文化彻底否定的思想倾向；20世纪80年代，全球化趋势已从欧洲扩展至亚洲，并且其内涵不再停留在经济全球化这一范畴，而已扩大至政治、文化、意识形态、价值观念等。在这一背景下，西方现代思想文化潮水般涌入中国，使中国传统文化面临着被同化的危机。外来文化的冲击，为国人提供了一个文化对比的契机，使国人更客观、更冷静地对传承千年的传统文化进行叩问，使中国文化界再次掀起反思传统文化的高潮。并且，为了在全球化趋势中保持中华传统文化的传承，中国文化界形成了一股“文化寻根”的潮流，思想、文学、艺术等各个文化领域纷纷齐聚于“寻根”旗帜之下，展开不同形式的“寻根”活动。在文学领域，尽管“寻根”作家试图告别政治话语体系，开始以“文化”为载体，尝试开辟一条崭新的文学发展之路，但是透过本书对“寻根文学”各类主题的追索，我们可以感悟到“寻根文学”在话语间仍然存在着强烈的政治色彩，体现的还是“文以载道”的艺术功用。中国的“寻根文学”仍然延续了中国一个世纪来的现代性之梦，表达了对过往“文革”等行为的否定，对即将到来的现代性的焦虑，以及对个人、对国家未来发展模式的想象性建构。在否定、焦虑、希望之间，“寻根”派首先探寻到人从物质到精神的各层基本需求，从人的“根”性肯定了人的物质属性与社会属性，用人道主义观寻到了人的主体地位，赋予了人的尊严与价值。其次，“寻根文学”从文化层面探寻民族国家的“根”性，既包括主流文化之“根”，也包括亚文化之“根”。再次，“寻根文学”不但怀有强烈的文化自省意识，还对西方现代文明进行辩证思考，并在冷观两种文明的博弈过程中，作家对中华民族的前途命运展开深层的思索。归根结底，中国“寻根文学”并没有完全跳出政治的圈套，它以文化演说的形式完成了新时期的政治构想。

“寻根文学”的主题是多义的，首先，以往对“寻根文学”的研究多数仅仅局限于文化层面，而忽视了文本背后蕴藏的人类学价值。实际上，“寻根文学”在民族大文化的背后，从人类学角度追索人类生命存在之“根”。与世界他国“种族”寻根不同，中国“寻根文学”将人作为主体，从生命、生存角度追问了人何以“生”、何以“存”，从食、色、精神几个角度肯定了人存在的基本需求。“五四”文学也曾有过“人学”主题创作潮流，但是更偏重于寻求人性解放，要满足的是马斯洛需要层次中的塔顶部位，包括社会需要、尊重需要、自我实现需要。相比之下，“寻根文学”将人存在之根触及需要层次的底端——生理需要与安全需要，在文本中肯定了人的情欲、物欲，以及支撑人在逆境中活下去的“念想”。

其次，“寻根文学”在追索生命存在之“根”的基础上，进一步对中华文明之“根”进行了叩问。其中既包括对中华国民性的追问，也包括对传统主流文化，如儒家文化、道家文化的辩证分析，以及对“非规范”文化的推崇。“寻根文学”对国民性的追问既不似鲁迅般的一味批判，也不似沈从文般的一心赞美，它用更客观、更冷峻的目光审视了国民劣根性与国民优根性。对于传统主流文化，“寻根”作家是充满忧思的，他们在传统文化庞大的躯壳下捕捉到了儒家文化的虚伪、世俗，以及道家文化的虚无。这种对本民族文化的无情批判为读者提供了反思民族文化的视域，增强了国民文化的自省意识。失望之际，作家又以人物的命运与思想动态佐证了儒道文化存在的合理性与必要性，使我们对民族文化有了更为客观的评价。“寻根文学”从宣言到实际创作都极具个性地张扬了亚文化的多姿风采，其主要标志为——走向远方、走向偏僻：人迹罕至的原始森林、千里冰封的东北异乡、黄沙漫天的黄土高原、蒙昧神秘的无名之地……皆成为作家的写作空间。若以时间为维度，与全球他国“寻根文学”一致，中国的“寻根文学”也热衷于描写原始人封闭的生活空间、蛮荒的生存境地、蒙昧的思想状态、古老而神秘的风俗传说。原始主义成为大多数“寻根”作家热衷的创作趋向，这种原始主义动机一方面源自人类文明童年状态的神秘魅力，这种文明胚胎的神秘力量诱惑着作家和读者从根处剖开原始文化之形态，细细品味其间的独特韵味。另一方面，源自传统文明与现代文明的冲突中世人感到莫名的压抑和迷茫，尤其是现代文明在诞生之初便对人的存在质量构成了威胁，因此对当下、对未来的恐惧导致人们一头扎进人类的昨天，企图在昨天寻找黄金记忆。“寻根文学”的复古审美趋向绝对不是对原始文明的偏爱，而是因为“远方”与“原始”意味着远离全球化的影响，寻找最纯正的民族原始文化，从而更加客观、冷静地对传统主流文化与现代文明进行反思。若以空间为维度，“寻根文学”将中国的亚文化分为楚湘文化、吴越文化、齐鲁文化、秦晋文化、东北文化等类型，各自异彩纷呈，它们曾经被规范的主流文化淹没的独特文化特征被放置在光鲜的“舞台”上，尽情地演绎着各自的文化魅力。“寻根文学”对“非规范”文化的追忆和重塑，表达了80年代“知青”作家面对全球化的汹涌而至对独具地方特色的民族亚文化的崇尚，以此与全球一体化的文化模式形成一定程度的对抗。

最后，“寻根文学”完成了对中国问题之“根”的追问。整个20世纪，全球发展的核心问题便是各国传统与现代之间的文明冲突，这种文明冲突同样发生在乡土中国，现代性问题成为乡土中国的问题之“根”。事实上，中西方的现代性表现了不同的时间进程：现代文明发端于16世纪的欧洲“文艺复兴”运动，到20世纪60年代，西方已经由现代向后现代文明转变。相比之下，中国的现代性姗姗来迟，到20世纪初才初露端倪，最早进行现代性研究的海外学者李欧梵认为，“（中国的现代性）是一种知识性的理论附加在其影响之下产生的对于民族国家的想象，然后变成都市文化和对于现代生活的想象。但事实上，这种现代性的构建并未完成，这是大家的共识”①。应该说中国的现代性还是处于“想象”层面，因此，“寻根文学”对中国现代性的描述也只是停留在表象苗

① 李欧梵，季进．现代性的中国面孔．北京：人民日报出版社，2011

头的呈现，以及对未来发展模式的想象之中，所表现出的是对未知现代性的焦虑和瞻望。无论是国家的方针政策，还是老百姓内心与思想的激烈斗争，都是中国对现代性的探索过程，在这个过程中，“寻根文学”企图回答这样的问题：处于转型中的乡土中国如何在传统与现代之间选择最适宜的发展之道？“寻根文学”反观两种文明，既发现了乡土中国的痼疾，也觉察了现代文明的不合理性，没有一种文明能够独立扛起中国前进的大旗，相反，只有充分发挥两种文明的优势、因势利导，才能在古老的乡土中国实现现代化的平稳过渡。“寻根”派在这场文化持久战中，用“世纪末”的情怀塑造了一个个“最后一个”形象，为即将退场的传统文明吟诵一曲挽歌。而现代性尽管存在着诸多的暴力性与破坏性，但它是人类前进的足迹，也是中国发展的必由之路。“寻根文学”中的国人面对现代性的渗透，或者拒绝，或者接纳，但是当历史退场的脚步不可挽留之时，我们只能用饱满的热情拥抱也许美好的未来。“寻根”作家对现代性的反思与批判并不是对现代性的反抗与拒绝，而是为了更理性、更成熟地迎接。即便是“寻根文学”对传统文化、对各种形态的亚文化进行挖掘与辩证思考，其根本目的还是探寻民族现代化发展的文化支撑，以促使中国能够以鲜明的民族特征走出一条属于自己的现代化之路。

本书的研究对象为 20 世纪全球“寻根文学”，以及中国

20世纪80年代的“寻根文学”。虽然中国的“寻根文学”到80年代后期已经全面撤退，但是以“寻根”为主题的文学创作至今未衰。一方面，在现代化的过程中，乡土文化、地域文化被卷进了城市钢筋混凝土之中，日益失去了其附着之“根”，众多的农民子弟沦为城市之中无“根”的漂浮者；另一方面，在全球一体化过程中，中华传统文化也不能幸免于后殖民主义者的文化侵袭，一些民族的印迹渐渐湮没在西方文化的洪流之中，我们的民族正在逐渐褪去自己的颜色。因此，“寻根”不仅仅是20世纪80年代中国文化领域擦亮的一道思想火花，更是中华民族在前行的过程中永远说不尽的话题。20世纪90年代以来，文坛不乏“文化寻根”主题的作品诞生，如韩少功的《马桥词典》《山南水北》，贾平凹的《高老庄》《秦腔》，莫言的《丰乳肥臀》《檀香刑》，高建群的《最后一个匈奴》，张承志的《心灵史》，陈忠实的《白鹿原》，迟子建的《额尔古纳河右岸》，姜戎的《狼图腾》等，这些作品或反思传统文化、或挖掘地域文化、或追忆消失的文化形态，表现了与“寻根文学”相同的文化审美追求。这类主题的文学虽然在文学史上还没有明确的定义，但我们可以暂时把它们命名为“后寻根文学”。关于现代化进程中乡土文明与城市现代文明的冲突在“寻根文学”之后也有延续，其表现为“农民工文学”，或称为“移民文学”，着力揭示“农一代”“农二代”在现代城市中的身份认同问题。这些乡土“移民”在城市中左突右冲，或许“农二代”已经在城市里获得了立足之地，但是他们的灵魂之“根”仍然埋藏在曾经的乡土中。“寻根文学作为思潮，是中国新文学关于民族传统文化的第一次自觉。它并非一个时过境迁的潮流，它传达出的寻根意义不仅仅是重建当下文学与历史文化的语境关联，而是促使中国当代文学的精神转向和中国当代文学审美空间的拓展，开辟了一条文学表现民族民间群体生存意识的新路。”① 由此，“寻根”主题文学并不是在20世纪戛然而止，而是一个言不尽的话题。

21世纪，“中国梦”的一个伟大目标便是实现中华民族的伟大复兴，民族复兴的基石又是民族文化的崛起。20世纪80年代的“寻根文学”已经迈出了寻求民族文化复兴之路的第一步，这种文化自觉、自省也启迪着当下国人对民族文化的珍视和传承。对20世纪“寻根”主题文学的回望也让我们领悟了曾经多元的文化形态，从而更加注重保护现有的文化资源，尽力避免发生“失根”的悲剧。在各国经济转型的同时，每个国家都应该重新审视本土的文化资源，重建国家文化战略，以文化推动民族事业不断前行。

① 方涛．“寻根文学”文学史价值的审视重估．南方文坛，2012（4）：41～44

参考文献

一、作家作品

1. 乌热尔图. 老人和鹿. 上海文学，1981，8

2. 乌热尔图. 琥珀色的篝火. 民族文学，1983，10

3. 李杭育. 沙灶遗风. 北京文学，1983，5

4. 李杭育. 最后一个渔佬儿. 当代，1983，5

5. 李杭育. 土地与神. 人民文学，1984，6

6. 郑义. 远村. 当代，1983，8

7. 郑义. 老井. 当代，1985，2

8. 阿城. 棋王. 上海文学，1984，7

9. 阿城. 树王. 中国作家，1985，1

10. 郑万隆. 老马. 人民文学，1984，11

11. 郑万隆. 老棒子酒馆. 上海文学，1985，1

12. 郑万隆. 黄烟. 上海文学，1985，5

13. 郑万隆. 野店. 上海文学，1985，5

14. 郑万隆. 空山. 上海文学，1985，5

15. 贾平凹. 在商州山地. 小月前本. 广州：花城出版

社，1984

16. 贾平凹. 商州三录. 西安：陕西旅游出版社，2001

17. 莫言. 透明的红萝卜. 中国作家，1985，2

18. 莫言. 红高粱家族. 海口：南海出版公司，2000

19. 韩少功. 爸爸爸. 长春：时代文艺出版社，2001

20. 韩少功. 女女女. 长春：时代文艺出版社，2001

21. 王安忆. 小鲍庄. 上海：上海文艺出版社，2002

22. 郑克鲁. 20世纪外国文学史. 上海复旦大学，2007

23. ［埃］陶菲格言·哈基姆. 灵魂归来. 长沙：湖南人民出版社，1985

24. ［美］亚历克斯·哈里. 根. 南京：译林出版社，1997

25. ［美］托妮·莫里森. 宠儿. 北京：外语教学与研究出版社，2000

26. ［英］约翰·高尔斯华绥. 苹果树. 北京：解放军文艺出版社，2005

27. ［哥］加西亚·马尔克斯. 百年孤独. 海口：南海出版社，2011

二、理论著作

1. 高亨. 周易大传今注. 济南：齐鲁书社，1979

2. 秋浦. 萨满教研究. 上海：上海人民出版社，1985

3. 费孝通. 乡土中国. 北京：三联书店，1985

4. 沙莲香. 中国国民性. 北京：中国人民大学出版社，1988

5. 张清华. 中国当代先锋文学思潮论. 南京：江苏文艺出版社，1997

6. 王守仁，吴新云. 性别·种族·文化：托尼·莫里森与二十世纪美国黑人文学. 北京：北京大学出版社，1999

7. 叶朗. 现代美学体系. 北京：北京大学出版社，1999

8. 李泽厚. 历史本体论. 北京：三联书店，2002

9. 曹文轩. 二十世纪末中国文学现象研究. 北京：作家出版社，2003

10. 吴秀明. 当代中国文学五十年. 杭州：浙江文艺出版社，2004

11. 王卫平. 中国现当代文学及其名家论. 北京：中国社会科学出版社，2004

12. 黄修已. 20世纪中国文学史. 广州：中山大学出版社，2004

13. 鲁迅. 鲁迅全集. 北京：人民文学出版社，2005

14. 朱立元. 当代西方文艺理论. 上海：华东师范大学出版社，2005

15. 查建英. 八十年代访谈录. 北京：三联书店，2006

16. 陈晓明. 思亦邪. 济南：山东友谊出版社，2006

17. 吴义勤. 韩少功研究资料. 济南：山东文艺出版

社，2006

18. 杨扬. 莫言研究资料. 济南：山东文艺出版社，2006

19. 邓楠. 寻根文学价值观论. 长沙：湖南人民出版社，2008

20. 禹建湘. 乡土想象：现代性与文学表意的焦虑. 长沙：湖南人民出版社，2008

21. 吴义勤. 中国新时期文学的文化反思. 南京：江苏文艺出版社，2009

22. 张新颖. 王安忆研究资料. 天津：天津人民出版社，2009

23. 李小江. 后寓言：《狼图腾》深度诠释. 武汉：长江文艺出版社，2010

24. 严家炎. 二十世纪中国文学史. 北京：高等教育出版社，2010

25. 林建法. 中国当代作家面面观——文学的自觉. 上海：复旦大学出版社，2010

26. 黎跃进. 东方现代民族主义文学思潮发展论. 北京：中国社会科学出版社，2011

27. 李欧梵，季进. 现代性的中国面孔. 北京：人民日报出版社，2011

28. 刘再复. 刘再复对话集——感悟中国，感悟我的人间. 北京：人民日报出版社，2011

29. 朱光潜. 文艺心理学. 上海：复旦大学出版社，2011

30. 黎跃进. 东方现代民族主义文学思潮发展论. 北京：中国社会科学出版社，2011

31. 周保欣. 伦理视野中的中国当代文学. 北京：人民出版社，2012

32. 李小江. 心灵考古——新中国人精神档案. 上海：上海人民出版社，2014

33. [俄] 普列汉诺夫. 论艺术（没有地址的信）. 曹葆华，译. 上海：三联书店，1973

34. [英] 马林诺夫斯基. 文化论. 费孝通，等，译. 北京：中国民间文艺出版社，1987

35. [美] 刘耀中. 荣格、弗洛伊德与艺术. 北京：宝文堂书店，1989

36. [德] 马克斯·韦伯. 学术与政治. 北京：三联书店，1998

37. [法] 伊夫·瓦岱. 文学与现代性. 田庆生，译. 北京：北京大学出版社，2001

38. [英] 齐格蒙特·鲍曼. 现代性与矛盾性. 邵迎生，译. 北京：商务印书馆，2003

39. [奥] 西格蒙德·弗洛伊德. 弗洛伊德心理哲学. 杨韶刚，等，译. 北京：九州出版社，2003

40. [法] 西蒙娜·薇依. 扎根：人类责任宣论言绪. 徐

卫翔，译．北京：三联书店，2003

41．［英］E．B．泰勒．原始文化．连树生，译．桂林：广西师范大学出版社，2005

42．［英］威廉·托多夫．非洲政府与政治．肖宏宇，译．北京：北京大学出版社，2007

43．［美］埃里克·吉尔伯特．非洲史．黄磷，译．海口：海南出版社，2007

三、学术论文

1．程德培．病树前头万木春——读李杭育的短篇近作．上海文学，1984，9

2．韩少功．文学的“根”．作家，1985，4

3．李杭育．理一理我们的“根”．作家，1985，9

4．吴亮．《小鲍庄》的形式与涵义——答友人问．文艺研究，1985，6

5．郑万隆．我的根．上海文学，1985，5

6．周介人．文学探讨的当代意识背景．文学自由谈，1986，1

7．陈思和．当代文学中的文化寻根意识．文学评论，1986，6

8．蔡翔．野蛮与文明：批判与张扬——当代小说中的一种审美现象．当代文艺思潮，1986，3

9. 陈思和. 中国当代文学中的寻根意识. 文学评论, 1986, 6

10. 钟本康. 当代意识观照下的吴越文化形态——评李杭育的"葛川江小说". 小说评论, 1986, 6

11. 南帆. 象征—虚实之间——评《小鲍庄》、《透明的红萝卜》、《爸爸爸》. 福建论坛, 1987, 5

12. 季红真. 历史的命题与时代抉择中的艺术嬗变——论"寻根文学"的发生与意义（续）. 当代作家评论, 1989, 2

13. 郑义, 施叔青. 太行山的牧歌. 上海文学, 1989, 4

14. 丁帆. 乡土——寻找与逃离. 文艺评论, 1992, 3

15. 王彬彬. 李杭育论. 文艺争鸣, 1992, 2

16. 莫言. 我的故乡与我的小说. 当代作家评论, 1993, 2

17. 邓小平. 邓小平文选（第3卷）. 北京: 人民出版社, 1993

18. 朱伯崑. 重新评估儒家功利主义. 哲学研究, 1994, 4

19. 张学军. 寻根文学的地域特色. 山东大学学报, 1994, 3

20. 王一川. 传统性与现代性的危机——"寻根文学"中的中国神话形象阐释. 文学评论, 1995, 4

21. 刘小枫. "中国问题"与社会理论的牵缠. 花城,

1996，3

22. 丁帆. “地域乡土”的逃离与“精神返乡”情结. 中国乡土文学大系·当代卷. 北京：农村读物出版社，1996

23. 许莉. 死亡哲学——重返《小鲍庄》. 小说评论，1996，4

24. 宗胜利. 80年代“文化热”研究综述. 理论前沿，1996，16

25. 孟繁华. 启蒙角色再定位——重读“寻根文学”. 天津社会科学，1996，1

26. 刘纬毅. 三晋文化的特质. 山西师范大学学报，1998，1

27. 李欧梵. 当代中国文化的现代性与后现代性. 文学评论，1999，5

28. 游友基. 文化寻根小说的雅化、俗话、野化趋向——汪曾祺、冯骥才、郑万隆论. 福建师专学报，2000，1

29. 蔡翔. 有关“杭州会议”的前后. 当代作家评论，2000，6

30. 谭桂林. 楚巫文化与20世纪湖南文学. 理论与创作，2000，3

31. 刘鸿武. “非洲个性”或“黑人性”——20世纪非洲复兴统一的神话与现实. 思想战线，2002，28（4）

32. 曾竹青. 当代美国黑人文学寻根热潮. 湘潭大学学

报，2002，2

33. 李云峰. 论楚文化、楚湘文化对湖南文学的影响. 求索，2002，03

34. 叶舒宪. 西方文化寻根的“黑色”风暴——从《黑色雅典娜》到《黑色上帝》. 文艺理论与批评，2002，3

35. 阎连科，石一龙. 我的小说是我个人的良知——阎连科访谈. 中国现代、当代文学研究，2002，3

36. 张立新. 王安忆与寻根文学. 大连教育学院学报，2002，4

37. 叶舒宪. 西方文化寻根思潮的跨世纪演化——透视“新时代运动”. 文史哲，2003，1

38. 叶舒宪. 西方文化寻根的“凯尔特复兴”. 文艺理论与批评，2003，1

39. 张瑞英. 知青作家的创作与寻根文学的发生. 山东社会科学，2003，5

40. 岳朝娟. 试论早期儒家对人的自然属性的认识. 郑州大学学报，2003，3

41. 孙熙国，尉浩. 论《易传》对中华民族精神的塑造. 理论学刊，2004，5

42. 归溢. 墨西哥人的寻根情结——谈墨西哥作家卡洛斯·富恩特斯的近期创作. 当代外国文学，2004，1

43. 邓楠. 全球化语境下的民族文学建构与民族文化身份

认同——魔幻现实主义与寻根文学比较研究．零陵学院学报，2004，2

44．赵德明．20世纪拉丁美洲文学的嬗变．解放军艺术学院学报，2004，4

45．王安忆，陈丹青．长度——漫谈中国电视连续剧之二．上海文学，2004，5

46．赵德利．生殖崇拜：生与死的文化心理纽结——论《白鹿原》的审美主线．新疆大学学报，2004，2

47．邓芳．从生命意识到酒神精神——论《红高粱家族》在文学史上的独特价值．西南民族大学学报，2004，11

48．谭光辉，何希凡．当代台湾“寻根小说”的文化考察．西南民族大学学报，2004，4

49．旷新年．“寻根文学”的指向．文艺研究，2005，6

50．吴俊．关于“寻根文学”的再思考．文艺研究，2005，6

51．王安忆，张旭东．理论与实践：文学如何呈现历史？文艺研究，2005，1、2

52．刘小平．论新时期文学中的道家话语发生问题——以寻根文学为发生中介物．暨南学报，2005，5

53．滕威．从政治书写到形式先锋的移译——拉美“魔幻现实主义”与中国当代文学．文艺争鸣，2006，4

54．邓楠．论寻根文学建构民族文学特色的实现方式．理论与创作，2006，4

55. 于慧芳. 试析《周易》中厚德载物的民族精神. 西南民族大学学报，2006，3

56. 王安忆，张新颖. 文学谈话录·同代人. 西部，2007，6

57. 孙玉华. 苦心孤诣的寻根情结——拉斯普京老年妇女形象的文学价值和社会意义. 外语与外语教学，2007，1

58. 季明举. 探索生命的根基——“有机批评”与“根基派”比较. 俄罗斯文艺，2007，2

59. 陈啸. 生生之生命美学的现代阐释——寻根文学新论. 江淮论坛，2007，1

60. 张军. 论美国黑人文学的三次高潮. 西南大学学报，2008，2

61. 张建华. 拉斯普京“寻根小说”的文化取向及价值迷失. 俄罗斯文艺，2008，4

62. 宋君健. 二十世纪八十年代文化热回瞻. 云梦学刊，2008，6

63. 张光芒. 身份认同与自我的重构——重读韩少功《归去来》. 名作欣赏，2008，19

64. 郑辉，董晓烨. 艰难的寻根路——《根》与《宠儿》之比较. 东北农业大学学报，2009，1

65. 吴晓东. 游离与模糊：“寻根”主体性问题的反思. 赤峰学院学报，2009，5

66. 韩少功. 寻根群体的条件. 上海文化，2009，5

67. 李翔海．五四新文化运动与中国文化传统三题．齐鲁学刊，2009，6

68. 夏艳．20 世纪非洲文学的四个特点．世界文学评论，2009，2

69. 王达敏．从启蒙人道主义到世俗人道主义——论新时期至新世纪人道主义文学思潮．文学评论，2009，5

70. 程光炜．乡土文学创作与中国社会的历史转型——“乡土中国现代化转型与乡土文学创作学术研讨会”纪要．渤海大学学报，2010，1

71. 丁帆．关于建构百年文学史的几点意见和设想．文学评论，2010，1

72. 陈丽芬．论寻根文学主体的构成及特点．哈尔滨工业大学学报，2010，6

73. 林朝霞．寻根文学的文学形态论——基于寻根文学文化立场的思考．厦门理工学院学报，2010，4

74. 司马晓雯．叩问一个时代的饥饿感——读阿城的《棋王》．名作欣赏，2010，9

75. 吕有云．道家虚静之道的生命哲学解析．现代哲学，2011，3

76. 周世秀．20 世纪拉丁美洲的巨大变革及其影响．湖北大学学报，2011，2

77. 吴越．蔡翔：什么在影响我们对八十年代的记忆？当

代文学研究资料与信息（论文集），2011，5

78. 贺桂梅，徐志伟. 重返80年代，打开中国视野——贺桂梅访谈录. 现代中文学刊，2012，3

79. 方涛. “寻根文学”文学史价值的审视重估. 南方文坛，2012，4

80. 金鸣. 身份的迷失、确认与寻根——《土生子》、《看不见的人》和《所罗门之歌》中身份建构之比较. 四川民族学院学报，2012，3

81. 孔令俐. 《爸爸爸》中丙崽与刑天的形象意义解读. 现代语文，2013，6

82. 吴保和，魏燕玲. 中国红：文化符号与色彩象征. 云南艺术学院学报，2013，3

83. 吴雪丽. “乡土中国”向“现代中国”转换的美学困境——从“五四”到“文化寻根”的“现代性”体验. 兰州学刊，2013，2

84. 郝丹. 魔幻的“根”与“根”的魔幻——莫言“寻根文学”的魔幻现实主义色彩. 名作欣赏，2013，18

85. 赵琼. 国家认同建构中的历史记忆问题——以对共有祖先的追述为视角. 中国政法大学学报，2014，3

86. 南帆. “寻根文学”的理论后缀. 文艺争鸣，2014，11

87. 陈思和. 杭州会议和寻根文学. 文艺争鸣，2014，11

88. 鲁枢元. 从“寻根文学”到“文学寻根”——略谈文

学的文化之根与自然之根. 文艺争鸣，2014，11

89. 程光炜. 重看“寻根思潮”. 文艺争鸣，2014，11

90. 许子东. 寻根文学中的贾平凹和阿城. 文艺争鸣，2014，11

91. 季红真. 寻根文学的历史语境、文化背景与多重意义——三十年历程的回望与随想. 文艺争鸣，2014，11

92. 王若水. 为人道主义辩护. 文汇报，1983-1-17

93. 阿城. 文化制约着人类. 文艺报，1985-7-6

94. 郑义. 跨越文化断裂带. 文艺报，1985-7-13

95. 唐弢. 一思而行——关于寻根. 人民日报，1986-4-30

96. 叶舒宪. 现代性与原始——重审20世纪思想中的原始主义. 中国图书商报，2002-6-27

97. 谢有顺. 应该恢复被迫失去的记忆——著名作家虹影专访. 羊城晚报，2004-10-12

98. 李泽厚. 理想、激情和希望的年代. 南都周刊，2006-1-20

99. 叶舒宪. 人类学小说热潮背后潜隐着文化反思与批判精神. 文艺报，2006-3-25

100. 韩少功. 文学“寻根”是在眺望未来. 楚天都市报，2009-10-7

四、硕士、博士学位论文

1. 邓楠. 全球化语境下的民族文化身份认同——魔幻现实主义与寻根文学比较研究：[博士学位论文]. 杭州：浙江大学，2004

2. 林秀琴. 寻根话语：民族文化认同和反思的现代性：[博士学位论文]. 福州：福建师范大学，2005

3. 侯艳林. 论寻根文学民族文化策略：[硕士学位论文]. 武汉：华中师范大学，2007

4. 邱宏光. 难以摆脱的思想之惑——韩少功新论：[博士学位论文]. 武汉：武汉大学，2008

5. 周引莉. 从“寻根文学”到“后寻根文学”——试论新时期以来文学中的文化意识：[博士学位论文]. 上海：华东师范大学，2010

6. 许心宏. 文学地图上的城市与乡村——二十世纪中国小说“城—乡”符号结构研究：[博士学位论文]. 杭州：浙江大学，2010

7. 赵颖. 论寻根文学的地域性：[硕士学位论文]. 延吉：延边大学，2010

8. 程志军. 寻根文学的思想文化内涵及其价值定位：[硕士学位论文]. 南宁：广西师范学院，2011

9. 史玉丰. 二十世纪中国文学中的寻根意识研究——以鲁迅、沈从文、韩少功为例：[博士学位论文]. 济南：山东师范大学，2012

后 记

2011年秋，从俄罗斯归来不久，我便成为辽宁师范大学的一名博士研究生。来不及回味，已是初冬时节，当我的博士论文题目尚未确定之时，一对小生命已经开始在母腹中生根发芽……伴随着两个小生命从“大豆”膨胀成能够挥舞着拳头在“温室”里拳打脚踢的小胎儿，我已经将“寻根文学”的文本通读了一遍。孩子们的每一次胎动都见证了妈妈对作品中每一个细节的感悟。2012年6月27日，一对总重只有7斤6两的小公主早产了，虽然玲珑可怜得好似两颗小珍珠，但是她们却是健康、活泼的。在这期间，母爱的天性与责任让我彻底抛弃了一切杂陈，全身心地哺育与呵护这两支娇嫩的“花朵”。产后100天，我清醒地意识到我除了是一位新妈妈，同时还是一位博士生，博士论文写作仍然是我的核心任务。于是在哺育孩子之时，我面前铺陈的是文本与研究资料。从此以后，夜深人静，两个孩子酣然入睡，属于我的自由时间才刚刚开始，这种节奏的生活与学习持续了三年。我的论文从框架构建到内容写作，再到几轮增删、几番修改，都是在无数个午夜完成的。我的两个宝宝似乎懂得妈妈的辛苦，夜里不哭不闹，让我有个短时而高质的睡眠，因此，我要感谢我的两个小“公主”，她们给了我欢乐，也给了我相对安静而宽松的研究时空，更赋予了我生命的希望与动力。试问是什么支撑着一个双胞胎妈妈如此顽强地坚持论文写作？那就是，我有一个梦想：在两个小“公主”三周岁之时能够亲手接过妈妈的博士证书！

梦想是美好的，道路是艰难的。在艰难的求学路上，我终生难忘的是恩师王卫平先生。10年的师生情让我感悟到的不仅仅是导师学识之高、治学之严谨、为人之谦和、待人之真诚、处事之稳健，还有导师对我学习、工作、家庭的关心，让我感受到父亲般的慈爱与温暖。在博士论文写作期间，导师不但及时斧正论文观点与结构问题，同时还教会我很多研究方法与技巧。在无数个论文写作的夜晚，恩师的一句教导远比“头悬梁、锥刺股”还具有激励作用，那就是“无论在什么情况下，每天一千字是最基本的目标。”恩师的这句看似平淡的话却蕴含着深刻的道理：不积跬步，无以至千里。博士论文不是一场智力竞赛，而是一场耐力与毅力的考验赛。在恩师的鼓励与教导之下，经过了四个春秋的轮回，我终于跑到了终点，带着疲惫与欣喜。

此外，在读博期间，我还受到了辽宁师范大学诸多老师的教诲与帮助，他们用渊博的学识、敏锐的思维、扎实的功底为我树立了光辉的榜样。全国知名学者李小江教授更是我要感谢的恩师与长辈，是您高屋建瓴式的指导令我在无数个困惑面前豁然开朗，是您母亲般的关怀令我在气馁之时振作精神。

无论何时，亲人永远是我坚强的后盾。我年迈而又健康欠佳的父母、公婆忍受着病痛坚持为我照看双胞胎，并操持家务，以便为我创造更好的学习条件。尤其我那身材矮小，但性格坚毅的婆婆，以及不善言辞，但默默心疼我的老母，她们无私的奉献让我看到了母亲的伟大。我的爱人孙林先生性格温柔敦厚，在我读博期间他既要照顾年幼的双女，又要关心我的饮食生活，同时还要顾及父母的身体健康，繁重的生活负担使他的头发日渐稀疏。还有我的姐姐们，在我读书期间替我更多地照顾父母。2015 年夏，我双手接过博士学位证书，它不再是一张轻薄的纸，而是一枚沉甸甸的勋章，里面浸润着我四年的汗水，承载着所有亲朋好友对我的殷切期望。

2016 年秋，经过了几番灵魂的撕扯与挣扎，我来到了神秘而令人畏惧的非洲岛国——科摩罗，开始了第二次国际汉语教学工作。这个热情而质朴的国度成为我人生的驿站，在这里我再次整理博士论文，并将其出版成书。本书的问世在浩瀚的学术海洋中犹如沧海一粟，但在我的人生中，它是一份弥足珍贵的礼物，因为它镌刻着我人生的足迹！

李珂玮

2016 年岁末于科摩罗莫罗尼市